D0876601

Pôle fiction

Ruta Sepetys

Ce qu'ils n'ont pas pu nous prendre

Traduit de l'anglais (américain)
par Bee Formentelli

GALLIMARD JEUNESSE

Titre original : *Between Shades of Gray*
Édition originale publiée aux États-Unis par
Philomel Books, une filiale de Penguin Young Readers Group,
membre de Penguin Group (USA) Inc.

En mémoire de Jonas Šepetys

Cette carte est destinée à donner au lecteur une idée de la distance énorme que Lina et sa famille ont parcourue. Elle n'est pas censée représenter avec exactitude toutes les frontières entre les pays.

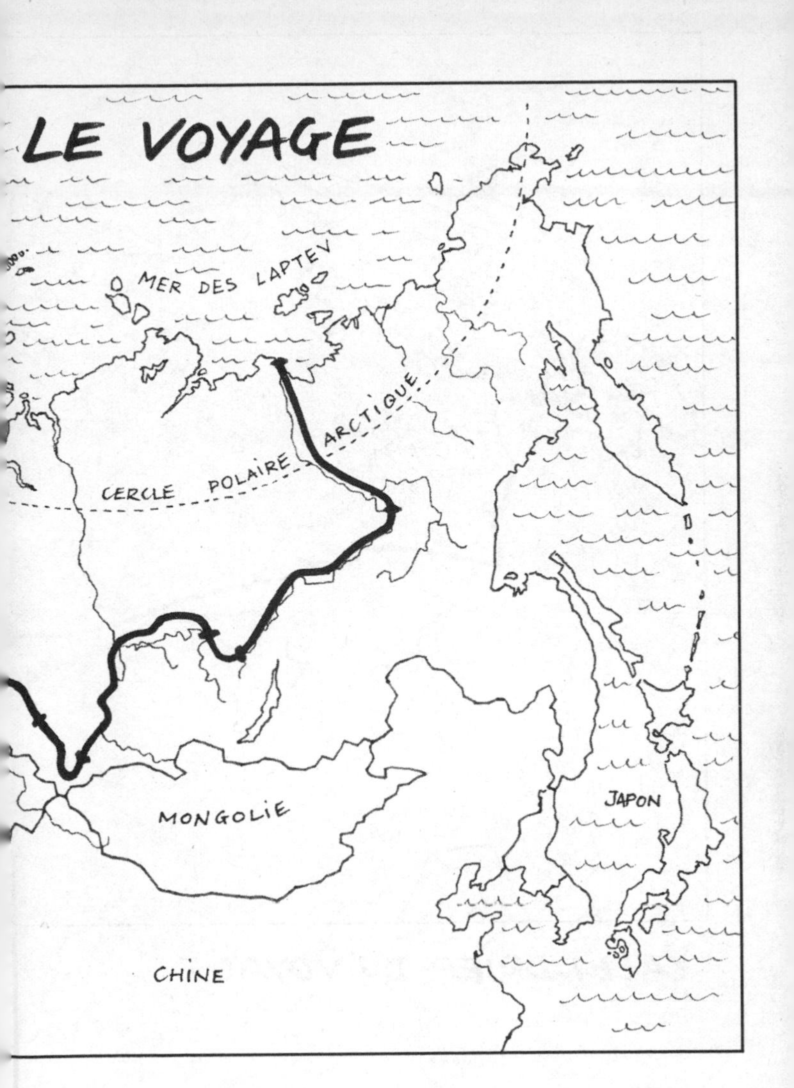
LE VOYAGE
MER DES LAPTEV
CERCLE POLAIRE ARCTIQUE
MONGOLIE
CHINE
JAPON

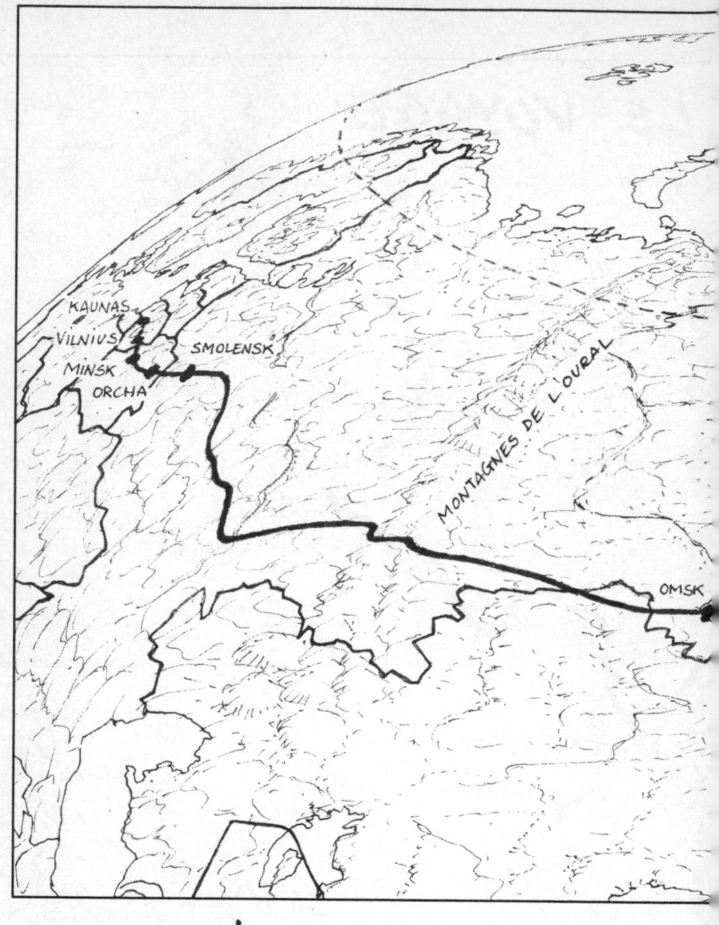

CALENDRIER DU VOYAGE

1er Jour : Kaunas (Lituanie)

3ème Jour : Vilnius (Lituanie)

4ème Jour : Minsk (Biélorussie)

5ème Jour : Orcha (Biélorussie)

6ème Jour : Smolensk (Russie)

21ème Jour : Traversée des montagnes de l'Oural

30ème Jour : Omsk (Sibérie)

42ème Jour : Camp de travail de l'Altaï

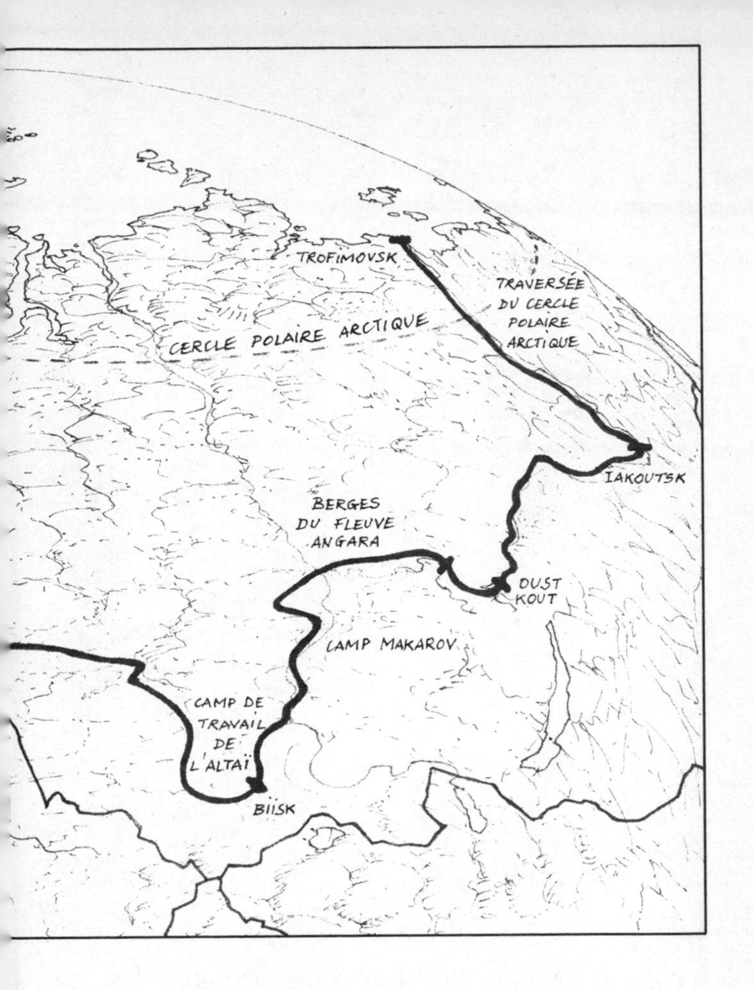

306ème Jour : Camp de travail de l'Altaï

313ème Jour : Biisk (Sibérie)

319ème Jour : Camp Makarov

320ème : Berges du fleuve Angara

350ème Jour : Oust Kout (Sibérie)

380ème Jour : Iakoutsk (Sibérie)

410ème Jour : Traversée du cercle Polaire Arctique

440ème Jour : Trofimovsk (Pôle Nord)

VOLEURS
ET PROSTITUÉES

1

Ils m'ont arrêtée en chemise de nuit.

Quand je repense à cette terrible nuit, je suis bien obligée d'admettre que les signes avant-coureurs n'avaient pas manqué : on avait brûlé des photos de famille dans la cheminée ; tard dans la soirée, j'avais surpris Mère à coudre à l'intérieur de la doublure de son manteau ses plus beaux bijoux et ses plus belles pièces d'argenterie ; Père n'était pas rentré de son travail. Mon petit frère, Jonas, posait des questions. J'en posais, moi aussi, mais peut-être me refusais-je à reconnaître les présages de la catastrophe. En réalité, mes parents avaient l'intention de prendre la fuite, ce que je ne compris que plus tard.

Ils n'ont pas pris la fuite. Nous avons été arrêtés.

14 juin 1941. Après m'être changée et avoir passé ma chemise de nuit, je m'installe à mon bureau pour écrire une lettre à ma cousine Joana. J'ouvre ma nouvelle écritoire en ivoire, assortie d'une boîte de plumes et de crayons, qu'une tante m'a offerte pour mes quinze ans.

La brise du soir entrée par la fenêtre ouverte flotte au-dessus de mon bureau, faisant voltiger les rideaux. Je peux sentir le parfum du muguet que Mère et moi, nous avons planté voilà deux ans. Chère Joana.

Ce n'est pas un simple coup frappé à la porte, mais une véritable salve de coups, pressants, insistants, qui me fait bondir sur ma chaise. On martèle la porte d'entrée à coups de poing. Personne ne bouge à l'intérieur de la maison. Je quitte mon bureau pour aller jeter un regard furtif dans le couloir. Ma mère est debout, aplatie contre le mur, face à notre carte encadrée de la Lituanie. Elle prie, les yeux clos. Elle a les traits tirés par l'angoisse – une angoisse comme je ne lui en ai jamais vue.

– Mère, demande Jonas dont un seul œil apparaît dans l'embrasure de sa porte, est-ce que tu vas leur ouvrir ? S'ils continuent comme ça, ils vont finir par défoncer la porte d'entrée.

Tournant la tête, Mère nous voit tous les deux, Jonas et moi, postés chacun sur le seuil de notre chambre, l'air interrogateur.

– Oui, mon chéri, je vais leur ouvrir, répond-elle en esquissant un sourire forcé. Je ne laisserai personne défoncer notre porte.

J'entends les talons de ses souliers résonner sur le parquet d'un bout à l'autre du couloir et vois sa longue jupe fluide danser autour de ses chevilles. Mère est belle, élégante, superbe même, avec un sourire éblouissant comme on en rencontre rarement et qui illumine toutes choses autour d'elle. J'ai de la chance d'avoir hérité de ses cheveux couleur de miel et de ses yeux d'un bleu éclatant. Jonas, lui, a son sourire.

Des voix tonitruantes retentissent dans le vestibule.

– Le NKVD ! chuchote Jonas qui devient tout pâle. Tadas m'a dit qu'ils avaient embarqué ses voisins dans un camion. Ils arrêtent les gens.

– Non. Pas ici, pas nous, répliqué-je.

La police secrète soviétique n'a rien à faire dans notre maison. Je longe le couloir pour écouter et jette un coup d'œil à l'angle du corridor. Jonas a raison. Trois fonctionnaires du NKVD encerclent Mère. Ils portent des casquettes bleues bordées de rouge et ornées d'une étoile d'or. Un officier de haute taille tient nos passeports à la main.

– Nous avons besoin d'un peu plus de temps, dit Mère. Nous serons prêts au petit matin.

– Vingt minutes, un point c'est tout – ou bien vous ne serez plus en vie pour voir le lever du jour, réplique l'officier.

– Plus bas, je vous en prie, il y a des enfants ici, murmure Mère.

– Vingt minutes, répond-il en aboyant.

Sur ce, il jette son mégot de cigarette encore allumé sur le parquet propre de notre salon et l'écrase d'un coup de talon.

Nous étions sur le point de devenir des mégots de cigarettes.

2

Étions-nous vraiment arrêtés ? Où était Papa ? Je me ruai dans ma chambre. Une miche de pain frais avait surgi sur mon appui de fenêtre. Une épaisse liasse de roubles en dépassait. Mère apparut sur le seuil de la pièce, serrée de près par Jonas.

– Mais, Mère, où allons-nous ? Qu'avons-nous fait ? demandait-il.

– C'est un malentendu, Jonas. Lina, tu m'écoutes ? Nous devons partir en catastrophe et empaqueter ce qui nous est utile plutôt que ce qui nous tient à cœur. Comprends-tu ? Lina, vêtements et chaussures doivent être notre priorité. Essaye de caser tout ce que tu peux dans une seule valise.

Apercevant soudain le pain et l'argent sur l'appui de la fenêtre, Mère les fit glisser prestement sur le bureau avant de fermer les rideaux d'un coup sec.

– Promettez-moi d'ignorer toute personne qui cherchera à vous aider. Il ne faut en aucun cas que nous entraînions famille ou amis dans ce chaos, entendu ? Même si quelqu'un vous appelle, ne répondez pas.

– Sommes-nous vraiment arrêtés ? commença Jonas.

– Promettez-moi !

– Je te promets, répondit mon frère à voix basse. Mais où est Papa ?

Mère s'interrompit. Elle avait les yeux qui papillotaient.

– Il va nous rejoindre, répondit-elle. Nous avons à peine vingt minutes devant nous. Rassemblez vos affaires. Allons !

J'eus l'impression que ma chambre se mettait à tourner. La voix de Mère résonnait dans ma tête. « Allons. Allons ! » Que se passait-il donc ? Le bruit des galopades de mon petit frère âgé de dix ans à travers sa chambre m'arracha soudain à ma torpeur. Je tirai ma valise du placard, la posai sur le lit et l'ouvris.

Un an auparavant, oui, très exactement un an jour pour jour, les Soviétiques avaient commencé à déplacer leurs troupes à l'intérieur de nos frontières. Après quoi, en août, la Lituanie avait été officiellement annexée à l'Union soviétique. Quand je m'en étais plainte le soir, à table, Papa s'était emporté contre moi, m'enjoignant de ne plus jamais, jamais tenir le moindre propos désobligeant à propos des Soviétiques. Il m'avait expédiée ensuite dans ma chambre. Après cet incident, je cessai de m'exprimer à voix haute à ce sujet. Ce qui ne m'empêcha pas d'y réfléchir beaucoup.

– Des chaussures, Jonas, une paire de chaussettes de rechange, un manteau ! entendis-je Mère crier à l'autre bout du vestibule.

Je m'emparai de la photo de famille sur l'étagère et déposai le cadre d'or, côté pile, au fond de la valise encore vide. Les visages de la photo prise à Pâques, deux ans plus tôt, me regardaient. Ils semblaient heureux, inconscients. Grand-mère était encore en vie à l'époque. Si nous devions vraiment aller en prison, je souhaitais qu'elle m'y accompagnât. Mais nous n'irions pas en prison, nous ne pouvions pas y aller. Quel mal avions-nous fait ?

Des bruits de portes et de tiroirs claqués retentissaient à travers toute la maison.

– Lina, dit Mère en entrant précipitamment dans ma chambre, les bras chargés, dépêche-toi !

Sur ce, ouvrant mon placard et les tiroirs de ma commode, elle se mit à jeter des choses, fourrer des choses dans ma valise avec une sorte de frénésie.

– Mère, fis-je, je n'arrive pas à trouver mon carnet de croquis. Où est-il ? demandai-je, en proie à la panique.

– Je ne sais pas. On en achètera un autre. Termine tes bagages. Vite !

Jonas arriva en courant dans ma chambre. Il portait son uniforme, avec sa petite cravate, comme s'il partait pour l'école, et il tenait son cartable à la main. Il avait même soigneusement peigné sur le côté ses cheveux blonds.

– Je suis prêt, Mère, déclara-t-il d'une voix tremblante.

Mère s'étrangla presque en l'apercevant en tenue de collégien.

– N-n-non ! s'écria-t-elle d'une voix entrecoupée avant de s'interrompre pour tenter de retrouver une respiration normale. Non, mon ange, ta valise, reprit-elle ensuite à voix plus basse. Viens avec moi.

Et, empoignant Jonas par le bras, elle l'entraîna dans sa chambre.

– Lina, lança-t-elle encore, mets tes chaussettes et tes chaussures. Dépêche-toi !

Et elle me jeta mon imperméable d'été, que je passai aussitôt.

J'enfilai mes sandales et attrapai deux livres, ma brosse à cheveux et une poignée de rubans. Où était donc passé mon carnet de croquis ? Je pris mon écritoire, ma boîte de plumes et de crayons, ainsi que la liasse de roubles restée sur le bureau et posai le tout au milieu du tas d'objets hétéroclites que nous avions flanqués dans la valise. Puis je claquai les serrures d'un coup sec et sortis en courant de la pièce ; les rideaux voltigèrent et vinrent battre la miche de pain frais qui trônait toujours sur mon bureau.

Apercevant mon reflet dans la porte vitrée de la boulangerie, je m'arrêtai un bref instant. Je remarquai une trace de peinture verte sur mon menton et la grattai pour l'enlever avant de pousser la porte. Une cloche tinta au-dessus de ma tête. Il faisait bon dans la boutique qui sentait la levure.

– Lina, quel plaisir de te voir ! s'écria la boulangère qui se précipita au comptoir pour me servir. Que puis-je pour toi ?

Elle semblait me connaître.

– Je suis désolée, je ne…

– Mon mari est professeur à l'université, expliqua-t-elle. Il travaille dans le département de ton père. Je t'ai vue l'autre jour en ville avec tes parents.

Je hochai la tête.

– Ma mère m'a demandé de passer prendre une miche de pain, dis-je.

– Bien entendu, fit la femme en se hâtant derrière le comptoir.

Et, enveloppant une belle miche bien dodue dans du papier brun, elle me la tendit. Mais quand je voulus la régler, elle secoua la tête.

– Je t'en prie, chuchota-t-elle. De toute façon, jamais nous ne pourrons nous acquitter de notre dette envers vous.

– Je ne comprends pas.

Je lui tendis à nouveau les pièces de monnaie, mais elle fit semblant de ne pas les voir.

La cloche tinta. Quelqu'un entrait dans la boutique.

– Transmets à tes parents mon meilleur souvenir, dit la femme en se déplaçant pour servir l'autre client.

Plus tard, dans la soirée, je questionnai Papa à propos du pain.

– C'était très aimable de sa part, mais sans aucune nécessité, commenta-t-il.

– Qu'as-tu donc fait ? demandai-je.

– Rien, Lina. As-tu terminé tes devoirs et appris tes leçons ?

– Mais enfin, Papa, tu as sûrement fait quelque chose pour qu'elle t'offre ce pain, insistai-je ; tu as dû le mériter.

– Je n'ai rien mérité du tout. On milite pour ce qui est juste, Lina, sans attendre la moindre récompense ni même la moindre gratitude. Et maintenant, sauve-toi et va finir ton travail.

3

La valise que Mère remplit pour Jonas était aussi grosse que la mienne – si grosse qu'elle semblait encore rapetisser son petit corps menu. Il était obligé de se servir de ses deux mains pour la porter et ne pouvait la soulever qu'en s'arc-boutant en arrière. Mais il ne se plaignit pas de son poids et ne demanda aucune aide.

Un son plaintif – comme de verre et de porcelaine qui se brisent – se faisait entendre à intervalles rapprochés à travers la maison. Il paraissait venir de la salle à manger. Nous y trouvâmes notre mère acharnée à détruire, à piétiner sa plus belle porcelaine et ses plus beaux cristaux. Son visage était luisant de sueur et ses boucles dorées lui tombaient en désordre dans les yeux.

– Maman, non ! s'écria Jonas en se précipitant sur les tessons qui jonchaient le sol.

Je le tirai en arrière avant qu'il eût le temps de toucher le verre.

– Mère, demandai-je, pourquoi casser tes jolies choses ?

Elle s'arrêta et fixa des yeux la tasse de porcelaine qu'elle tenait à la main.

– Précisément parce qu'elles me sont très chères.

Et, jetant la tasse par terre, elle tendit la main pour en attraper une autre sans même prendre le temps de la regarder se casser.

Jonas se mit à pleurer.

– Ne pleure pas, mon chéri. Nous en achèterons de bien plus belles encore.

La porte s'ouvrit avec violence, et les trois fonctionnaires du NKVD, armés de fusils à baïonnette, pénétrèrent dans la maison.

– Que s'est-il passé ici ? demanda l'officier de haute taille en embrassant du regard les dégâts.

– C'est un accident, répliqua Mère d'un ton calme.

– Vous avez détruit la propriété soviétique, beugla-t-il.

Sans répondre, Mère se regarda dans la glace du vestibule pour arranger ses boucles en désordre et mettre son chapeau. La frappant à l'épaule d'un brutal coup de crosse, l'officier l'envoya valser, la tête la première, dans le miroir.

– Espèces de cochons de bourgeois, toujours à perdre du temps ! railla-t-il, ajoutant : Vous n'aurez pas besoin de ce chapeau.

Mère se redressa et remit calmement de l'ordre dans sa tenue, lissant sa jupe et ajustant sa coiffure.

– Veuillez m'excuser, dit-elle d'un ton impassible à l'officier avant d'arranger à nouveau ses boucles et d'assujettir son chapeau à l'aide d'une épingle de perle.

Veuillez m'excuser ? Était-ce vraiment ce qu'elle avait dit ? Ces hommes avaient fait irruption chez nous en pleine nuit, l'avaient envoyée valser dans le miroir – et elle les priait de l'excuser ?

Elle tendit alors le bras pour prendre son grand manteau gris et, soudain, je compris. Elle manipulait avec prudence les agents du NKVD comme elle aurait manié un jeu de cartes, ne sachant pas quelle serait la donne suivante. Je la revis en train de découdre, puis de recoudre la doublure de son manteau pour y cacher papiers, bijoux, argenterie et autres objets de valeur.

– J'ai besoin d'aller aux toilettes, annonçai-je, tentant de détourner l'attention de ma mère et en particulier du manteau.

– Tu as trente secondes.

Je fermai la porte des toilettes et entrevis mon visage dans la glace. Je n'avais pas la moindre idée de la vitesse à laquelle il allait changer, se faner. Si je l'avais seulement pressenti, j'aurais fixé avec attention mon image, j'aurais essayé de la mémoriser. C'était la dernière fois que je pouvais me regarder dans un véritable miroir ; je n'en aurais plus l'occasion avant une décennie, et même plus.

4

On avait éteint les réverbères. Il faisait presque noir sur la route. L'officier du NKVD et les deux soldats d'escorte qui l'accompagnaient marchaient derrière nous d'un pas énergique, nous obligeant à avancer au même rythme. Je vis Mme Raskunas nous observer dans l'entrebâillement de ses rideaux. À peine se fut-elle rendu compte que je la regardais qu'elle disparut. Mère me donna un coup de coude, me signifiant ainsi que je devais désormais garder la tête baissée. Jonas avait beaucoup de mal à porter sa valise, qui ne cessait de cogner contre ses tibias.

– *Davaï!* ordonna l'officier.

Se dépêcher, toujours se dépêcher.

Nous abordâmes bientôt un carrefour, et ils nous dirigèrent vers une grosse masse sombre que je n'identifiai pas au premier abord. C'était un camion, entouré par d'autres membres du NKVD. En approchant de l'arrière du véhicule, j'aperçus à l'intérieur des gens assis sur leurs bagages.

– Aide-moi à me hisser dans le camion avant qu'ils ne s'en chargent, se hâta de chuchoter Mère, de crainte qu'un fonctionnaire du NKVD ne touchât son manteau.

J'obéis. Ils firent monter Jonas en le poussant brutalement. Il tomba sur le visage et se retrouva coincé sous sa valise qu'ils lui avaient jetée sur le dos. Je réussis à grimper tant bien que mal, mais lorsque je me relevai, une femme porta la main à sa bouche en me regardant.

– Lina, ma petite Lina, boutonne ton manteau, s'il te plaît, m'adjura Mère.

Baissant les yeux, je vis ma chemise de nuit à fleurs. Dans la précipitation et la recherche frénétique de mon carnet de croquis, j'avais oublié de me changer. Je vis aussi une grande femme au nez pointu, maigre comme un échalas, jeter un coup d'œil à Jonas. C'était Mlle Grybas, une vieille fille qui était un des plus sévères professeurs du collège. Je reconnus quelques autres personnes : la bibliothécaire, le propriétaire d'un hôtel proche de la maison, ainsi que plusieurs hommes avec lesquels j'avais vu Papa parler dans la rue.

Nous étions tous sur la liste. J'ignorais de quelle sorte de liste il s'agissait ; je savais seulement que nous y figurions. Il en était apparemment de même pour les quinze autres personnes assises avec nous. Le hayon du véhicule se rabattit avec fracas. Juste en face de moi, un homme chauve laissa échapper un gémissement sourd.

– Nous allons tous mourir, déclara-t-il avec lenteur. Nous allons certainement mourir.

– Absurde ! se hâta de rétorquer Mère.

– Nous allons pourtant mourir, insista-t-il. Voici notre fin venue.

Le camion s'ébranla avec une série de secousses rapprochées qui projetèrent les passagers en avant, les jetant à bas de leurs sièges. Le Chauve se leva soudain, non sans mal, escalada la paroi du camion et sauta. Il s'écrasa sur le pavé, laissant échapper un rugissement de douleur, tel un animal pris au piège. Les passagers poussèrent des cris. Le véhicule s'arrêta dans un terrible crissement de pneus, et les gardes du NKVD bondirent au-dehors. Ils ouvrirent le hayon, et j'aperçus l'homme qui se tordait de douleur par terre. Soulevant le corps recroquevillé, ils le lancèrent brutalement à l'intérieur. Une de ses jambes semblait écrasée. Jonas enfouit sa figure dans la manche de Mère. Je glissai ma main dans la sienne. Il tremblait. Ma vue se brouilla. Je fermai les yeux, serré, serré, puis les rouvris. Le camion s'ébranla à nouveau avec des saccades et des secousses.

– NON ! gémissait l'homme en tenant sa jambe.

Le véhicule s'arrêta bientôt devant l'hôpital. Chacun semblait soulagé à l'idée qu'on allait soigner les blessures du Chauve. Mais ce n'était nullement l'intention du NKVD. Ils attendaient. Une femme, qui faisait aussi partie de la fameuse liste, était en train d'accoucher. À peine le cordon ombilical serait-il coupé que mère et enfant seraient jetés dans le camion.

5

Près de quatre heures s'écoulèrent. Nous étions assis dans le noir devant l'hôpital, sans aucune possibilité de quitter le véhicule. D'autres camions passèrent, et je notai que dans certains d'entre eux les gens étaient emprisonnés sous un grand filet de « protection ».

Les rues commençaient à bourdonner d'activité.

– On est bien matinaux, commenta un des hommes à l'adresse de Mère. Il n'est pas encore trois heures du matin, ajouta-t-il après avoir consulté sa montre.

Le Chauve, couché sur le dos, se tourna vers Jonas.

– Mets tes mains sur ma bouche, mon garçon, et pince-moi le nez. Ne lâche pas prise surtout.

– Il ne fera rien de tel, intervint Mère en attirant Jonas à son côté.

– Stupide femme ! Vous ne vous rendez donc pas compte que cela ne fait que commencer ? Nous avons encore une chance de mourir avec dignité.

– Elena ! siffla une voix qui venait de la rue.

J'aperçus alors, cachée dans l'ombre, Regina, la cousine de Mère.

– Elena ! répéta la voix – un peu plus fort.

– Mère, je crois qu'elle t'appelle, murmurai-je sans lâcher des yeux le garde du NKVD en train de fumer de l'autre côté du camion.

– Elle ne m'appelle pas, prononça Mère très distinctement. Elle est folle. Allez votre chemin et laissez-nous tranquilles, hurla-t-elle.

– Mais enfin, Elena, je…

Et, ignorant délibérément sa cousine, Mère tourna la tête et feignit d'être plongée dans une grande conversation avec moi. Un petit balluchon atterrit alors en rebondissant sur le plateau du camion, juste aux pieds du Chauve, qui s'en empara avec avidité.

– Et vous osez parler de dignité, monsieur ? dit Mère, lui arrachant le ballot des mains pour le mettre à l'abri derrière ses jambes.

Je me demandai ce que contenait le colis. Mais comment Mère avait-elle pu traiter sa cousine de « folle » ? Regina avait pris de grands risques en essayant de la trouver.

– Vous êtes l'épouse de Kostas Vilkas, doyen de l'université ? demanda un homme en costume assis un peu plus loin.

Mère hocha la tête en se tordant les mains.

Je regardai Mère se tortiller nerveusement les doigts.

Dans la salle à manger, on entendait les murmures s'élever puis retomber. Les hommes étaient assis là depuis des heures.

– Va leur porter du café frais, mon ange, dit Mère.

Je m'avançai jusqu'au seuil de la salle à manger.

Un nuage de fumée, retenu prisonnier par les fenêtres fermées et les lourdes tentures, flottait au-dessus de la table.

– Rapatrier, si du moins ils peuvent le faire en toute impunité, disait mon père qui s'interrompit brusquement quand il m'aperçut dans l'encadrement de la porte.

– Quelqu'un voudrait-il reprendre du café ? demandai-je en brandissant la cafetière en argent.

Plusieurs des hôtes de mon père baissèrent les yeux. Un autre toussa.

– Lina, commença un collègue de mon père à l'université, te voilà presque devenue une jeune femme. Et qui plus est, j'apprends que tu es une artiste pleine de talent.

– Oui, en vérité ! s'empressa d'acquiescer Papa. Elle a un style très singulier qui n'appartient qu'à elle. Et elle est d'une intelligence exceptionnelle, ajouta-t-il avec un petit clin d'œil.

– Elle ressemble donc à sa mère, si je comprends bien, plaisanta l'un des hommes, ce qui fit rire tout le monde.

– Dis-moi, Lina, demanda l'homme qui écrivait pour le journal, que penses-tu de cette nouvelle Lituanie ?

– Voyons, se hâta d'interrompre mon père, ce n'est pas exactement un sujet de conversation convenant aujourd'hui à une jeune fille, me semble-t-il.

– Au contraire, Kostas, il concerne tout le monde, jeunes et vieux, répliqua le journaliste. En outre, ajouta-t-il en souriant, il ne s'agit pas d'imprimer ça dans le journal.

Papa, apparemment mal à l'aise, remuait sur sa chaise.

– Ce que je pense de l'annexion de la Lituanie par les Soviétiques ?

Je m'arrêtai, évitant de croiser le regard de mon père, avant de reprendre :

– Si vous voulez mon avis, Joseph Staline est une brute. Je trouve que nous devrions chasser ses troupes de Lituanie. On ne devrait pas leur permettre de débarquer ici et de faire main basse sur tout ce qui leur plaît, et…

– Ça suffit, Lina ! Pose la cafetière sur la table et va rejoindre ta mère à la cuisine.

– Mais c'est la pure vérité ! protestai-je. Ce n'est pas juste.

– Assez ! répéta mon père.

Je fis mine d'obéir mais je m'arrêtai presque aussitôt pour écouter à la porte.

– Ne l'encourage pas ainsi, Vladas, l'exhorta Papa. Ma fille est une vraie tête brûlée, ça me terrifie !

– Eh bien, répondit le journaliste, nous voyons maintenant à quel point elle ressemble à son père, n'est-ce pas ? C'est une véritable résistante que tu as élevée là, Kostas.

Papa resta silencieux. La réunion se termina, et les hommes quittèrent la maison à intervalles irréguliers, les uns, par la porte d'entrée, les autres, par la porte de service.

– L'université ? questionna le Chauve qui grimaçait toujours de douleur. Oh, en ce cas, il est parti depuis longtemps !

Mon estomac se contracta comme si l'on m'avait donné un coup de poing. Jonas tourna un visage désespéré vers Mère.

– En fait, déclara un de nos compagnons en souriant à Jonas, je travaille à la banque et j'ai vu ton père cet après-midi.

Je savais qu'il mentait. Mère, reconnaissante, adressa un signe de tête à l'inconnu.

– Alors vous l'avez vu en route pour la tombe, continua le Chauve avec hargne.

Je lui jetai un regard noir tout en me demandant quelle quantité de colle il faudrait pour lui clouer définitivement le bec.

– Je suis philatéliste, reprit-il. Un simple philatéliste qu'on livre à la mort parce qu'il correspond avec des collectionneurs de timbres du monde entier. Vous pensez bien qu'un universitaire ne peut être qu'en tête de liste pour…

– Fermez-la ! laissai-je échapper.

– Lina ! s'écria Mère. Tu es priée de t'excuser immédiatement. Ce pauvre monsieur souffre terriblement ; il ne sait plus ce qu'il dit.

– Je sais exactement de quoi je parle, au contraire, rétorqua le Chauve en me dévisageant.

Les portes de l'hôpital s'ouvrirent, et un grand cri en jaillit. Un fonctionnaire du NKVD traînait au bas des marches une femme pieds nus, vêtue d'une chemise d'hôpital toute tachée de sang.

– Mon bébé ! Je vous en prie, ne faites pas de mal à mon bébé ! hurlait-elle.

Un autre agent du NKVD sortit à son tour, un paquet emmailloté dans les bras. Le médecin arriva en courant et l'attrapa par le bras.

– Monsieur, je vous en supplie. S'il vous plaît !

L'agent du NKVD se tourna vers le médecin et lui porta un coup violent dans la rotule avec le talon de sa botte. On hissa la jeune femme dans le camion. Mère et Mlle Grybas se serrèrent tant bien que mal pour lui permettre de s'étendre à côté du Chauve. Le bébé passa de main en main.

– Lina, s'il te plaît, dit Mère en me confiant le nourrisson tout rose.

Je le tins contre moi et sentis aussitôt la chaleur de son petit corps traverser mon manteau.

– Oh, mon Dieu ! s'écria la jeune accouchée en levant les yeux sur moi, mon bébé, s'il vous plaît !

L'enfant laissa échapper un cri étouffé et se mit à marteler l'air de ses minuscules poings. Son combat pour la vie avait commencé.

6

Le Banquier donna sa veste à Mère qui en enveloppa les épaules de la jeune accouchée. Après quoi, doucement, elle écarta les cheveux lui collant au visage.

– Ne vous inquiétez pas, ma chère petite, dit Mère. Ça va aller.

– Vitas. Ils ont arrêté mon mari, Vitas, haleta la jeune femme.

Je regardai le petit visage rose qui émergeait du paquet. Un nouveau-né. Il n'était au monde que depuis quelques minutes mais il était déjà considéré comme un criminel par les Soviétiques. Je le serrai étroitement contre moi et déposai un baiser sur son front. Jonas s'appuya contre mon épaule. S'ils traitaient ainsi un bébé, comment allaient-ils nous traiter, nous ?

– Comment vous appelez-vous ? s'enquit Mère.

– Ona. Où est mon enfant ? ajouta-t-elle en allongeant le cou.

Mère m'enleva le nourrisson et déposa le paquet sur la poitrine de la jeune femme.

– Oh, mon bébé, mon doux bébé ! s'écria celle-ci en embrassant le poupon.

Le véhicule démarra en hoquetant. Ona jeta à Mère un regard implorant.

– Ma jambe ! gémit le Chauve.

– L'un de vous aurait-il par hasard une formation médicale quelconque ? questionna Mère en promenant son regard à la ronde.

Les passagers du camion secouèrent la tête en signe de dénégation. Quelques-uns ne daignèrent même pas lever les yeux.

– Je vais essayer de confectionner une attelle, déclara le Banquier. Mais il me faudrait quelque chose de rigide. Quelqu'un aurait-il cela ? Je vous en prie, aidons-nous les uns les autres.

Les gens, très mal à l'aise, remuaient tant bien que mal dans l'espace exigu, réfléchissant à ce qu'ils pouvaient avoir dans leurs bagages.

– Tenez, monsieur, fit tout à coup Jonas en se penchant devant moi pour lui passer la petite règle de son plumier.

La vieille femme qui avait poussé un cri étouffé en voyant ma chemise de nuit se mit à pleurer.

– Bien, très bien, voilà qui convient parfaitement, répondit l'homme en prenant la règle. Merci beaucoup.

– Merci, mon chéri, dit Mère en souriant à Jonas.

– Une règle ? Vous allez remettre en place ma jambe avec une petite règle ? Avez-vous tous perdu la raison ? hurla le Chauve.

– C'est ce que nous pouvons faire de mieux pour le moment, répliqua le Banquier. Quelqu'un aurait-il quelque chose pour l'attacher ?

Le Chauve se mit à hurler de plus belle.

– Oh, que quelqu'un me fusille, s'il vous plaît !

Mère ôta l'écharpe de soie qu'elle avait autour du cou et la tendit au Banquier. La bibliothécaire dénoua, elle aussi, son écharpe et Mlle Grybas fouilla dans son sac. Du sang commençait à filtrer au travers de la chemise d'hôpital d'Ona.

J'avais la nausée. Je fermai les yeux et tentai de me concentrer sur quelque chose – n'importe quoi – pour retrouver mon calme. Je me représentai mon carnet de croquis. Je sentis ma main remuer. Des images, telles des photos, défilèrent dans mon esprit. Notre maison. Mère arrangeant la cravate de Papa dans la cuisine, le muguet, Grand-mère… Son visage avait un mystérieux pouvoir d'apaisement sur moi. Je pensai à la photo fourrée au fond de ma valise. Je pensai : « Grand-mère. Aide-nous. »

Nous arrivâmes bientôt dans un modeste dépôt ferroviaire, en rase campagne. La cour de la gare, où s'entassaient des gens comme nous, était remplie de camions soviétiques. En roulant à côté d'un de ces camions, nous vîmes un homme et une femme se pencher au-dehors. Le visage de la femme était zébré de larmes.

– Paulina ! hurlait l'homme. Notre fille Paulina est-elle avec vous ?

Je secouai la tête.

– Pourquoi nous ont-ils amenés dans un dépôt de campagne et non à la gare de Kaunas ? demanda une vieille femme.

– Sans doute est-il plus facile ici de nous organiser avec nos familles. Vous savez bien, la gare centrale est toujours bondée, répondit Mère.

Sa voix manquait d'assurance. Elle essayait manifestement de se convaincre elle-même. Je regardai autour de moi. La gare était située dans une zone déserte, une sorte de *no man's land* entouré de sombres forêts. Je nous imaginai chassés sous un tapis à coups de balai – un gigantesque balai soviétique.

7

– *Davaï !* beugla un garde du NKVD en ouvrant le hayon de notre camion.

La cour de la gare fourmillait de véhicules, d'agents du NKVD et de gens chargés de bagages. Le bruit ne cessait de s'amplifier.

Mère se pencha pour poser ses mains sur nos épaules.

– Surtout, restez près de moi. Il ne faut pas que nous soyons séparés. Cramponnez-vous à mon manteau si nécessaire.

Jonas se le tint pour dit.

– *Davaï !* hurla le garde en arrachant un homme du camion pour le pousser par terre.

Mère et le Banquier se mirent à aider les autres à sortir du véhicule. Je tins le nourrisson dans mes bras, pendant qu'ils faisaient descendre Ona avec précaution.

Quand ce fut le tour du Chauve, nous le vîmes se tordre de douleur.

– Il y a ici des personnes qui ont besoin de soins médicaux, intervint alors le Banquier en s'approchant d'un officier du NKVD. S'il vous plaît, trouvez-nous un médecin.

L'officier fit mine de ne pas avoir entendu.

– Docteur ! Infirmière ! cria l'homme à la foule. Nous avons besoin d'assistance médicale !

Aussitôt, il se vit empoigné par le bras, puis emmené au pas de charge Dieu sait où, avec un fusil collé dans le dos.

– Mes bagages ! s'écria-t-il.

La bibliothécaire s'empara de la valise du Banquier et s'apprêta à courir jusqu'à lui. Elle n'en eut pas le temps. Il avait déjà disparu dans la cohue.

Une Lituanienne s'arrêta près de nous, disant qu'elle était infirmière. Elle commença à donner quelques soins de première urgence à Ona et au Chauve, tandis que nous faisions cercle autour d'eux. La cour de la gare était sale et poussiéreuse. Les pieds d'Ona étaient déjà maculés de crasse. Des hordes de gens passaient, s'entrecroisant avec des visages désespérés. J'aperçus une fille de mon école en compagnie de sa mère. Elle leva le bras pour m'adresser un signe, mais sa mère lui cacha les yeux quand elle approcha de notre groupe.

– *Davaï !* aboya un officier.

– On ne peut pas laisser ces personnes, dit Mère. Il nous faut une civière.

L'officier rit.

– Vous n'avez qu'à les porter vous-mêmes.

Ce que nous fîmes. Deux hommes de notre groupe transportaient le Chauve, qui ne cessait de gémir. Quant à moi, je me chargeais du bébé, ainsi que d'une valise. Mère, elle, aidait Ona à marcher, tandis que Jonas, secondé par Mlle Grybas et la bibliothécaire, se débattait avec le reste des bagages.

Nous atteignîmes bientôt le quai. Le chaos régnait, presque palpable. On séparait des familles. Les enfants poussaient des cris déchirants, les mères imploraient. Deux agents du NKVD arrachèrent un homme à sa femme. Celle-ci refusant de le lâcher, on la traîna par terre sur près de un mètre avant de la chasser à coups de pied.

La bibliothécaire m'enleva le bébé.

– Mère, demanda Jonas, toujours agrippé à son manteau, Papa est-il ici ?

Je me posai la même question. Où et quand les Soviétiques l'avaient-ils arrêté ? Était-ce sur le chemin de l'université ? Ou peut-être devant le kiosque à journaux, pendant la pause du déjeuner ? Je regardai la foule dense massée sur le quai. Il y avait là des personnes âgées. La Lituanie a toujours chéri ses aînés, et ils étaient là, parqués comme des animaux.

– *Davaï !*

Soudain, je vois un officier du NKVD attraper Jonas par les épaules et l'emmener de force loin de nous.

– NON ! hurle Mère.

Ils prennent Jonas. Mon petit frère, si beau, si doux, qui chassait toujours les insectes hors de la maison, de peur de marcher sur eux et de les écraser, mon adorable frère qui a donné sa petite règle pour éclisser la jambe d'un vieil homme grincheux.

– Maman ! Lina ! appelle-t-il en agitant désespérément les bras.

– Arrêtez ! crié-je, me lançant à leur poursuite.

Mère agrippe la manche de l'officier et se met à lui parler russe – un russe très pur, qu'elle manie à la perfection. Il s'arrête pour l'écouter. Elle baisse la voix et continue à parler d'un ton très calme. Je ne comprends pas un traître mot de ses paroles. L'officier attire brutalement Jonas à lui. Je l'attrape par l'autre bras. Tandis que des sanglots convulsifs secouent ses épaules, tout son corps se met à vibrer. Une large tache d'humidité apparaît sur le devant de son pantalon. Baissant la tête, il continue à pleurer.

Mère sort une liasse de roubles de sa poche et la montre discrètement à l'officier qui tend le bras pour la prendre. Après quoi, il dit quelque chose à Mère, ponctuant ses paroles de petits mouvements de tête. Je vois maintenant la main de Mère voltiger pour arracher le pendentif qu'elle porte à son cou et le déposer dans la main de l'officier. Il ne semble pas satisfait. Ce n'est que de l'ambre. Tout en continuant à lui parler en russe, Mère sort de la poche de son manteau une montre à gousset en or. Je connais bien cette montre. C'est celle de son père ; il y a même son nom gravé au dos. L'officier s'en empare d'un geste vif et lâche Jonas pour se mettre à crier après ceux qui se trouvent près de nous.

Vous êtes-vous jamais demandé ce que vaut une vie humaine ? Ce matin-là, mon petit frère ne valait pas plus qu'une montre à gousset.

8

– Ne t'en fais pas, mon chéri, ça va aller. On est tous les trois sains et saufs, dit Mère en étreignant Jonas et en couvrant de baisers son visage inondé de larmes. N'est-ce pas, Lina ?

– Oui, répondis-je à voix basse.

Sans cesser de pleurer, Jonas, humilié de n'avoir pu se contrôler, tenta de dissimuler la tache d'humidité sur le devant de son pantalon.

– Ne te tracasse pas pour ça, mon amour, intervint Mère tout en se plaçant devant lui pour masquer la source de son embarras. On te donnera de quoi te changer. Lina, passe ton manteau à ton frère.

J'ôtai mon imperméable et le tendis à Mère.

– Écoute, Jonas, tu vas mettre ça en attendant ; tu ne le garderas pas très longtemps.

– Mère, pourquoi voulait-il m'emmener ?

– Je ne sais pas, mon petit. Mais à présent, on est ensemble et on restera ensemble.

Ensemble. Nous étions donc là, plantés sur le quai de la gare au milieu d'un indescriptible chaos, moi, dans ma chemise de nuit à fleurs, et mon frère, affublé d'un imperméable d'été bleu layette qui lui battait les talons. Je suppose que nous avions l'air ridicules, et pourtant, personne ne songeait à se moquer de nous ; on ne nous jeta pas même un coup d'œil.

– Madame Vilkas, dépêchez-vous !

C'était la voix nasillarde de Mlle Grybas, la vieille fille qui était professeur dans notre école. Elle nous faisait signe de la rejoindre.

– Ici, par ici ! Hâtez-vous, je vous en supplie, ils sont en train de séparer les gens.

Mère attrapa la main de Jonas.

– Venez, mes enfants.

Nous nous frayâmes un chemin à travers la foule, tel un frêle esquif sur une mer déchaînée, ne sachant si nous allions être engloutis ou bien rester à flot. Des files et des files de wagons en bois rouge, sales et rudimentaires, s'alignaient à l'infini, semblait-il, le long du quai. En temps ordinaire, ils servaient probablement à transporter le bétail. Une multitude de Lituaniens se pressaient dans cette direction avec leurs bagages – tout ce qu'ils possédaient encore au monde.

Mère nous pilotait à travers cette marée humaine, poussant et tirant tour à tour nos épaules. J'entrevis au passage des mains aux jointures blanches agrippées à d'énormes valises ; des gens en larmes agenouillés sur le sol qui s'efforçaient d'attacher avec de la ficelle leurs sacs éventrés, tandis que des gardes piétinaient leur contenu. De riches fermiers et leurs familles transportaient des seaux de lait débordants et des boules de fromage. Un petit garçon marchait en tenant à la main une saucisse presque aussi grosse que lui. Il la laissa tomber, et elle disparut aussitôt sous les pieds de la foule. Une femme me cogna le bras avec un chandelier d'argent massif, tandis qu'un homme passait près de moi en courant, agrippé à son accordéon. Je ne pus m'empêcher de penser à nos jolies choses, fracassées, à tous ces tessons qui jonchaient le sol de la salle à manger.

– Dépêchez-vous ! criait Mlle Grybas en nous adressant de grands signes. Voici la famille Vilkas, ajouta-t-elle en se tournant vers un officier du NKVD qui tenait un bloc-notes à la main. Ils sont dans ce wagon.

Mère s'arrêta un instant devant le wagon et parcourut attentivement la foule du regard. S'il vous plaît, imploraient ses yeux tout en cherchant le visage de mon père dans la cohue.

– Mère, murmura Jonas, ce sont des wagons pour les vaches et les cochons.

– Oui, je sais. Eh bien, pense que nous allons vivre une petite aventure.

Elle aida Jonas à se hisser dans le wagon. J'entendis alors un bébé pleurer et un vieil homme gémir.

– Mère, non, fis-je. Je ne veux pas être avec ces gens.

– Ça suffit, Lina ! Ils ont besoin de notre aide.

– Mère, dit Jonas, inquiet à l'idée que le train ne s'ébranle sans nous. Vous allez monter, n'est-ce pas ?

– Oui, bien sûr, mon chéri. Peux-tu prendre ce sac ? Lina, poursuivit Mère en se tournant vers moi, nous n'avons pas le choix. S'il te plaît, fais tout ton possible pour ne pas alarmer ton frère.

Mlle Grybas tendit une main secourable à Mère. Et moi ? J'avais peur. Cela n'avait-il donc aucune importance ? *Papa, Papa, où es-tu ?*

J'inspectai le quai, qui était à présent dans un état de chaos indescriptible. Je songeai à courir, courir jusqu'à épuisement de mes forces. Oui, je courrais jusqu'à l'université à la recherche de Papa. Je courrais jusqu'à la maison. Je courrais, un point, c'est tout.

– Lina.

Mère, debout face à moi, me relevait le menton.

– C'est horrible, je sais, murmura-t-elle. Mais l'important, c'est de rester ensemble. Il ne faut pas nous quitter.

Et, après avoir déposé un baiser sur mon front, elle me fit monter dans le wagon.

– Où allons-nous ? demandai-je.

– Je ne sais pas encore.

– Faut-il vraiment qu'on voyage dans ces wagons à bestiaux ?

– Oui, mais je suis sûre que nous n'y resterons pas très longtemps, répondit Mère.

9

À l'intérieur du wagon, l'air était étouffant et saturé d'odeurs intimes, bien qu'on eût laissé la portière ouverte. Tous les espaces disponibles, y compris les plus petits recoins, étaient occupés par des gens assis sur leurs affaires. Au bout du wagon étaient installées, en guise de couchettes, de grandes planches d'un mètre quatre-vingts de large environ. Ona était étendue sur l'un de ces bat-flanc, avec le bébé qui pleurait sur sa poitrine. Elle avait les traits tirés.

– Aïe ! s'écria le Chauve en me donnant une claque sur la jambe. Fais donc attention, petite ! Tu as failli me marcher dessus.

– Où sont passés les hommes ? demanda Mère à Mlle Grybas.

– Ils les ont emmenés, répondit-elle.

– Nous aurions pourtant besoin d'hommes pour nous aider avec les blessés, soupira Mère.

– Il n'y en a aucun, répliqua Mlle Grybas. Nous avons été répartis par groupes selon des critères que j'ignore. Le NKVD ne cesse d'amener des nouveaux venus qu'ils poussent à l'intérieur des voitures. Il y a bien avec nous quelques hommes âgés, mais ils n'ont pas de force.

Mère passa la voiture en revue.

– Mettons les petits là-haut, sur le dernier bat-flanc. Lina, aide Ona à s'allonger sur le premier, cela nous permettra de caser plus d'enfants.

– Réfléchissez donc un peu, espèce d'idiote, aboya le Chauve. Si vous faites de la place, eh bien, ils en profiteront pour fourrer encore plus de gens dans le wagon !

La bibliothécaire était plus petite que moi mais très râblée. Douée d'une force étonnante, elle m'aida à déplacer Ona.

– Je suis Mme Rimas, dit-elle à Ona.

Madame… Elle était donc mariée, elle aussi. Où était son mari ? Peut-être avec Papa… Le bébé poussa un hurlement déchirant.

– C'est un garçon ou une fille ? demanda Mme Rimas.

– Une fille, répondit Ona d'une voix faible tout en remuant les pieds sur le bat-flanc. Ils étaient couverts de crasse et portaient de multiples traces de coupures.

– Votre petite aura bientôt besoin de manger, fit remarquer Mme Rimas.

Je promenai mon regard à la ronde. J'avais l'impression que ma tête était détachée de mon corps. De nouveaux arrivants tentaient tant bien que mal de se caser dans l'espace de plus en plus restreint, notamment une femme accompagnée d'un garçon de mon âge. Je sentis soudain que l'on me tirait par la manche.

– Est-ce que tu vas dormir maintenant ? demanda une petite fille aux cheveux couleur de perle.

– Comment ?

– Tu es en chemise de nuit. Tu vas aller te

coucher ? répéta-t-elle en me fourrant sous les yeux une poupée en loques. Tu vois, c'est ma poupée, ajouta-t-elle.

Ma chemise de nuit. J'étais toujours en chemise de nuit. Et Jonas portait toujours mon imperméable bleu layette. J'avais complètement oublié. Je rejoignis Jonas et Mère en me frayant un passage.

– Nous avons besoin de nous changer, dis-je.

– Il n'y a pas de place pour ouvrir nos valises, répondit Mère. Et il n'y a aucun endroit pour se changer.

– S'il te plaît, Mère, fit Jonas en s'enveloppant étroitement de mon manteau.

Mère essaya de gagner un des coins de la voiture, mais ce fut peine perdue. Se penchant, elle fit sauter les serrures de ma valise, qu'elle entrebâilla légèrement pour y plonger la main, à la recherche d'un vêtement approprié. J'entrevis mon chandail rose et une petite culotte. Elle finit par extraire de la valise ma robe de coton bleu foncé. Après quoi, elle fouilla dans celle de Jonas pour tenter de trouver un pantalon.

– Excusez-moi, madame, finit-elle par dire à une femme assise dans un angle du wagon. Pourriez-vous changer de place avec nous ? Mes enfants ont besoin de se changer.

– C'est *notre* place, déclara la femme. Nous ne bougerons pas.

Ses deux filles levèrent les yeux vers nous.

– Je vois bien que c'est votre place, mais ce serait juste pour un petit moment – le temps que mes enfants se changent. Ils ont besoin d'un peu d'intimité.

La tête de mule ne répondit pas. Elle se contenta de croiser les bras sur sa poitrine.

Alors, d'une brusque poussée, Mère nous expédia dans le coin, quasiment par-dessus l'odieuse bonne femme.

– Hé ! s'écria celle-ci en levant les bras.

– Oh, désolée, vraiment désolée ! Il nous faut juste un peu d'intimité.

Sur ce, enlevant à Jonas mon manteau, Mère le déploya pour nous dissimuler aux regards. Je me changeai en toute hâte et me servis ensuite de ma chemise de nuit comme paravent supplémentaire pour Jonas.

– Il a fait pipi, commenta une des fillettes en montrant du doigt mon frère.

Jonas se raidit.

– Tu as fait pipi, petite fille ? dis-je à voix haute. Oh, ma pauvre !

La température à l'intérieur du wagon n'avait cessé de s'élever depuis que nous y étions montés. Une odeur âcre d'aisselle humide flottait sous mon nez. Nous regagnâmes notre place près de la portière, aspirant à un peu d'air frais. Nous entassâmes nos valises et Jonas s'assit au sommet, le balluchon de notre cousine Regina dans les bras. Mère se mit sur la pointe des pieds pour guetter l'éventuelle apparition de Papa sur le quai.

– Tenez, dit un homme aux cheveux gris en posant par terre un petit coffre. Grimpez là-dessus.

– C'est très gentil à vous, répondit Mère, acceptant l'offre.

– Quand est-ce arrivé ? demanda-t-il.

– Hier.

– Quelle est sa profession ?
– Il est doyen de l'université. Kostas Vilkas.
– Ah, oui, Vilkas, répéta l'homme avec un hochement de tête. Quels beaux enfants ! ajouta-t-il en nous regardant de ses yeux pleins de bonté.
– Oui, répliqua Mère. Ils ressemblent à leur père.

Nous étions assis tous ensemble sur le canapé de velours, Mère, Papa avec Jonas blotti sur ses genoux, et moi. Maman avait mis sa robe longue de soie verte ; ses cheveux blonds retombaient en vagues soyeuses de chaque côté de son visage, et ses boucles d'oreilles d'émeraude étincelaient sous les lumières. Papa portait un de ses nouveaux costumes sombres. En ce qui me concerne, j'avais choisi pour cette occasion ma robe crème avec une large ceinture à nœud en satin brun et un ruban de cheveux assorti.
– Quelle belle famille ! dit le photographe en mettant au point son énorme appareil. Kostas, Lina te ressemble beaucoup.
– La pauvre ! taquina Papa. Espérons que cela lui passera et qu'elle finira par ressembler à sa mère.
– On peut seulement l'espérer, rétorquai-je en manière de plaisanterie.
Tout le monde éclata de rire. Le flash partit.

10

Je comptai les passagers du wagon : il y avait quarante-six personnes entassées dans une cage montée sur roues – à moins que ce ne fût un cercueil roulant. Avec les doigts, j'esquissai la scène dans une épaisse couche de poussière, par terre, à l'avant du wagon, effaçant au fur et à mesure les croquis pour recommencer, encore et encore.

Beaucoup bavardaient à propos de notre future destination. Les uns parlaient des quartiers généraux du NKVD, les autres évoquaient Moscou. Je passai le groupe en revue. L'expression des visages montrait bien l'idée de l'avenir que chacun se faisait. Je vis du courage, de la colère, de la crainte et de la confusion. D'autres semblaient dénués de tout espoir. Ils avaient déjà renoncé. Et moi ? Quelle image pouvais-je bien offrir ?

Jonas chassait les mouches de sa figure et de ses cheveux. Mère échangeait à voix basse des propos avec la nouvelle venue qui avait un fils de mon âge.

– D'où êtes-vous ? demanda celui-ci à Jonas.

Il avait des yeux bleus et des cheveux bruns ondulés. Il ressemblait à l'un des garçons les plus populaires de l'école.

– De Kaunas, répondit Jonas. Et vous ?

– Šančiai.

Nous échangeâmes en silence un regard embarrassé.

– Où est ton père ? laissa échapper Jonas.

– Dans l'armée lituanienne.

Le garçon s'interrompit.

– Il y a longtemps qu'il est parti.

Sa mère avait effectivement l'allure d'une épouse d'officier. C'était une belle femme qui ne semblait pas habituée le moins du monde à la saleté. Jonas continuait à bavarder à bâtons rompus avec son fils. Impossible de l'interrompre.

– Notre père travaille à l'université. Je m'appelle Jonas, et voici ma sœur, Lina.

– Mon nom est Andrius Arvydas, dit-il en m'adressant un signe de tête auquel je répondis avant de détourner les yeux.

– Crois-tu qu'ils accepteraient de nous laisser sortir, même pour quelques minutes ? questionna Jonas. Comme ça, si Papa est ici, à la gare, il pourra nous voir. Autrement, il n'a aucune chance de nous trouver.

– Ça m'étonnerait fort que le NKVD nous permette de faire quoi que ce soit, répliqua Andrius. Je les ai vus rouer de coups quelqu'un qui essayait de s'enfuir.

– Ils nous ont traités de cochons, raconta mon frère.

– Ne les écoute pas, Jonas, intervins-je. Ce sont eux, les cochons. De stupides cochons.

– Chh…, murmura Andrius. Je ne dirais pas ça.

– Tu es de la police ? demandai-je.

Andrius haussa les sourcils.

– Non. Je veux juste éviter que tu t'attires des ennuis.

– Ne nous attire pas d'ennuis, Lina, implora Jonas.

Je jetai un coup d'œil du côté de Mère.

– Je leur ai donné tout ce que j'avais. J'ai menti et leur ai raconté qu'il était faible d'esprit. Je n'avais pas le choix, chuchotait la mère d'Andrius. Sinon ils nous auraient séparés. Je n'ai plus rien à présent. Rien, pas même une croûte de pain.

– Je sais, dit Mère en tendant un bras compatissant vers la femme. Ils ont fait la même chose avec nous, et mon fils n'a que dix ans.

Le bébé d'Ona vagissait. Mme Rimas s'approcha de Mère.

– Elle essaye de nourrir l'enfant, expliqua-t-elle, mais il semble y avoir un problème. Le bébé ne tète pas comme il faut.

Les heures s'écoulaient, interminables. On pleurait de faim, de fatigue ; la chaleur devenait accablante. Le Chauve gémissait et grognait à propos de sa jambe, tandis que d'autres s'efforçaient d'organiser l'espace et de ranger plus rationnellement les bagages. Contrainte de renoncer à mon esquisse dans la poussière, je me mis à graver des dessins sur le mur à l'aide de mon ongle.

Andrius sauta à bas du wagon pour aller uriner, mais le NKVD le reçut à coups de poing et le refoula brutalement dans la voiture. Nous avions tous un mouvement de recul au moindre cri, au moindre coup de fusil. Plus personne n'osa quitter à nouveau le wagon.

Quelqu'un découvrit l'existence d'un trou, de

la taille d'une assiette, dans le coin où la tête de mule s'était réfugiée avec ses filles. Des heures durant, elle avait dissimulé ce trou et l'air frais qui en sortait. Une poignée de nos compagnons se précipitèrent sur elle, insistant pour qu'elle s'en allât. Comme elle persévérait dans son obstination, ils finirent par la faire partir de force. Après quoi, le trou servit de toilettes, et nous nous en servîmes à tour de rôle. Quelques-uns cependant ne pouvaient s'y résoudre. Les bruits, les odeurs étaient insupportables. La tête me tournait. Un jeune garçon se pencha à la portière et vomit.

Mme Rimas rassembla les enfants et commença à raconter des histoires. Les jeunes enfants se glissèrent tant bien que mal près de la bibliothécaire. Les deux filles plantèrent là leur grincheuse de mère pour aller s'asseoir avec les autres, fascinés par les contes fantastiques. La petite fille à la poupée de chiffon suçait son pouce, appuyée contre l'épaule de Mme Rimas.

Nous étions assis en cercle par terre, dans la bibliothèque. Un des petits suçait son pouce, allongé sur le dos. La bibliothécaire feuilletait le livre d'images tout en lisant l'histoire avec animation. J'écoutais et dessinais au fur et à mesure les personnages du conte dans mon carnet. Tandis que j'esquissai le dragon, mon cœur se mit à battre plus vite. Il était vivant. Je sentais sur moi son souffle enflammé qui rejetait mes cheveux en arrière. Après quoi, je dessinai la princesse en train de courir; je dessinai sa magnifique chevelure d'or qui descendait tout le long de la montagne…

– Lina, es-tu prête à partir?

Je levai les yeux. La bibliothécaire tournait autour de moi. Les autres enfants avaient tous disparu.

– Ça ne va pas, Lina ? Tu es toute rouge. Tu n'es pas malade, n'est-ce pas ?

Je secouai la tête et brandis mon carnet.

– Oh, ma parole, Lina, tu as vraiment dessiné ça ? s'exclama la bibliothécaire en tendant prestement le bras pour prendre le calepin.

J'acquiesçai en souriant.

11

Le soleil était sur le point de se coucher. Mère tressa mes cheveux ondulés, humides de sueur. J'essayai de faire le compte des heures déjà écoulées dans notre boîte-prison et me demandai combien d'heures il faudrait y passer encore. Les gens mangeaient la nourriture qu'ils avaient apportée. Beaucoup d'entre eux partagèrent. Quelques-uns ne le firent pas.

– À propos, Lina, cette miche de pain..., commença Mère.

– Je ne l'ai pas, répliquai-je en secouant la tête.

La miche de pain était-elle toujours là-bas, à la maison, posée sur mon bureau ?

– Bon, eh bien, tant pis ! fit Mère avec une petite moue de déception tout en allant porter un peu de nourriture à Ona.

Andrius était assis par terre, les genoux ramenés contre la poitrine. Il fumait une cigarette, les yeux fixés sur moi.

– Quel âge as-tu ? demandai-je.

– Dix-sept, répondit-il sans détacher de moi son regard.

– Ça fait combien de temps que tu fumes ?

– Tu es de la police ? rétorqua-t-il.

Et il détourna les yeux.

La nuit vint. Il faisait très sombre dans notre boîte de bois. Selon Mère, nous aurions dû être reconnaissants au NKVD de laisser la portière ouverte. Il n'était pas question pour moi de leur être reconnaissante de quoi que ce fût. Toutes les cinq minutes, j'entendais leurs bottes marteler le quai. Je ne pouvais trouver le sommeil. Je me demandai si la lune était apparue dans le ciel et à quoi elle ressemblait. Un jour, Papa m'avait dit que, d'après les conjectures des savants, la Terre vue de la Lune paraissait bleue. Ce soir-là, je le croyais, je voulais bien le croire. Je l'aurais volontiers représentée ainsi : bleue et pleine de larmes. Où Papa pouvait-il bien être ? Je fermai les paupières.

Quelque chose heurta mon épaule. J'ouvris les yeux. Il faisait plus clair dans le wagon. Dressé au-dessus de moi, Andrius me donnait de petits coups de pied du bout de sa chaussure. Le doigt sur les lèvres, il me faisait signe. Je jetai un coup d'œil à Mère. Elle dormait, serrant étroitement son manteau autour d'elle. Jonas avait disparu. Je tournai vivement la tête en tous sens dans l'espoir de l'apercevoir. Andrius me donna un nouveau coup de pied et, d'un geste de la main, m'indiqua l'avant du wagon.

Je me levai et me frayai un chemin entre les ballots humains jusqu'à la portière. Elle était ouverte. Jonas était là, cramponné à ses montants.

– Andrius m'a dit qu'il y a environ une heure, un très long train est entré dans la gare. Il paraît qu'il est bourré à craquer d'hommes, chuchota Jonas. Peut-être que Papa est dedans.

– Qui t'a raconté ça ? demandai-je à Andrius.

– Peu importe. Allons plutôt à la recherche de nos deux pères.

Je jetai un coup d'œil le long du train, puis vers l'horizon. Le soleil venait d'apparaître. Si Papa était bien à la gare, il me fallait absolument le joindre.

– Je vais y aller et je vous informerai de mes découvertes, dis-je. Où est le train qui vient d'arriver ?

– Derrière nous, répliqua Andrius. Mais c'est moi qui irai. Toi, tu restes là.

– Et comment vas-tu faire pour trouver mon père ? rétorquai-je d'un ton brusque. Tu ne sais même pas à quoi il ressemble.

– Tu es toujours aussi aimable ? railla Andrius.

– Vous pouvez peut-être y aller tous les deux, suggéra Jonas.

– Non, j'irai toute seule, décidai-je. Je dénicherai Papa et le ramènerai avec moi.

– C'est ridicule, intervint Andrius. Nous perdons du temps. Je n'aurais pas dû te réveiller.

Je me penchai à la portière et regardai au-dehors. Le garde se trouvait à environ trois cents mètres de notre wagon ; il nous tournait le dos. Je me suspendis au rebord, puis me laissai tomber doucement sur le sol avant de me glisser à quatre pattes sous le train. Andrius m'avait devancée. Soudain, je perçus une sorte de glapissement et vis Jonas sauter à bas du train. Andrius l'empoigna par le bras, et nous essayâmes de nous cacher derrière une des roues tout en jetant un coup d'œil furtif de dessous le train. L'agent du NKVD s'arrêta de faire les cent pas et se retourna.

Je bâillonnai Jonas d'un revers de main. Nous restâmes accroupis près de la roue, n'osant plus respirer. Le garde reprit sa marche.

Après avoir passé rapidement en revue l'autre côté du train, Andrius nous fit signe d'avancer. Je sortis en rampant de dessous le wagon. À l'arrière de notre train, il y avait quelque chose d'écrit en caractères russes.

– Voleurs et prostituées, murmura Andrius. C'est ce qui est dit là.

Voleurs et prostituées. Nos mères se trouvaient dans ce wagon en compagnie d'un professeur, d'une bibliothécaire, de personnes âgées, et d'un nouveau-né – voleurs et prostituées ! Jonas regardait les caractères russes. J'attrapai sa main, heureuse qu'il ne sût pas lire le russe. Je regrettais qu'il ne fût pas resté à bord du train.

Il y avait en effet sur les rails, derrière notre convoi, une longue file de wagons à bestiaux. Toutefois, les portières de ces wagons étaient fermées et solidement verrouillées. Après avoir promené notre regard à la ronde, nous courûmes nous cacher sous l'autre train, esquivant tant bien que mal les projections d'urine et d'excréments. Andrius cogna contre le plancher du wagon, juste à côté du trou faisant office de toilettes. Une ombre apparut.

– Comment s'appelle votre père ? s'enquit Andrius.

– Kostas Vilkas, me hâtai-je de répondre.

– Nous cherchons Petras Arvydas et Kostas Vilkas, chuchota-t-il.

La tête disparut. Un bruit de pas traînants se fit entendre au-dessus de nous. La tête réapparut.

– Ils ne sont pas dans cette voiture. Soyez prudents, mes enfants, et surtout parfaitement silencieux.

Nous passâmes de wagon en wagon, tâchant de nous faufiler entre les déjections et frappant au plancher. Chaque fois qu'une tête disparaissait, je sentais mon estomac se nouer. « *S'il vous plaît, s'il vous plaît, s'il vous plaît* », répétait Jonas. Après quoi, nous reprenions notre hasardeux voyage, chargés de messages pour des êtres aimés et de conseils de prudence. Nous atteignîmes enfin le septième wagon. La tête de l'homme disparut. Tout semblait silencieux à l'intérieur. « *S'il vous plaît, s'il vous plaît, s'il vous plaît* », dit Jonas.

– Jonas ?

– Papa !

Le mot s'étrangla dans notre gorge. Il fallait nous efforcer de parler bas.

Je perçus le frottement d'une allumette contre une planche de bois, puis le visage de Papa apparut dans le trou. Il avait le teint blême et un œil sévèrement poché.

– Papa, commença Jonas, nous sommes dans un wagon un peu plus haut. Viens avec nous.

– Chh…, fit Papa. Je ne peux pas. Vous ne devriez pas être ici. Où est votre mère ?

– Dans le wagon, répondis-je, à la fois heureuse et horrifiée de voir le visage contusionné de mon père (il avait dû recevoir un coup de matraque). Comment vas-tu, Papa ? ajoutai-je.

– Je vais bien. Et vous ? Et votre mère ? Comment se porte-t-elle ?

– Ça va, fis-je.

– Maman ne sait pas où on est, avoua Jonas.

Mais on voulait absolument te trouver. Papa, ils ont forcé la porte de la maison et…

– Je sais. Ils sont en train d'attacher notre train au vôtre.

– Où nous emmènent-ils ? demandai-je.

– En Sibérie, je crois.

En Sibérie ? C'était impossible ; ça ne pouvait pas être vrai. La Sibérie était à l'autre bout du monde ou presque. Il n'y avait rien en Sibérie. J'entendis Papa prononcer quelques mots à l'adresse d'un de ses compagnons à l'intérieur du wagon, puis je vis son bras sortir du trou.

– Prenez ça, dit-il en nous tendant une boule de tissu informe. Il y a là une veste et des chaussettes. Vous en aurez besoin.

De nouveaux bruits s'élevèrent dans le wagon. Papa nous tendit encore une autre veste, deux chemises et d'autres paires de chaussettes, et enfin, un gros morceau de jambon.

– Partagez ce jambon, mes enfants, et mangez-le.

Je fixai des yeux le jambon que mon père nous offrait à travers le trou qui faisait office de toilettes et j'hésitai.

– Fourrez ça dans votre bouche, ordonna Papa. Tout de suite !

Je divisai l'épais morceau en quatre parts. J'en donnai une à Jonas, l'autre à Andrius, et fourrai la dernière dans la poche de ma robe à l'intention de Mère.

– Lina, dit mon père, prends également ça et dis à ta mère qu'elle peut le vendre, en cas de besoin.

Je vis alors dans la main de Papa, qui descendait

vers moi, une alliance en or – son anneau de mariage – que je restai là à contempler sans bouger.

– Lina, comprends-tu ? Dis-lui que c'est au cas où elle aurait besoin d'argent.

J'avais envie de lui raconter que nous avions déjà troqué une montre en or contre Jonas, mais je me contentai de hocher la tête et de glisser l'anneau à mon pouce, incapable d'avaler le jambon tant ma gorge était nouée.

– Monsieur, dit Andrius, Petras Arvydas est-il dans votre wagon ?

– Je suis désolé, mon fils, non, il n'y est pas. Ce que vous faites est très dangereux. Il faut que vous retourniez tous les trois dans votre train.

J'acquiesçai d'un signe de tête.

– Jonas ?

– Oui, Papa, répondit Jonas en levant des yeux interrogateurs.

– Tu es très courageux d'être venu. Il faut absolument que vous restiez tous ensemble. Je sais que tu prendras soin de ta sœur et de ta mère pendant mon absence.

– Oui, Papa, je te le promets. Quand est-ce qu'on va se revoir ?

– Je ne sais pas, répondit Papa après un silence. Bientôt, j'espère.

Je serrai contre moi le ballot de vêtements. Des larmes commencèrent à couler le long de mes joues.

– Ne pleure pas, Lina, murmura mon père. Courage ! Tu peux m'aider.

Je levai les yeux vers lui.

– Comprends-tu ?

Mon père s'interrompit, regarda Andrius, hésita.

– Tu peux m'aider à vous retrouver, continua-t-il à voix très basse. Avec tes dessins. Je saurai que c'est toi… tout comme tu sais au premier coup d'œil qu'il s'agit d'un tableau de Munch. Bien entendu, il faudra que tu sois très prudente.

– Mais…, commençai-je, incertaine.

– Je vous aime tous les deux. Dites à votre mère que je l'aime. Dites-lui de se souvenir du chêne. Récitez vos prières, mes enfants, je les entendrai. Priez pour la Lituanie. Et maintenant, retournez en courant dans votre train. Dépêchez-vous !

Ma poitrine me faisait mal et mes yeux brûlaient. Je me mis en route, mais je chancelai.

Andrius me rattrapa.

– Ça ne va pas ? demanda-t-il.

Il avait une expression pleine de douceur ; il semblait vraiment inquiet.

– Si, si, ça va très bien, répondis-je, me hâtant de m'arracher à son étreinte et de m'essuyer les yeux. Allons chercher ton père.

– Non. Tu n'as pas entendu ce que le tien a dit ? Dépêchez-vous, retournez en courant dans votre train et répétez à votre mère ses paroles.

– Et ton père à toi ? m'enquis-je.

– Je vais essayer quelques autres wagons. Je vous retrouverai un peu plus tard. Sauve-toi, Lina. Tu perds du temps.

J'hésitai.

– Est-ce que tu as peur de rentrer seule ?

– Non ! fis-je. Je n'ai pas peur. Mon père a dit que nous devions rester ensemble, mais ça ne fait rien, nous nous débrouillerons tout seuls. On n'a pas besoin de lui, n'est-ce pas, Jonas ? ajoutai-je en attrapant mon frère par le bras.

Jonas trébucha tout en regardant Andrius par-dessus son épaule.

12

– Halte ! ordonne soudain une voix.

Nous sommes tout près du but – quasiment sous notre wagon. Les bottes d'un garde du NKVD marchent sur nous. Je replie mon pouce, auquel j'ai glissé l'alliance de Papa, pour le cacher au creux de ma paume.

– *Davaï !* hurle la voix.

Jonas et moi sortons en rampant de dessous le wagon.

– Lina ! Jonas ! crie Mère qui se penche à la portière du train.

Le garde pointe son fusil sur elle, lui intimant de se tenir tranquille. Il se met alors à tourner autour de nous, resserrant un peu plus son cercle à chaque tour. Ses bottes sont toutes proches à présent.

Je sens Jonas se rapprocher furtivement de moi. Je serre le poing, de peur que ce garde n'aperçoive l'anneau d'or.

– On a laissé tomber des choses dans le trou des toilettes, expliqué-je en brandissant le ballot de vêtements.

Je mens, naturellement. Mère traduit mes paroles en russe à l'intention de l'agent du NKVD.

Celui-ci regarde les chaussettes qui trônent au

sommet de mon balluchon, puis, attrapant Jonas par le bras, il commence à le fouiller. Je pense au morceau de jambon caché dans la poche de ma robe. Comment vais-je pouvoir justifier la présence de ce jambon alors que nous sommes tous affamés ? Il nous pousse par terre. Il agite son fusil autour de nos visages tout en criant Dieu sait quoi en russe. Je me blottis contre Jonas, le regard fixé sur la crosse du fusil. Je ferme les yeux. *S'il vous plaît, non.* Le garde nous envoie du gravier dans les jambes à coups de pied avant de cracher : «*Davaï !*» tout en désignant du doigt notre wagon.

Le visage de Mère était livide. Cette fois-ci, elle avait tout le mal du monde à dissimuler sa peur. Ses mains tremblaient, et elle respirait avec peine.

– Vous auriez pu être tués ! dit-elle.

– Nous sommes sains et saufs, Mère, déclara Jonas. En fait, ajouta-t-il d'une voix tremblante, nous sommes allés à la recherche de Papa.

– Où est Andrius ? s'enquit Mme Arvydas en jetant un coup d'œil par-dessus nos épaules.

– Il est venu avec nous, répondis-je.

– Mais où est-il à présent ? demanda-t-elle.

– Il voulait absolument trouver son père.

Mme Arvydas poussa un profond soupir.

– Son père ? Pourquoi ne me croit-il pas ? Je lui ai pourtant dit et redit que son père…

Et, tournant le dos, elle se mit à pleurer.

Je me rendis alors compte que j'avais commis une grave erreur. Je n'aurais pas dû repartir sans Andrius.

– Nous l'avons trouvé, Mère, dit Jonas, nous avons trouvé Papa.

À ces mots, les passagers du wagon se pressèrent à notre rencontre. Ils voulaient savoir combien d'hommes il y avait dans ce train et si par hasard nous avions aperçu des êtres qui leur étaient chers.

– Papa pense que nous allons en Sibérie, annonça Jonas. Il nous a donné du jambon. On a mangé notre part tous les trois mais on en a gardé un morceau pour toi. Lina, donne-le à Mère.

Je mis la main dans ma poche pour prendre le jambon, que je tendis à Mère.

Elle aperçut alors l'anneau glissé à mon pouce.

– Au cas où tu aurais besoin d'argent, expliquai-je. Papa a dit que tu pouvais le vendre.

– Il a dit aussi qu'il fallait te souvenir du chêne, continua Jonas.

Mère ôta l'anneau de mon doigt et le porta à ses lèvres avant d'éclater en sanglots.

– Ne pleure pas, Mère, implora Jonas.

– Petite ! cria le Chauve. Qu'est-ce que tu as apporté d'autre à manger ?

– Lina, va porter ce morceau de jambon à M. Stalas, ordonna Mère en reniflant à petits coups. Il a faim.

M. Stalas. Le Chauve avait donc un nom. Je m'approchai de lui. Ses bras flétris étaient couverts de meurtrissures vertes et pourpres. Je lui présentai le morceau de jambon.

– Non, non, c'est pour ta mère, fit-il. Qu'est-ce que tu as d'autre ?

– C'est tout ce que Papa m'a donné.

– Combien y avait-il de wagons dans ce train ?

– Je ne sais pas, répondis-je. Peut-être vingt.

– Il a dit que nous allions en Sibérie ?

– Oui.

– Ton père a probablement raison.

Les sanglots de Mère s'apaisaient peu à peu. Je réitérai mon offre. Laquelle fut à nouveau refusée.

– Non, c'est pour ta mère. Assure-toi qu'elle le mange. De toute façon, je n'aime pas le jambon. Et maintenant, laisse-moi tranquille.

– Il n'a pas voulu venir avec nous, expliquait mon frère à Mme Arvydas. Lina et lui ont commencé à se disputer, et il a déclaré qu'il allait poursuivre ses recherches.

– On ne se disputait pas, l'interrompis-je.

– Si jamais ils le trouvent à errer dans les parages et découvrent qu'il est le fils d'un officier…, dit Mme Arvydas.

Et elle cacha son visage dans ses mains.

L'homme aux cheveux gris secoua la tête et remonta sa montre.

Je me sentais coupable. Pourquoi n'étais-je pas restée avec Andrius ou n'avais-je pas insisté pour qu'il revînt avec nous ? Je jetai un coup d'œil par la portière du train, espérant le voir.

Deux Soviétiques traînaient un prêtre le long du quai. Il avait les mains liées derrière le dos, et sa soutane était crasseuse. Pourquoi un prêtre ? Mais alors… pourquoi nous ? Pourquoi n'importe lequel d'entre nous ?

13

Le soleil se leva, et la température ne tarda pas à monter dans le wagon. Une odeur humide d'excréments et d'urine flottait au-dessus de nous comme une couverture sale. Andrius n'était pas revenu, et Mme Arvydas pleurait si fort que j'en étais terrifiée. Je me sentais malade de culpabilité.

Un garde s'approcha du wagon avec un seau d'eau et un seau de soupe grossière.

Tous se ruèrent vers les seaux.

– Attendez, dit Mlle Grybas, comme si elle dirigeait sa classe. N'en prenons, pour commencer, qu'une petite quantité chacun. Il faut être sûr qu'il y en ait assez pour tout le monde.

La « soupe », grisâtre, ressemblait fort à de la pâtée pour cochons. Quelques enfants refusèrent d'y goûter.

Jonas dénicha le colis de Regina, la cousine de Mère. Il contenait une petite couverture, une saucisse et un gâteau au café. Mère divisa la nourriture en minuscules morceaux qu'elle répartit équitablement entre tous. Le bébé continuait à vagir. Ona se tordait de désespoir et pleurait autant que le nourrisson, qui refusait toujours de manger et dont la figure avait pris une teinte d'un rose plus sombre.

De longues heures s'écoulèrent. Andrius n'était toujours pas revenu. Mère vint s'asseoir à côté de moi.

– Comment as-tu trouvé ton père ? demanda-t-elle, lissant mes nattes avant de passer son bras autour de mes épaules.

Je mentis.

– Assez bien, répondis-je. Mère..., ajoutai-je en posant ma tête sur son épaule, pourquoi nous emmènent-ils ? Est-ce vraiment parce que Papa travaille à l'université ? C'est absurde !

Le Chauve poussa un gémissement.

– C'est comme lui, murmurai-je. Il n'est pas professeur. Il est philatéliste, et on l'envoie tout de même en déportation. Tu vois bien...

– Ce n'est pas un simple philatéliste, répliqua Mère à voix très basse. J'en suis certaine. Il en sait beaucoup trop.

– Que sait-il ?

Mère poussa un profond soupir en secouant la tête.

– Staline a un plan, ma chérie. Le Kremlin fera tout pour le mener à bonne fin. Tu es au courant de cela. Il veut annexer la Lituanie, aussi nous déplace-t-il provisoirement.

– Mais pourquoi nous ? demandai-je. Les Soviétiques occupent déjà la Lituanie depuis l'an dernier. N'est-ce pas suffisant ?

– Il ne s'agit pas seulement de la Lituanie, ma petite Lina, répondit Mère. J'imagine que Staline fait subir le même sort à la Lettonie, à l'Estonie et à la Finlande. C'est une histoire très compliquée. Et maintenant, essaye de te reposer un peu.

J'avais beau être épuisée, je n'arrivais pas à

dormir. Je me demandai si ma cousine Joana était elle aussi dans un train, en route pour une destination inconnue. Peut-être était-elle près de Papa. Il avait dit que je pouvais l'aider, mais comment l'aider si nous partions vraiment pour la Sibérie ? Je pensai à Andrius, tentai d'imaginer son visage et finis par m'assoupir.

Lorsque je passai à côté du tableau, mes pieds s'immobilisèrent. Le visage. Un visage d'une poignante beauté comme je n'en avais encore jamais vu. C'était un portrait au fusain d'un jeune homme. Les commissures de ses lèvres étaient joliment retroussées, il souriait, mais son visage n'en était pas moins empreint d'une douleur qui me mit les larmes aux yeux. Les nuances aussi précises que délicates de la chevelure se mêlaient avec une infinie douceur sans rien perdre de leur caractère. Je m'approchai pour examiner le portrait de plus près. Parfait. Comment l'artiste était-il parvenu à obtenir un modelé aussi pur d'un seul trait, sans même laisser une empreinte de doigt ? Qui était cet artiste, et qui était le jeune homme ? Je regardai la signature. Munch.

– Jeune fille, veuillez suivre le groupe, s'il vous plaît, dit notre guide. Il s'agit là d'une autre exposition.

Quelques-uns des élèves s'étaient plaints un peu plus tôt. Comment pouvaient-ils se plaindre à propos d'une visite éducative au musée des Beaux-Arts ? Pour ma part, j'attendais cette visite avec impatience depuis des mois.

Les talons de notre guide claquaient sur le sol carrelé. Je m'élançai en avant, mais mon esprit restait fixé sur le dessin, sur le visage. Je me frottai les doigts. Une touche légère, oui, mais de l'assurance dans le trait. Je brûlais d'impatience d'essayer.

De retour dans ma chambre, je m'assis à mon bureau. Tandis que je lui frayais un chemin à travers la page, je sentis le fusain vibrer légèrement. Le petit frottement qu'il faisait entendre au contact du papier me donnait des frissons. Je me mordis la lèvre inférieure. Puis je promenai mon majeur sur les bords du croquis pour adoucir les contours trop durs. Ce n'était pas encore ça, mais presque.

Promenant le bout de mon index dans la poussière qui recouvrait le plancher, j'écrivis son nom. Munch. Je reconnaîtrais son style n'importe où, dans n'importe quelle œuvre. Et Papa reconnaîtrait le mien. Et il pourrait nous retrouver si je laissais derrière moi un sillage de dessins.

14

Quand je me réveillai, il faisait nuit noire. Je me déplaçai à l'avant du wagon et laissai pendre ma tête à la portière pour avoir un peu d'air. Mes cheveux glissèrent sur ma nuque et s'écroulèrent d'un seul coup. Je sentis l'air affluer autour de mon visage et respirai profondément. Le gravier crissa. Je relevai vivement la tête, m'attendant à voir un garde. Il n'y en avait aucun. Le gravier sembla craquer une nouvelle fois sous des pieds. À nouveau, je laissai tomber complètement la tête pour tenter de voir quelque chose sous le train. Une silhouette sombre était pelotonnée près de la roue. La lumière était si blafarde que je plissai les yeux, essayant d'accommoder mon regard. Une main couverte de sang se leva vers moi en tremblant. Je reculai avant de comprendre.

Andrius.

Mère, qui tenait Jonas étroitement serré dans ses bras, avait les yeux clos. Dehors, à deux wagons de distance du nôtre, les gardes du NKVD arpentaient le quai d'un pas énergique ; ils me tournaient le dos. La petite fille à la poupée de chiffon était agenouillée près de la portière. Je portai un doigt à mes lèvres, et elle hocha la tête. Je me laissai glisser à bas du wagon, m'efforçant de ne pas faire le moindre bruit. Je ne pouvais m'empêcher de me rappeler le fusil du garde pointé sur moi, et mon cœur cognait à grands coups dans ma poitrine.

Je m'approchai d'Andrius pour m'arrêter presque aussitôt. Un camion passait quelque part au-dehors, balayant fugitivement de ses phares le sol au-dessous du wagon. Andrius avait le regard perdu dans le vague ; son visage tuméfié, presque bleu, portait de multiples traces de coups, ses lèvres étaient fendues, et ses yeux, si gonflés qu'on eût dit deux oreillers. Quant à sa chemise, elle était couverte de sang. Je m'agenouillai près de lui.

– Peux-tu marcher ?

– Un peu.

Je jetai un coup d'œil furtif au-dehors. Les gardes, qui formaient à présent un petit groupe, quatre wagons plus bas, étaient en train de fumer. Je frappai un léger coup près du trou des toilettes. La figure de la Grincheuse apparut. Ses yeux s'élargirent.

– J'ai Andrius avec moi. Il faut l'aider à remonter dans le train.

En guise de réponse, elle se contenta de me dévisager.

– Est-ce que vous m'entendez ? murmurai-je. Il faut le hisser à l'intérieur. Faites vite !

Sa figure disparut du trou. J'entendis des pas traînants à l'intérieur du wagon. Après avoir jeté un coup d'œil aux gardes, je passai le bras sanglant d'Andrius par-dessus mon épaule et saisis le garçon par la taille. Puis je commençai à me redresser, m'approchant petit à petit du trou. L'homme aux cheveux gris passa la tête au-dessus de nous comme pour me faire signe d'attendre. Andrius s'affaissait de plus en plus sur mon épaule, m'obligeant à fléchir les genoux. J'ignorais combien de temps encore je pourrais continuer à le soutenir ainsi.

– MAINTENANT ! s'écria l'homme aux cheveux gris.

Je rassemblai alors mes forces pour propulser Andrius vers l'homme qui, avec l'aide de quelques autres, réussit à hisser le garçon dans le wagon.

Au moment précis où je me déplaçai légèrement pour vérifier si les soldats d'escorte étaient toujours au même endroit, ils firent demi-tour et se mirent à marcher dans ma direction. Je promenai mon regard autour de moi. En désespoir de cause, j'empoignai un essieu sous la caisse du wagon et, à la force du poignet, soulevai les jambes pour les tendre à l'horizontale. Tandis que j'étais ainsi suspendue, le bruit des bottes se rapprocha. Soudain, ils furent près de la roue. Ils bavardaient à voix basse. En russe. Je perçus alors le craquement d'une allumette et vis apparaître une lueur rougeoyante sur la botte d'un des gardes. Mes bras, qui tentaient désespérément de tenir bon, se mirent à trembler. *Dépêchez-vous.*

Je restai suspendue là. Mes mains commençaient à transpirer. J'étais sur le point de lâcher prise. Je sentais mes muscles s'enflammer, fibre après fibre, tandis que les gardes du NKVD poursuivaient leur conversation. *S'il vous plaît.* Je me mordis la lèvre inférieure. *Allez-vous-en.* Un chien aboya. Ils firent volte-face et se dirigèrent vers l'endroit d'où venait le son.

Mère et l'homme aux cheveux gris me hissèrent à mon tour dans le wagon. Je m'effondrai près de la portière, avide d'air frais. La petite fille à la poupée en loques posa le doigt sur ses lèvres et hocha la tête.

Je regardai Andrius. La commissure de ses lèvres ainsi que ses dents étaient maculées de sang séché ; sa mâchoire était enflée. Je les haïssais, oui, je haïssais le NKVD et les Soviétiques. Ce jour-là, je plantai une semence de haine dans mon cœur, jurant qu'elle deviendrait un arbre gigantesque dont les racines les étrangleraient tous.

– Comment ont-ils pu faire ça ? demandai-je à voix haute tout en passant en revue les gens du wagon.

Personne ne répondit. Comment allions-nous pouvoir prendre notre propre défense si chacun se recroquevillait de peur et restait muet ?

Je devais prendre la parole. Je noterais tout, dessinerais tout. J'aiderais Papa à nous retrouver.

Andrius remua les jambes. Je le regardai.

– Merci, chuchota-t-il.

15

Je me réveillai en sursaut près de Jonas et d'Andrius. La portière de notre wagon avait été fermée et verrouillée. On commençait à s'affoler.

La vapeur s'échappa des machines avec un long sifflement.

– S'il vous plaît, ne bougez pas à moins que ce soit absolument indispensable, ordonna Mlle Grybas. Assurez-vous que l'accès aux toilettes reste dégagé.

– Madame la Dame du Livre ? Est-ce que vous allez nous raconter une histoire ? demanda la petite fille à la poupée.

– Maman, gémit une toute petite voix. J'ai peur. Allume la lumière.

– Quelqu'un a-t-il apporté une lanterne ? demanda quelqu'un.

– Bien entendu, persifla le Chauve, et j'ai pardessus le marché un repas de quatre plats tout prêt dans mes bagages.

– Monsieur Stalas, déclara Mère, je vous en prie, nous faisons tous de notre mieux.

– Petite, m'ordonna-t-il, jette donc un coup d'œil par la lucarne et dis-nous ce que tu vois.

Je me déplaçai à l'avant du wagon et me hissai sur la pointe des pieds.

– Le soleil se lève, commençai-je.

– Épargne-nous ta poésie, répliqua le Chauve d'un ton sec. Qu'est-ce qui se passe dehors ?

On entendit un nouveau sifflement suivi de bruits métalliques.

– Des agents du NKVD font les cent pas le long du train avec des fusils, rapportai-je. Je vois aussi des hommes en costume sombre qui regardent les wagons.

Une brusque secousse se fit alors sentir : le train s'ébranlait.

– Il y a des bagages partout, ajoutai-je. Et un tas de choses à manger sur le quai.

Autour de moi on gémissait. La gare avait l'air désolée, fantomatique. Il y avait là, comme figés, des souliers dépareillés jonchant le sol, une canne, un sac de femme grand ouvert et un ours en peluche orphelin, seuls et uniques vestiges des scènes chaotiques qui s'y étaient déroulées.

– Nous sortons de la gare, continuai-je en allongeant le cou pour voir plus loin. Il y a des gens. Il y a un prêtre. Il prie. Un homme brandit un grand crucifix.

Le prêtre leva les yeux, et, tandis que notre train commençait à s'éloigner, l'aspergea d'huile en faisant le signe de la croix.

Il administrait les derniers sacrements.

16

Tandis que le train continuait à rouler, je décrivais au fur et à mesure et dans les moindres détails tout ce qui défilait devant moi. Le fleuve Niémen, les vastes églises, les bâtiments, les rues et même les arbres. Les gens sanglotaient. Jamais la Lituanie n'avait paru plus belle. Les fleurs resplendissaient de couleurs dans la campagne de juin, mais sur nos wagons qui avançaient, avançaient sans fin, il était écrit « Voleurs et prostituées ».

Au bout de deux heures, le train se mit à ralentir.

– On arrive dans une gare, annonçai-je.

– Que dit l'écriteau ? demanda le Chauve.

Je ne pouvais le distinguer, il était encore trop loin ; j'attendis.

– Vilnius. Nous sommes à… Vilnius, précisai-je à voix basse.

Vilnius, capitale de la Lituanie. À l'école, on avait étudié l'histoire du pays. Voilà six cents ans, le grand-duc Gédymin avait vu en rêve un loup de fer se dresser sur une colline. Il avait consulté un prêtre au sujet de ce songe, et celui-ci lui avait expliqué que le loup de fer symbolisait une puissante et redoutable cité où tout était possible.

– Lina, puis-je vous parler, s'il vous plaît ?

Les autres élèves sortirent en rangs de la pièce. Je m'approchai du bureau du professeur.

– Lina, dit-elle en s'agrippant des deux mains au bureau, il semble que vous préfériez entretenir des relations plutôt qu'étudier.

Elle ouvrit un sous-main posé devant elle. Mon cœur bondit dans ma poitrine. À l'intérieur, il y avait une série de notes, accompagnées de croquis, que j'avais écrites pour des filles de ma classe. Tout en haut de la pile trônait un nu grec et un portrait de mon beau professeur d'histoire.

– J'ai trouvé ça dans la corbeille à papier. J'en ai parlé à vos parents.

Mes mains devinrent moites.

– J'ai essayé de copier la silhouette dans un livre de la bibliothèque...

Elle leva la main pour m'interrompre.

– Outre votre grande aisance en société, vous semblez être une artiste pleine de promesses. Vos portraits sont... (elle s'arrêta et fit tourner le dessin) fascinants. Ils témoignent d'une profondeur de sensibilité qui n'est pas de votre âge.

– Merci, répondis-je en poussant un soupir de soulagement.

– Je crois que nous n'avons pas les moyens, ici, de développer comme il le faudrait votre talent. Toutefois, il existe un programme d'été à Vilnius.

– À Vilnius ? demandai-je.

Vilnius était à quelques heures de Kaunas.

– Oui, à Vilnius. L'an prochain, quand vous aurez seize ans, vous serez autorisée à y participer. Si vous êtes admise, vous étudierez le dessin avec

quelques-uns des plus grands artistes d'Europe du Nord. Cela vous intéresserait-il ?

M'intéresser ? J'étais si excitée à cette idée que j'eus tout le mal du monde à répondre.

– Oui, madame Pranas, cela m'intéresserait beaucoup.

– En ce cas, j'aimerais vous recommander, dit le professeur en me tendant le sous-main. Vous remplirez donc un formulaire d'inscription et présenterez plusieurs échantillons de vos dessins. Nous enverrons tout cela à Vilnius dès que possible.

Quelqu'un découvrit sur le mur du fond, derrière les bagages, une planche branlante. Jonas rampa jusque-là et, à force de la secouer, put l'écarter légèrement.

– Que vois-tu ?

– Il y a un homme dans les arbres.

– Des partisans, déclara le Chauve. Ils essayent de nous aider. Tâche de capter son attention.

Jonas sortit la main de l'étroite ouverture et tenta d'adresser un signe à l'homme.

– Il arrive, déclara Jonas. Chh... !

– Ils décrochent les wagons des hommes, dit soudain une voix masculine. Ils divisent le train en deux.

Sur ce, le partisan retourna en courant dans les bois.

Des coups de feu retentissaient par intermittence au loin.

– Où emmènent-ils les hommes ? m'enquis-je.

– Peut-être en Sibérie, suggéra Mme Rimas. Et nous, peut-être ailleurs.

Je préférais la perspective de la Sibérie, du moins si c'était là que Papa devait aller.

On entendit des bruits métalliques et des grincements : ils divisaient le train. Puis ce fut un bruit d'une tout autre nature.

– Écoutez, dis-je. Les hommes.

Le bruit s'amplifiait, ne cessait de s'amplifier. Ils chantaient à tue-tête. Andrius joignit sa voix aux leurs, puis ce fut le tour de mon petit frère et de l'homme aux cheveux gris, et enfin, du Chauve. Ils chantaient notre hymne national, *Lituanie, terre de héros*...

Je pleurai.

17

La voix des hommes qui avait retenti dans les autres wagons était, semblait-il, pleine de fierté, de confiance, voire d'assurance. Il y avait là des pères, des frères, des fils, des maris. Où les emmenait-on tous ? Où allait leur train ? Et où notre wagon, un wagon rempli de femmes, d'enfants, de vieillards et d'infirmes, pouvait-il bien aller ?

J'essuyai mes larmes avec mon mouchoir et le prêtai à d'autres, en pleurs, eux aussi. Lorsqu'on me le rendit, je le fixai des yeux un moment. Je venais de prendre conscience de quelque chose. À la différence du papier, le mouchoir pouvait passer de main en main sans s'abîmer. Je m'en servirais désormais pour dessiner à l'intention de Papa.

Tandis que j'imaginais un plan, les femmes commencèrent à manifester une inquiétude sérieuse au sujet du bébé apparemment incapable de se nourrir.

Mme Rimas incitait Ona à persévérer.

– Allons, allons, ma chère petite, essayez encore, ne cessait-elle de répéter.

– Que se passe-t-il ? demanda ma mère à travers les ténèbres.

– C'est Ona, répondit Mme Rimas. Ses mamelons sont bouchés, et elle est très déshydratée. Le bébé ne peut pas téter.

Tous les efforts déployés par Mme Rimas se révélèrent inutiles. Il n'y avait rien à faire, semblait-il.

Le train roulait depuis des jours et des jours, ne s'arrêtant qu'en rase campagne. Le NKVD voulait s'assurer à la fois que personne ne pouvait nous voir et que nous n'avions aucun endroit où fuir. Nous attendions impatiemment ces arrêts quotidiens. C'était le seul moment de la journée où la portière restait ouverte et où l'on pouvait respirer un peu d'air frais et apercevoir la lumière.

– Une personne! Deux seaux! criaient alors les soldats d'escorte, ajoutant: Il y a des cadavres là-dedans?

Nous nous étions mis d'accord pour remplir cette tâche à tour de rôle. Chacun aurait ainsi l'occasion de sortir de temps à autre du wagon. Ce jour-là, c'était à moi de le faire. J'avais rêvé de contempler le ciel bleu et de sentir la caresse du soleil sur mon visage. Mais un peu plus tôt, il s'était mis à pleuvoir. Nous nous étions tous bousculés devant l'étroite fente qui tenait lieu de fenêtre pour tenter de recueillir un peu d'eau de pluie dans des tasses ou des gobelets que nous tendions au-dehors.

Je refermai mon parapluie d'un coup sec avant de le secouer sur le trottoir pour en ôter l'excédent d'eau. Un monsieur en costume qui sortait d'un restaurant se hâta de s'écarter pour échapper aux gouttes dont je l'aspergeais.

– Oh, monsieur! m'écriai-je. Je suis désolée!

– Il n'y a aucun problème, mademoiselle, répondit-il en touchant respectueusement le bord de son chapeau.

Une odeur de pommes de terre rôties et de viande épicée venue du restaurant flottait dans l'air. Le soleil apparut, déployant un voile d'or sur le béton et me chauffant délicieusement l'arrière de la tête. Merveilleux! Le concert dans le parc qui devait être donné le soir même ne serait pas annulé. Mère avait prévu de garnir un panier de provisions pour que nous puissions pique-niquer sur l'herbe au clair de lune.

Je roulais mon parapluie quand soudain je tressaillis: je venais d'apercevoir dans la flaque qui s'était formée à mes pieds un visage, et ce visage me regardait. Je ne pus m'empêcher de rire à la pensée de m'être ainsi fourvoyée et souris à mon reflet dans l'eau. Les bords de la flaque scintillaient au soleil, formant un cadre magnifique autour de ma figure. Si seulement j'avais pu photographier cela pour le dessiner ensuite! Tout à coup, une légère ombre apparut dans la flaque, derrière ma tête. Je me retournai: un arc-en-ciel aux teintes pastel émergeait des nuages.

Le train ralentit.

– Dépêche-toi, Lina, dit Mère. As-tu les seaux?

– Oui.

Je m'approchai de la portière. Dès l'arrêt du train, je guettai le signal: le martèlement des bottes accompagné d'un bruit métallique. La portière s'ouvrit brusquement.

– Une personne! Deux seaux! ordonna le soldat

d'escorte, ajoutant comme à son habitude : Il y a des cadavres là-dedans ?

Je secouai la tête, impatiente de sortir. Il s'écarta, et je sautai à bas du wagon. Mes jambes, raidies par une longue immobilité, se dérobèrent sous moi, et je m'effondrai sur le sol boueux.

– Lina, tu ne t'es pas fait mal ? appela Mère.

– *Davaï !* hurla le garde qui me lança ensuite toute une kyrielle de jurons en russe avant de cracher sur moi.

Je me remis debout et regardai le train. Le ciel était gris. La pluie tombait avec régularité. J'entendis un cri et vis le corps mou d'un petit enfant atterrir dans la boue. Une femme essaya de sauter du wagon après le cadavre, mais un soldat d'escorte la frappa violemment au visage avec la crosse de son fusil. Presque aussitôt, on jeta par la portière un autre cadavre. La mort avait commencé à récolter sa moisson.

– Ne tarde pas, Lina, recommanda l'homme aux cheveux gris. Fais vite avec les seaux.

– Oui...

J'avais l'impression d'avoir une forte fièvre et de délirer. Ma tête me paraissait étrangement légère et mon pas, incertain. Je levai les yeux vers notre wagon. Un groupe de personnes dont je ne voyais que les têtes, empilées les unes sur les autres, semblait-il, me rendirent mon regard. Boue et crasse collaient à leurs visages.

Andrius fumait une cigarette, détournant les yeux. Il avait toujours la figure meurtrie.

Des flots d'urine coulaient à travers le plancher du wagon. J'entendais le bébé d'Ona pleurer à l'intérieur. Je voyais le pré vert mouillé de pluie.

Il me faisait signe : « Viens ici, semblait-il dire. Cours. »

Peut-être devrais-je accourir à son appel, me dis-je. *Fais-le, Lina.*

– Mais qu'est-ce qui lui arrive ? Qu'est-ce qu'elle a ?

Des voix en provenance du wagon commençaient à s'élever.

Cours, Lina.

Les deux seaux s'échappèrent de mes mains. Je vis Andrius s'éloigner en boitillant, un seau dans chaque main. Je restai plantée là à contempler le pré.

– Lina chérie, reviens ici ! implorait Mère.

Je fermai les yeux. La pluie éclaboussait ma peau, mes cheveux. J'entrevis comme dans un rêve le visage de Papa penché au-dessus du trou des toilettes de son wagon et scrutant nos figures à la lueur d'une allumette. *Je saurai que c'est toi... tout comme tu sais au premier coup d'œil qu'il s'agit d'un tableau de Munch.*

– *Davaï !*

Un garde du NKVD rôdait autour de moi, menaçant. Son haleine empestait l'alcool. M'empoignant par le bras, il me poussa brutalement en direction du wagon.

Andrius revint bientôt avec le seau d'eau et le seau de pâtée grisâtre.

– J'espère que tu as pris plaisir à ta douche, fit-il.

– Qu'as-tu donc vu dehors, petite ? questionna le Chauve.

– Je... J'ai vu le NKVD jeter les cadavres du train dans la boue. Deux enfants.

Nos compagnons de déportation poussèrent un cri étouffé.

La portière de notre wagon se referma brutalement.

– Quel âge avaient les enfants morts ? demanda Jonas à voix basse.

– Je ne sais pas. Je les ai seulement aperçus de loin.

– J'avais envie de m'enfuir en courant, chuchotai-je à l'oreille de Mère, tandis qu'elle peignait mes cheveux mouillés dans le noir.

– Je peux le comprendre.

– Tu peux ?

– Lina, avoir envie d'échapper à cette horreur est parfaitement compréhensible. Mais, comme votre père l'a dit, nous devons à tout prix rester ensemble. C'est très important.

Je me rebellai.

– Comment peuvent-ils décider que nous sommes des animaux ? Ils ne nous connaissent même pas.

– Nous nous connaissons, répondit Mère. Ils se trompent. Ne leur permets jamais, Lina, de te convaincre du contraire. Comprends-tu ?

J'acquiesçai d'un signe de tête. Mais je savais qu'un certain nombre de nos compagnons s'étaient déjà laissé persuader de leur condition inférieure. Ils avaient une expression abattue, dénuée de tout espoir et se faisaient tout petits devant le NKVD. J'aurais voulu les dessiner tous.

– Quand j'ai levé les yeux vers notre wagon, continuai-je, j'ai eu l'impression que tout le monde était malade.

– Eh bien, répliqua Mère, nous ne le sommes pas, que je sache. Non, nous ne sommes pas malades, et nous rentrerons bientôt chez nous. Vois-tu, Lina, quand le reste du monde découvrira les exactions des Soviétiques, ils mettront fin à tout cela.

Le feraient-ils vraiment ?

18

Si nous n'étions pas malades, d'autres l'étaient. Chaque jour, quand le train s'arrêtait, nous nous penchions à la portière du wagon et tentions de compter le nombre de cadavres qu'on avait jetés dans la boue. Chaque jour, il augmentait. Je remarquai que Jonas consignait scrupuleusement la mort des enfants en traçant des marques sur le plancher du wagon à l'aide d'une pierre. Je regardai ces marques et imaginai de petites têtes au sommet de chacune des marques – des cheveux, des yeux, un nez, une bouche...

Certains estimaient que notre train se dirigeait vers le sud. Quand il passait devant un écriteau ou un panneau quelconque, celui ou celle qui était posté à la petite lucarne lançait un nom. J'avais les pieds tout engourdis à force de ressentir les vibrations du plancher, le cœur soulevé en permanence par la puanteur, et tout le corps me démangeait terriblement. Les poux commençaient à me dévorer : le long de ma raie, derrière les oreilles et dans le creux des aisselles.

Nous avions traversé Vilnius, Minsk, Orcha, Smolensk. Je notai à l'encre sur mon mouchoir notre trajet. Et chaque jour, lorsque la portière ouverte laissait entrer un peu de lumière dans le wagon, j'ajoutais un détail et un indice ou deux que Papa ne pourrait manquer de reconnaître : la date de nos anniversaires, un dessin d'un *vilkas* (d'un loup). Je ne traçais ces signes qu'entourait une haie de mains frôlant d'autres mains qu'au centre du mouchoir. Je griffonnai les mots « *Faites passer* » sous le croquis des mains et dessinai une pièce de monnaie lituanienne. Une fois le mouchoir plié, l'écriture était impossible à déceler.

– En train de dessiner ? murmura l'homme aux cheveux gris tout en remontant sa montre.

Je sursautai.

– Je ne voulais pas te faire peur, dit-il. Je n'en parlerai à personne.

– Je dois entrer en contact avec mon père afin qu'il puisse nous trouver, expliquai-je en baissant la voix. J'ai donc imaginé que je pourrais faire passer ce mouchoir et qu'il finirait un jour ou l'autre par lui parvenir.

– C'est très ingénieux, commenta-t-il.

Cet homme s'était montré plein de bonté au cours du voyage. Il me semblait que je pouvais lui faire confiance.

– Il faut que je le confie à quelqu'un qui en comprendra l'importance et le fera passer.

– Je peux t'aider, chuchota-t-il.

Nous roulions depuis huit jours quand une violente secousse ébranla le train qui commença à ralentir.

Jonas était posté à la petite lucarne.

– Il y a un autre train. Nous croisons un train qui va dans la direction opposée. Il s'est arrêté.

Notre wagon se traînait, perdant peu à peu de la vitesse.

– Nous faisons halte à côté de l'autre train, continua Jonas. Il est rempli d'hommes. Les vitres de leurs wagons sont ouvertes.

– Des hommes ! s'écria Mère qui se fraya rapidement un passage jusqu'à la petite lucarne, prit la place de Jonas et cria quelque chose en russe.

Ils lui répondirent. Alors, recouvrant toute son énergie, elle se mit à parler d'une voix ferme, sans s'arrêter sinon pour reprendre son souffle entre deux questions.

– Pour l'amour du ciel, intervint le Chauve, cessez donc de jacasser et dites-nous ce qui se passe. Qui sont ces hommes ?

– Ce sont des soldats, rapporta Mère qui exultait de joie. Ils partent pour le front. La guerre a éclaté entre l'Allemagne et l'URSS. L'Allemagne a envahi la Lituanie. M'avez-vous entendue ? Les Allemands sont en Lituanie !

Le moral remonta en flèche. Andrius et Jonas poussèrent des cris, puis des hourras et des vivats. Mlle Grybas entonna le chant *Ramenez-moi dans ma patrie*. Tout le monde applaudissait, tout le monde s'embrassait.

Seule Ona restait silencieuse. Son bébé était mort.

19

Le train qui transportait les soldats russes en route pour le front s'éloigna. Les portières du nôtre s'ouvrirent, et Jonas sauta du wagon avec les deux seaux.

Je jetai un coup d'œil à Ona qui s'efforçait de tirer le bébé mort vers son sein.

– Non, marmonnait-elle, les dents serrées, tout en se balançant d'avant en arrière et d'arrière en avant. Non. Non.

Mère s'approcha d'elle.

– Oh, ma petite, je suis tellement désolée !

– NON ! cria Ona en étreignant son nourrisson.

Des larmes brûlaient mes yeux secs.

– Pourquoi pleurez-vous ? se plaignit le Chauve. Vous saviez pertinemment que cela arriverait. L'enfant était condamné d'avance. Qu'allait-il manger, ce bébé ? Des poux ? Vous êtes tous des imbéciles. C'est bien mieux comme ça. Quand je mourrai, soyez donc assez intelligents pour me manger puisque vous semblez tous avoir une envie forcenée de survivre !

Il continua de caqueter ainsi – à vous taper sur les nerfs, à vous rendre folle. Je n'entendais pas ses mots qui se déformaient au fur et à mesure et ne faisaient plus sens ; je ne percevais que le timbre de sa voix me martelant les oreilles, tandis que le sang me montait à la tête.

– VA TE FAIRE FOUTRE ! cria Andrius en se lançant sur le Chauve. Si vous ne la fermez pas, vieil homme, je vous arracherai la langue. Oui, je le ferai. Et je vous jure qu'en comparaison, les Soviétiques vous paraîtront de doux agneaux.

Personne n'éleva la voix ni ne tenta d'arrêter Andrius. Pas même Mère. J'éprouvai une sorte de soulagement, comme si les paroles d'Andrius étaient sorties de ma propre bouche.

– Vous ne vous souciez que de votre petite personne, poursuivait Andrius. Quand les Allemands bouteront les Soviétiques hors de Lituanie, on vous laissera ici sur les rails, et ça nous dispensera d'avoir à vous supporter.

– Tu ne comprends pas, mon garçon, répliqua le Chauve. Tu t'imagines que les Allemands vont résoudre le problème, alors qu'Hitler va en créer d'autres, peut-être pires. Ces maudites listes..., marmotta-t-il.

– Personne ne veut de vos nouvelles, compris ?

– Ma chère Ona, dit Mère, donnez-moi le bébé.

– Ne leur donnez pas ma petite fille, implora Ona. S'il vous plaît !

– Nous ne la donnerons pas aux gardes, je vous le promets, répondit Mère qui examina le bébé une dernière fois, tâtant le pouls et écoutant le cœur. Nous allons l'envelopper dans un beau tissu.

Ona sanglotait. Je m'approchai de la portière pour respirer un peu d'air frais. Jonas revint bientôt avec les seaux.

– Pourquoi pleures-tu ? s'enquit-il en grimpant dans le wagon.

Je secouai la tête.

– Qu'est-ce qui ne va pas ? insista-t-il.

– Le bébé est mort, répondit Andrius.

– Notre bébé ? demanda-t-il doucement.

Andrius acquiesça d'un signe de tête.

Jonas posa les seaux par terre. Il jeta un coup d'œil à Mère qui tenait toujours le petit ballot dans ses bras, puis à moi. Alors, s'agenouillant, il tira de sa poche la petite pierre pour tracer une nouvelle marque sur le plancher, à côté des autres. Il resta immobile pendant quelques instants, après quoi il se mit à frapper les marques à coups de pierre – de plus en plus violemment. Il cognait le plancher du wagon avec tant de force que je craignais qu'il ne se brisât la main. Je m'avançai vers lui. Andrius m'arrêta.

– Laisse-le faire, dit-il.

Je le regardai, incertaine.

– Mieux vaut qu'il s'y habitue, ajouta-t-il.

Qu'il s'habitue à quoi ? À être possédé par de folles colères ? Ou à ressentir une tristesse insondable, comme si le cœur même de votre être avait été arraché pour vous être ensuite resservi dans un seau crasseux ?

Je regardai Andrius, je regardai son visage encore légèrement défiguré par les contusions et les ecchymoses, et il surprit mon regard fixé sur lui.

– Y es-tu habitué ? questionnai-je.

Un muscle de sa mâchoire se contracta nerveusement. Il tira un mégot de cigarette de sa poche et l'alluma.

– Ouais, fit-il en rejetant un nuage de fumée, j'y suis habitué.

Les gens dans le wagon discutaient de la guerre ; ils tentaient d'imaginer de quelle façon les Allemands pourraient nous sauver. Pour une fois, le Chauve ne soufflait mot. Je me demandai si ce qu'il avait dit à propos d'Hitler était vrai. Pourrions-nous échanger la faucille de Staline contre quelque chose de pire ? Personne ne semblait être de cet avis. Papa, certainement, le saurait. Il savait toujours ces sortes de choses, mais il n'en discutait jamais avec moi. Il en discutait avec Maman. Quelquefois, la nuit, j'entendais des murmures et des chuchotements en provenance de leur chambre. Cela signifiait qu'ils parlaient des Soviétiques.

Je songeai à Papa. Était-il au courant de la guerre ? Savait-il que nous étions tous infestés de poux ? Savait-il que nous étions entassés dans un wagon avec un bébé mort ? J'étreignis le mouchoir caché au fond de ma poche en pensant à son visage souriant.

– Tu ne tiens pas en place ! me plaignis-je. Reste donc tranquille.

– Ça me démangeait, répondit mon père avec un grand sourire.

– Je n'en crois pas un mot. Tu essayes seulement de me compliquer la tâche, le taquinai-je tout en m'efforçant de rendre ses yeux d'un bleu éclatant.

– Je te mets à l'épreuve. Les véritables artistes doivent être capables de saisir le moment opportun.

– Mais si tu ne te tiens pas tranquille, tes yeux

seront de travers, rétorquai-je tout en ombrant d'un coup de crayon un côté de son visage.

– De toute façon, ils sont déjà de travers, dit-il en louchant.

Je ris.

– As-tu des nouvelles de ta cousine Joana ? demanda-t-il.

– Il y a longtemps que je n'en ai pas eu. Je lui ai envoyé un croquis du cottage de Nida qui lui plaisait tant l'été dernier, mais je n'ai rien reçu en retour, même pas un petit mot. Mère dit que mon dessin lui est sûrement parvenu, mais qu'elle doit être très occupée par ses études.

– Elle l'est sans aucun doute, dit Papa. Comme tu le sais, elle espère être médecin un jour.

Je ne l'ignorais pas. Joana parlait souvent de médecine et m'avait fait part à plusieurs reprises de son désir de devenir pédiatre. Quand j'étais en train de dessiner, elle m'interrompait toujours pour faire des commentaires à propos des tendons de mes doigts ou de mes articulations. Et si j'avais le plus petit éternuement, elle débitait aussitôt une liste de maladies infectieuses qui me conduiraient droit dans la tombe au plus tard à la tombée de la nuit.

L'été précédent, alors que nous étions en vacances à Nida, elle avait fait la rencontre d'un garçon. Dans mon désir d'entendre le récit détaillé de leurs rendez-vous, nuit après nuit, j'étais restée éveillée à l'attendre. Forte de ses dix-sept ans, elle avait une sagesse et une expérience qui me fascinaient tout comme son livre d'anatomie.

– Tiens, dis-je en terminant le dessin. Qu'en penses-tu ?

– Qu'est-ce que c'est que ça ? demanda mon père en désignant quelque chose au bas du papier.

– Ma signature.

– Ta signature ? Ce n'est qu'un gribouillis. Personne n'y reconnaîtra ton nom.

Je haussai les épaules.

– Tu sauras le reconnaître, dis-je.

20

Le train s'enfonça à l'intérieur du pays, cap sur le sud, pour bientôt franchir les montagnes de l'Oural. Mlle Grybas expliqua que l'Oural constituait la frontière géographique entre l'Europe et l'Asie. Nous étions donc entrés en Asie, un autre continent. Certains disaient que nous étions en route pour la Sibérie du Sud, ou peut-être même la Chine ou la Mongolie.

Pendant trois jours de suite, nous essayâmes de jeter subrepticement le bébé d'Ona, mais chaque fois que la portière était ouverte, il y avait un garde à proximité. L'odeur de la chair tombant en pourriture était devenue intolérable dans le wagon surchauffé. Elle me donnait des haut-le-cœur.

Ona finit par consentir à laisser tomber le petit cadavre dans le trou des toilettes. Serrant dans ses bras le paquet et pleurant à chaudes larmes, elle s'agenouilla près de l'ouverture.

– Pour l'amour de Dieu, gémit le Chauve, débarrassez-vous de ce machin. Je ne peux plus respirer.

– Taisez-vous ! lui cria Mère.

– Je ne peux pas, geignait Ona. Elle va s'écraser sur les rails.

Mère s'approcha d'Ona. Avant même qu'elle l'eût rejointe, Mlle Grybas arracha d'un coup sec le ballot des bras d'Ona et le jeta dans le trou. Je poussai un cri étouffé. Mme Rimas se mit à pleurer.

– Voilà, dit Mlle Grybas. C'est fait. Bien entendu, quand on n'a pas d'attaches, la chose est plus facile.

Sur ce, elle s'essuya les mains à sa robe et réajusta son chignon. Ona s'effondra dans les bras de Mère.

Jonas ne quittait pas Andrius d'une semelle ; il passait quasiment tout son temps auprès de lui. Il semblait en proie à une colère perpétuelle, lui qui était, en temps ordinaire, la douceur même ; je ne le reconnaissais plus. Andrius lui avait appris quelques mots d'argot russe que j'avais déjà entendus de la bouche des gardes du NKVD. Je savais bien que je devrais me résoudre un jour ou l'autre à apprendre quelques rudiments de russe, mais la seule idée m'en était insupportable.

Une nuit, je vis la lueur rougeoyante d'une cigarette illuminer le visage de Jonas. Lorsque je m'en plaignis à Mère, elle me dit de laisser Jonas tranquille.

– Lina, ajouta-t-elle, chaque soir, je remercie Dieu de lui avoir donné Andrius, et tu devrais, toi aussi, le faire.

J'avais l'impression que mon estomac, à force de tourner à vide, s'autodévorait. Inexorablement, les affres de la faim se faisaient sentir à intervalles réguliers. Bien que Mère s'efforçât d'imposer un semblant d'horaire, je perdais toute notion du temps et m'endormais souvent en pleine journée.

Ce jour-là, mes paupières étaient sur le point de se fermer quand, tout à coup, j'entendis une voix de femme pousser des cris perçants :

– Comment avez-vous pu faire une chose pareille ? Avez-vous perdu la tête ?

Je me redressai, plissant les yeux dans l'espoir de distinguer ce qui se passait. Mlle Grybas tournicotait autour de Jonas et d'Andrius. J'essayai de m'approcher.

– Et c'est de Dickens qu'il s'agit ! Comment avez-vous osé ? Ils nous traitent comme des animaux, mais vous êtes précisément en train de devenir ces animaux !

– Que se passe-t-il ? m'enquis-je.

– Votre frère et Andrius fument ! beugla-t-elle.

– Ma mère est au courant, répondis-je.

– Des livres ! rugit-elle en me jetant à la figure un volume relié.

– Nous étions à court de cigarettes, expliqua doucement Jonas, mais Andrius avait du tabac.

– Mademoiselle Grybas, intervint Mère, je vais arranger ça.

– Les Soviétiques nous ont arrêtés parce que nous sommes des gens cultivés, instruits, des intellectuels. Fumer les pages d'un livre est… est… Qu'en pensez-vous ? demanda Mlle Grybas. Où avez-vous trouvé ce livre ?

Dickens. J'avais dans ma valise un exemplaire des *Aventures de M. Pickwick*. Grand-mère me l'avait offert pour Noël – le dernier Noël avant sa mort.

– Jonas ! m'insurgeai-je. Tu as pris mon livre ! Toi, faire une chose pareille ! Comment est-ce possible ?

– Lina..., commença Mère.

– C'est moi qui ai pris ton livre, dit Andrius, et c'est donc moi qui mérite tes reproches.

– Et vous les méritez amplement, dit Mlle Grybas. Corrompre ainsi ce jeune garçon ! Vous devriez avoir honte !

Mme Arvydas dormait à l'autre bout du wagon, complètement inconsciente de l'affaire qui venait d'éclater.

– Tu n'es qu'un idiot ! criai-je à Andrius.

– Je te trouverai un nouveau livre, répondit-il calmement.

– Non, tu n'en trouveras pas, on ne peut pas remplacer un cadeau, rétorquai-je avant d'ajouter : Jonas, c'est Grand-mère qui m'avait offert ce livre.

– Je suis désolé, fit Jonas en baissant les yeux.

– Tu devrais l'être en effet ! hurlai-je.

– Lina, c'était mon idée, répéta Andrius. Ce n'est pas la faute de Jonas.

Je l'écartai d'un geste. Pourquoi fallait-il que les garçons fussent d'aussi parfaits imbéciles ?

21

Des semaines. Depuis combien de semaines voyagions-nous ? Je n'en avais plus aucune idée, ayant perdu toute notion du temps. Je cessai d'observer les cadavres que l'on jetait des wagons. Chaque fois que le train s'ébranlait à nouveau, nous laissions dans notre sillage une véritable litière de corps. Que penseraient les gens s'ils les voyaient ? Quelqu'un songerait-il à les enterrer ? Ou bien s'imagineraient-ils tous qu'il s'agissait de voleurs et de prostituées ? J'avais l'impression d'osciller au gré d'un pendule : à peine venais-je de basculer dans un abîme de désespoir que le balancier repartait en sens inverse ; il suffisait d'un rien ou presque – un petit bonheur, un simple geste.

Par exemple, un jour, juste après Omsk, le train s'arrêta en pleine campagne. Étrangement, il y avait là un petit kiosque. Mère soudoya un soldat d'escorte pour qu'il la laissât sortir du wagon. Quand elle revint en courant, elle tenait à deux mains sa jupe remplie à craquer. Alors, s'agenouillant sur le plancher du wagon, elle la déploya. Bonbons, caramels, sucettes, réglisse noire, chewing-gums – des montagnes de chewing-gums –, friandises de toutes sortes se répandirent par terre, dessinant comme un arc-en-ciel devant nous. Partout des couleurs vives : du rose, du jaune, du vert, du rouge, et il y en avait assez pour chacun. Les enfants poussaient des cris de délice en sautillant sur place. Je mordis dans une boule de gomme. La saveur acide du citron explosa dans ma bouche. Je ris, et Jonas rit avec moi.

Mère avait aussi rapporté des cigarettes, des allumettes et des gaufrettes au chocolat noir pour les grandes personnes.

– Ils n'avaient ni pain, ni ersatz de pain, ni équivalent – rien de substantiel, expliqua Mère en partageant son trésor entre tous les passagers du wagon. Il n'y avait pas non plus de journaux.

Les enfants, fous de joie, étreignaient les jambes de Mère, ne sachant comment la remercier.

– Espèce d'idiote ! s'écria le Chauve. À quoi bon dépenser votre argent pour nous ?

– Parce que vous êtes tous affamés et épuisés, répondit Mère en tendant une cigarette à l'homme. Et parce que je sais que vous feriez la même chose pour mes enfants s'ils en avaient besoin.

– Bah ! railla-t-il, détournant les yeux.

Deux jours plus tard, en allant remplir les deux seaux, Andrius trouva par terre une pierre ovale émaillée de quartz et d'autres minéraux. Elle passa de main en main, soulevant des « oh ! » et des « ah ! ». Mme Arvydas fit mine de la passer à son doigt comme si c'était une chatoyante pierre précieuse.

– Ne le saviez-vous donc pas ? plaisanta-t-elle. Je suis la princesse du wagon à bestiaux.

Tout le monde rit. Les gens souriaient. C'est à peine si je les reconnaissais. Je jetai un coup d'œil à Andrius. Un grand sourire illuminait son visage, le métamorphosant complètement. Il était vraiment beau quand il souriait.

22

Au bout de six semaines, dont les deux derniers jours sans aucune nourriture, le train s'arrêta. La portière resta close. Le Chauve, qui avait établi le tracé approximatif de notre voyage à partir des panneaux de signalisation défilant devant la petite lucarne et déchiffrés à voix haute, estimait que nous devions nous trouver quelque part dans la région de l'*Altaï*, au nord de la Chine. Je tentai de jeter un coup d'œil à travers les fissures des parois du wagon, mais il faisait nuit noire au-dehors. Nous eûmes beau marteler la portière à coups de poing, personne ne vint. Je songeai à la miche de pain à peine sortie du four que j'avais laissée sur l'appui de ma fenêtre. Si seulement j'avais pu en avoir un morceau – un tout petit morceau, juste une bouchée !

J'avais le ventre tenaillé par la faim et j'éprouvais une douleur lancinante à la tête. Le vrai papier me manquait et j'aspirais à un peu de lumière pour pouvoir dessiner convenablement. Je ne supportais plus de vivre dans une telle promiscuité, de sentir en permanence l'haleine aigre de mes voisins sur moi, leurs coudes et leurs genoux contre mon dos. Ça me rendait malade. Quelquefois, j'étais prise d'une violente envie de pousser les gens, de les écarter de moi, mais c'eût été parfaitement inutile. Nous étions comme des allumettes enfermées dans une toute petite boîte.

La fin de la matinée arriva. On entendait des bruits métalliques. Les soldats d'escorte ouvrirent la portière, annonçant que nous allions sortir du train. Enfin. La brusque apparition de la lumière du jour produisit sur moi un tel choc que tout mon corps en tremblait. J'écrivis «*Altaï*» sur mon mouchoir.

– Lina, Jonas, ordonna Mère, venez ici, il faut vous donner un coup de peigne.

Elle tenta de défroisser nos vêtements – en pure perte – et m'aida à torsader mes cheveux pour en faire une couronne. Ce qui ne fit qu'aggraver mes démangeaisons.

– Souvenez-vous des paroles de votre père, nous devons tous rester ensemble. Ne vous éloignez pas, ne vous éparpillez pas. Vous comprenez?

Nous acquiesçâmes d'un signe de tête. Mère serrait toujours étroitement son manteau sous son bras.

– Où sommes-nous? demanda Jonas. Vont-ils nous donner un seau d'eau?

– Je ne sais pas encore, dit Mère en arrangeant ses cheveux.

Sur ce elle sortit de sa valise un tube de rouge à lèvres et, d'une main incertaine, le passa sur ses lèvres en l'estompant du bout des doigts. Jonas sourit. Elle lui adressa un clin d'œil.

Les gardes du NKVD avaient leurs baïonnettes au canon, prêtes à frapper. Le soleil se reflétait dans les lames bien aiguisées. Ils pouvaient nous transpercer en une fraction de seconde. Mme

Rimas et Mlle Grybas aidèrent d'abord les petits à descendre du train, et nous suivîmes. Puis ce fut le tour d'Andrius et du monsieur aux cheveux gris qui, à deux, transportèrent le Chauve hors du wagon.

Nous n'étions pas dans une station de chemin de fer ; nous nous trouvions dans une large vallée, très encaissée, entourée de collines boisées. J'aperçus des montagnes dans le lointain. Le ciel ne m'avait jamais paru aussi bleu, aussi beau. L'intensité du soleil était telle que j'étais obligée de m'abriter les yeux de la main. Je respirai profondément et sentis aussitôt l'air vif et pur aérer mes poumons encrassés. Les gardes ordonnèrent aux déportés de chaque wagon d'aller s'asseoir par petits groupes sur l'herbe, à une soixantaine de mètres des rails. On nous donna un seau d'eau et un seau de pâtée aqueuse. Les enfants se jetèrent dessus.

C'était la première fois que je voyais les autres passagers du train. Il y avait là des milliers de gens. Avions-nous l'air aussi misérables, aussi pitoyables qu'eux ? Une foule de Lituaniens aux vêtements crasseux, aux valises loqueteuses et aux sacs bourrés à craquer se déversaient à flots dans la vallée. Ils étaient si gris, si sales qu'ils semblaient sortis tout droit d'un caniveau où ils auraient vécu des années. Tous se déplaçaient avec une extrême lenteur ; certains même étaient trop faibles pour pouvoir porter leurs effets personnels.

J'avais perdu le contrôle de mes jambes, comme bien d'autres. Beaucoup trébuchaient sous le poids de leur propre corps.

– Il faut nous étirer avant de nous asseoir, mon ange, dit Mère. Nos muscles se sont sûrement atrophiés ces dernières semaines.

Jonas s'étira. Il avait l'air d'un mendiant des rues d'aspect presque sordide. Ses cheveux d'or, que j'avais toujours vus soigneusement peignés, n'étaient plus que touffes emmêlées lui collant au crâne, et il avait les lèvres sèches et gercées. Quand il me regarda à son tour, ce fut avec des yeux écarquillés. Je ne pus qu'imaginer l'état lamentable dans lequel je devais être. Nous nous assîmes dans l'herbe, ce qui nous parut divin, aussi divin qu'un lit de plume, en comparaison du plancher du wagon de marchandises. Toutefois, le mouvement saccadé du train, son halètement, restait comme inscrit à l'intérieur de mon corps ; il me faudrait beaucoup de temps avant de pouvoir m'en débarrasser.

J'observai les gens de notre wagon, et ils m'observaient, eux aussi. Nous avions pour la première fois l'occasion de voir en pleine lumière les étrangers avec lesquels nous avions vécu enfermés dans un placard obscur pendant six semaines. Il faisait encore noir quand le NKVD avait arraché de l'hôpital Ona et son bébé pour les embarquer dans le camion, et je n'avais pas encore pu me rendre compte qu'elle avait à peine quelques années de plus que moi. À la faveur du jour, je mesurais la réelle séduction de Mme Arvydas. Elle avait une silhouette harmonieuse, parfaitement proportionnée, une chevelure brune très lisse et des lèvres sensuelles. Quant à Mme Rimas, c'était une femme trapue aux chevilles épaisses qui devait avoir à peu près le même âge que Mère.

Les gens de notre groupe, espérant retrouver des membres de leurs familles ou des êtres chers, essayaient de communiquer avec les autres groupes. Le monsieur aux cheveux gris, que je décidai de baptiser l'Homme à la montre, s'approcha de moi.

– Aurais-tu un mouchoir à me prêter ? dit-il.

Hochant la tête, je me hâtai de lui passer le mouchoir, soigneusement plié de façon à cacher ce que j'y avais dessiné et écrit.

– Merci, dit-il en se tamponnant le nez avant de me tourner le dos et de se frayer un chemin au milieu de la foule.

Je le regardai serrer la main d'un homme que, de toute évidence, il connaissait, puis lui glisser le mouchoir au creux de la paume. L'inconnu se tapota le front avec le petit carré de tissu, après quoi il le fourra dans sa poche. « Faites-le passer », pensai-je, imaginant le mouchoir voyageant de main en main jusqu'à ce qu'il atteignît Papa.

– Elena, regardez, dit soudain Mme Rimas. Voilà des charrettes tirées par des chevaux.

Mère se leva et passa en revue la rangée de petits groupes.

– Il y a des hommes avec le NKVD, précisa-t-elle. Ils se promènent au milieu des gens.

Andrius peignait ses cheveux ondulés avec ses doigts. Il regardait sans cesse autour de lui, observant les gardes mais prenant soin de tenir la tête baissée. Il était logique qu'il fût nerveux. Son visage avait fini par guérir, mais il avait toujours le teint plombé, avec quelques traces de meurtrissures qui avaient viré au jaune. Le reconnaîtraient-ils ? L'emmèneraient-ils ou le tueraient-ils tout de suite sous nos yeux ? Je m'approchai de lui et tentai de positionner mon corps de manière à le cacher. Mais il était plus grand, ses épaules étaient plus larges. Je jetai un coup d'œil furtif aux baïonnettes tranchantes et sentis la peur me nouer le ventre.

Ona commença à pleurer à gros sanglots.

– Mettez-la en sourdine, ordonna le Chauve. Vous allez nous faire repérer.

– S'il vous plaît, ne pleurez pas, demanda Andrius dont le regard ne cessait d'aller et venir entre Ona et les gardes.

Un groupe assis non loin de la tête du train s'entassa dans deux chariots tirés par des chevaux qui ne tardèrent pas à partir. Je regardai le NKVD passer de groupe en groupe en compagnie des hommes que Mère avait repérés. Ce n'étaient certainement pas des Lituaniens ou des Russes. Ils avaient l'air étranges avec leur peau sombre, leurs cheveux noirs et leur allure sauvage, hirsute, primitive. Ils s'arrêtèrent devant le groupe assis juste à côté de nous et se mirent à discuter avec le NKVD.

– Elena, que disent-ils ? demanda Mme Rimas.

Mère ne répondit pas.

– Elena ?

– Ils…, commença-t-elle pour s'interrompre aussitôt.

– Eh bien, de quoi s'agit-il ? questionna Mme Rimas.

– Ils sont en train de nous vendre, chuchota Mère.

23

Les hommes continuèrent à se promener au milieu des groupes, à évaluer la marchandise, demandant aux uns et aux autres de se lever, de se tourner ou de montrer leurs mains.

– Mère, pourquoi nous vend-on? questionna Jonas. Où allons-nous?

– Elena, dit Mme Arvydas, il faut absolument que vous leur racontiez qu'Andrius est un simplet. Je vous en prie. Sinon, ils me le prendront. Andrius, baisse la tête.

– Ils nous vendent par lots, répondit Mère.

Je passai en revue notre petit groupe. Outre deux hommes âgés, il était composé essentiellement de femmes et d'enfants. Mais nous avions Andrius. Lequel, en dépit de ses blessures, semblait sain et vigoureux, parfaitement apte au travail.

– Est-ce qu'il faut souhaiter d'être acheté? demanda Jonas.

Personne ne répondit. Un officier du NKVD s'approchait avec un des hommes. Cette fois, ils s'arrêtèrent devant nous. Chacun garda les yeux baissés, sauf moi. Je ne pus m'empêcher de fixer des yeux l'officier qui avait l'air propre, bien reposé et bien nourri. Je vis Mère tousser au creux de sa paume et tenter discrètement d'ôter son rouge à lèvres. L'homme hirsute la montra du doigt et chuchota quelques mots à l'agent du NKVD qui l'accompagnait. Celui-ci secoua la tête en désignant l'ensemble de notre groupe d'un grand mouvement circulaire. L'homme montra à nouveau du doigt Mère avant de faire un geste obscène. L'officier rit et commença à marmonner. L'étranger fit un dernier tour d'horizon pour s'arrêter cette fois sur Andrius.

S'approchant de celui-ci, le représentant du NKVD aboya un ordre. Andrius ne broncha pas. Je crus que mon cœur avait cessé de battre.

– Il est très lent – laissez-le tranquille, dit Mme Arvydas. Elena, expliquez-leur.

Mère prononça un seul mot en russe. L'officier empoigna Andrius par les cheveux et lui leva le menton. Andrius avait un regard totalement dénué d'expression. Ona, en larmes, se balançait d'avant en arrière et d'arrière en avant. M. Stalas gémissait et grommelait. L'homme agita la main en signe de dégoût et s'éloigna de notre groupe.

D'autres groupes furent bientôt achetés, entassés dans des chariots et emmenés dans la vallée pour disparaître sans tarder à travers le V que l'on apercevait au pied des collines. Nous terminâmes les dernières gouttes d'eau et de « soupe » tout en discutant : valait-il mieux ou non être acheté ?

Quelqu'un parla de fuite. Nous n'eûmes pas vraiment le temps de débattre cette question, car, presque aussitôt, un coup de fusil retentit, suivi de cris, près de la tête du train. La petite fille à la poupée de chiffon se mit à pleurer.

– Elena, dit Mme Rimas, demandez à un garde où le NKVD emmène ces gens.

Mère tenta bien de parler avec un des soldats d'escorte, mais celui-ci fit mine de l'ignorer. Pour l'instant, je ne me souciais nullement de l'avenir. L'herbe avait une délicieuse odeur de ciboulette fraîche, et la lumière du soleil me remplissait de force. Je me levai et m'étirai.

Les enfants s'égaillèrent, mais le NKVD semblait s'en moquer. Ils inspectèrent les wagons, ne s'arrêtant que pour hurler que nous étions des porcs crasseux incapables de respecter le train. La locomotive sifflait, prête à partir.

– Ils retournent en chercher d'autres, déclara Andrius.

– Tu crois ? fit Jonas.

– Ils ne s'arrêteront pas, répondit Andrius, avant de s'être débarrassés de nous jusqu'au dernier.

24

De longues heures s'écoulèrent. Le coucher du soleil était proche. Il ne restait plus que deux groupes sur l'herbe. La Grincheuse ne cessait d'aller et venir d'un pas lourd en nous criant après. Elle accusait Mère d'avoir présenté Andrius comme un simple d'esprit, adoptant ainsi une position de faiblesse qui nous vaudrait probablement d'être tous fusillés.

– Eh bien, qu'ils nous fusillent ! dit le Chauve. Je vous le répète, nous ferions mieux de disparaître.

– Mais ils allaient faire de nous des esclaves ! rétorqua Mme Arvydas.

– Un peu de travail ne vous tuerait pas, lança la Grincheuse à la mère d'Andrius. Ils ont sans doute besoin de nous comme travailleurs manuels. Voilà pourquoi ils ont d'abord choisi les autres groupes, plutôt que le nôtre. Vous avez presque tous l'air tellement faibles et fragiles ! J'ai grandi dans une exploitation agricole. Je n'ai pas peur de me salir les mains, moi.

– En ce cas, persifla Andrius, vous êtes toute désignée pour aller déterrer de quoi manger. Et maintenant, laissez nos mères tranquilles.

Jonas et moi étions étendus dans l'herbe à essayer d'étirer nos membres raidis par une longue immobilité. Andrius nous rejoignit, croisa les mains derrière la tête et se mit à contempler le ciel.

– Ton front commence à rougir, lui fis-je remarquer.

– Attraper un coup de soleil est le dernier de mes soucis, répondit Andrius. Je n'ai pas l'intention de tourner le dos aux gardes. Si nous attrapons des couleurs, peut-être aurons-nous la chance d'être achetés et embrigadés dans l'armée d'esclaves au service des Soviétiques, comme le voudrait la sorcière.

Jonas roula sur le dos comme Andrius.

– L'essentiel, c'est que nous puissions rester ensemble. Papa a dit que c'était important.

– Je n'ai pas d'autre choix que de rester avec ma mère, dit Andrius. Je suis surpris qu'elle ait réussi à me garder jusqu'à présent. Elle n'a rien d'intrépide, ajouta-t-il en jetant un coup d'œil en direction de Mme Arvydas.

Celle-ci était en train de chasser les mouches à coups de mouchoir de soie et perdait l'équilibre dans l'opération.

– As-tu des frères ou des sœurs ? demanda Jonas.

– Non, répliqua Andrius. Ma mère n'a pas aimé être enceinte. Quant à mon père, il voulait avoir un fils. Il l'a eu. Ça lui a suffi.

– Papa a dit que Maman et lui nous donneraient un jour un autre frère ou une autre sœur, raconta Jonas. Je crois que je préférerais un frère. À ton avis, que font tous les gens qui sont restés chez eux ? Est-ce qu'ils se demandent ce qui nous est arrivé ?

– S'ils ont une pensée pour nous, ils sont trop terrifiés pour tenter de s'informer à ce sujet, répondit Andrius.

– Mais pourquoi ? insista Jonas. Et pourquoi nous a-t-on expulsés ainsi ?

– Parce qu'on était sur la liste, intervins-je.

– Mais pourquoi est-ce qu'on était sur la liste ? continua Jonas.

– Parce que Papa travaille à l'université, répliquai-je.

– Mme Raskunas travaille, elle aussi, à l'université, rétorqua Jonas, et pourtant, elle n'a pas été arrêtée.

Jonas avait raison. Mme Raskunas nous avait épiés de derrière ses rideaux quand on nous avait embarqués dans le camion en pleine nuit. Je l'avais surprise en train de regarder. Pourquoi n'avait-elle pas été arrêtée avec sa famille ? Pourquoi étaient-ils tous restés tapis derrière leurs rideaux au lieu d'essayer d'empêcher le NKVD de nous déporter ? Papa ne se serait jamais comporté ainsi.

– Je peux comprendre à la rigueur pourquoi le Chauve est sur la liste, déclarai-je. Il est tellement horrible !

– Il est terriblement impatient de mourir, n'est-ce pas ? dit Andrius en levant les yeux vers le ciel.

– Vous savez quoi ? fit Jonas. Quand je regarde le ciel, c'est un peu comme si j'étais allongé sur l'herbe, à la maison, en Lituanie.

À l'écouter, j'avais presque l'impression d'entendre Mère qui avait le don de mettre de la couleur dans une simple photo en noir et blanc.

– Vous voyez ce nuage ? continua Jonas. Il a la forme d'un canon.

– Alors tire le canon et fais sauter les Soviétiques, dis-je en promenant mes doigts sur les brins d'herbe. Ils le méritent.

Andrius tourna la tête vers moi et me jeta un long regard qui me mit mal à l'aise.

– Qu'y a-t-il ? demandai-je.

– Tu sembles décidément avoir des opinions bien à toi, répondit Andrius.

– C'est ce que dit toujours Papa, renchérit Jonas. Tu vois, Lina, tu devrais être plus prudente.

La porte de ma chambre s'ouvrit brusquement.

– Lina, dit mon père, je veux te parler. Je t'attends au salon.

– Pourquoi ? demandai-je.

– Au salon, TOUT DE SUITE *! cria Papa dont les narines étaient dilatées de fureur.*

Sur ce, il quitta la pièce.

– Mère, qu'est-ce qui ne va pas ?

– Tu as entendu ton père, Lina. Va au salon.

Nous sortîmes de la chambre pour gagner le couloir.

– Va te coucher, Jonas, dit Mère sans même tourner la tête dans la direction de la chambre de mon frère.

Du coin de l'œil, je vis Jonas jeter un regard furtif dans l'entrebâillement de sa porte. Il avait l'air éberlué.

Mon père fulminait, et c'était contre moi qu'il fulminait. Qu'avais-je donc bien pu faire ? Je m'avançai dans le salon.

– Voilà donc à quoi tu gaspilles ton talent ! s'écria-t-il en me lançant un bout de papier à la figure.

– Mais, Papa, expliquai-je, c'était une plaisanterie.

– Tu t'imagines, toi, qu'il s'agit d'une simple plaisanterie. Et si le Kremlin prend au sérieux ta prétendue plaisanterie ? Dieu du ciel, la ressemblance est parfaite !

Je ramassai le croquis tombé sur mes genoux et l'examinai. La ressemblance était effectivement parfaite. Même affublé d'un costume de clown, c'était bel et bien Staline. Je l'avais représenté dans notre salle à manger : debout, il essayait en vain d'esquiver les avions de papier que mon père et ses amis, assis autour de la table, lui jetaient à la tête en riant. Staline avait un visage de clown triste. Les portraits que j'avais faits de Papa et du Dr Seltzer étaient, eux aussi, parfaitement fidèles. Toutefois, celui du journaliste laissait à désirer. Je n'étais pas encore parvenue à capter la ressemblance – il y avait quelque chose qui n'allait pas dans le menton.

– Y en a-t-il d'autres dans cette veine ? questionna mon père en m'arrachant la feuille de papier.

– Mais, Papa, c'était pour rire, dit soudain une toute petite voix qui venait du couloir. S'il te plaît, Papa, ne te fâche pas comme ça.

– Étais-tu dans le coup, toi aussi ? hurla mon père.

– Oh, Jonas ! s'exclama Mère.

– Il n'y était pas du tout ! C'est moi qui ai dessiné cette caricature. Je la lui ai montrée parce que je la trouvais amusante.

– L'as-tu montrée à quelqu'un d'autre ? s'enquit Papa.

– Non, répondis-je. Je l'ai faite cet après-midi.

– Lina, intervint Mère, il s'agit d'une affaire grave.

S'ils avaient vu ton croquis, les Soviétiques t'auraient probablement arrêtée.

– Mais comment auraient-ils pu le voir ? rétorquai-je. Je l'avais jeté.

– Et si quelqu'un l'avait trouvé dans la poubelle comme je viens de le faire ? répliqua Papa. Et si le vent l'avait emporté pour le déposer aux pieds de Staline ? Te rends-tu bien compte ? Tu as dessiné ton père et ses amis en train de tourner en ridicule le chef de l'Union soviétique ! Y en a-t-il d'autres de ce genre ? questionna-t-il une nouvelle fois.

– Non, Papa, c'est le seul.

Sur ce, mon père déchira mon dessin en petits morceaux qu'il jeta au feu.

Andrius ne m'avait toujours pas lâchée des yeux.

– C'est ça que tu veux ? finit-il par demander. Faire sauter les Soviétiques ?

– Je voudrais juste rentrer à la maison, dis-je en me tournant vers lui. Je voudrais voir mon père.

Il acquiesça d'un signe de tête.

25

Le soir vint. Il restait toujours deux groupes sur l'herbe. La plupart des fonctionnaires du NKVD étaient partis avec le train. Il n'y en avait plus que cinq, armés bien entendu, avec deux camions. Près de soixante-quinze Lituaniens contre cinq Soviétiques seulement, et pourtant, personne n'osait faire un mouvement. Je crois que nous étions tous trop fatigués, trop affaiblis par le voyage. L'herbe était un lit bienvenu ; l'espace, un véritable luxe. Je pris note des grandes lignes du paysage, afin de pouvoir le dessiner plus tard pour mon père.

Les agents du NKVD allumèrent un feu et y mirent à cuire leur repas, tandis que nous demeurions assis là à les regarder. Ils avaient des conserves américaines, du pain et du café. Après le dîner, ils fumèrent et burent de la vodka, et le volume de leurs voix augmenta petit à petit.

– De quoi parlent-ils ? demandai-je à Mère.

– Ils parlent de leurs maisons, de la région d'où ils viennent, de leurs amis, répondit-elle ; ils se racontent des histoires de famille.

Je ne la crus pas. J'écoutai les mots russes. Le ton des officiers et des soldats d'escorte, leurs gloussements n'évoquaient en rien des propos familiaux. Ona recommença. Elle s'était mise à psalmodier sans fin : « Non, non, non, non. » Un des gardes se leva et hurla quelque chose en faisant un geste menaçant de la main en direction de notre groupe.

– Je ferais mieux d'essayer de la calmer avant qu'ils se mettent vraiment en colère, déclara Mère en se levant.

Jonas dormait déjà. Je le couvris de mon imperméable bleu et repoussai les mèches qui lui tombaient dans les yeux. Le Chauve ronflait. L'homme aux cheveux gris remontait sa montre. Andrius était assis un peu à l'écart du groupe, un genou ramené contre la poitrine. Il observait les agents du NKVD.

Je notai son profil marqué, sa mâchoire anguleuse. Une mèche de ses cheveux en désordre retombait gracieusement sur une de ses joues. J'aurais eu besoin d'un crayon noir à la mine tendre pour la dessiner. Il s'aperçut que je le dévisageais. Je me hâtai de détourner le regard.

– Hep ! chuchota-t-il.

Je levai les yeux. Quelque chose roulait sur l'herbe et vint frapper ma jambe. C'était la petite pierre pailletée de quartz et de mica qu'il avait trouvée le jour où il avait sauté du train.

– Le joyau de la couronne, murmurai-je avec un sourire, le bijou de la princesse du wagon à bestiaux.

Andrius hocha la tête avec un petit rire.

Je ramassai le caillou pour le lui renvoyer.

– Non, dit Andrius. Garde-le.

Nous nous réveillâmes au lever du soleil. Quelques heures plus tard, un chariot arriva et emmena l'autre groupe, qui avait été choisi de préférence au nôtre. On nous chargea alors à l'arrière des deux camions, et bientôt, le petit convoi eut traversé la vallée, dépassant l'encoche en forme de V au pied des collines où commençait une route. Personne ne soufflait mot. Nous étions trop effrayés pour discuter de notre possible destination.

Dans le camion, je me rendis compte que toute tentative de fuite eût été ridicule. Il n'y avait rien à l'horizon. Pendant des kilomètres et des kilomètres, je n'aperçus pas un seul être humain ni même un seul véhicule. Je pensai à l'homme qui avait gardé mon mouchoir, espérant que celui-ci passait de main en main, se rapprochant toujours un peu plus de Papa. Au bout de deux heures, on entrevit des huttes éparpillées de chaque côté de la route. On entrait dans ce qui semblait être une région habitée. Le camion s'arrêta devant une bâtisse de bois. Les soldats d'escorte sautèrent des camions en hurlant «*Davaï! Davaï!*», ainsi que d'autres ordres que je ne compris pas.

– Ils disent que nous devons laisser nos bagages dans les camions, expliqua Mère en serrant étroitement son manteau contre elle.

– Je veux savoir où nous allons avant de descendre, dit Mme Arvydas.

Mère tenta de s'adresser à l'un des gardes.

– C'est un établissement de bains publics, une *bania*, répondit-elle en se retournant avec un sourire. Nous allons nous laver.

Nous bondîmes hors du camion. Mère plia son manteau et le rangea dans sa valise. Ils nous partagèrent en deux groupes : les hommes d'un côté, les femmes de l'autre.

– Garçons, portez-moi, dit le Chauve à Andrius et Jonas. Il va falloir que vous me laviez.

Jonas avait l'air pétrifié, Andrius, dégoûté. Je souris, ce qui aggrava encore, semblait-il, sa gêne. Ce fut d'abord au tour des hommes. Leur ordonnant de gagner le perron de la *bania*, les gardes se mirent à les pousser brutalement en leur aboyant des ordres à la figure. Jonas, perdu, jeta un regard à Mère.

– Ôte tes vêtements, mon petit, traduisit-elle.

– Maintenant ? Ici ? demanda Jonas en regardant toutes les filles et les femmes à la ronde.

– Nous allons toutes tourner le dos, n'est-ce pas, mesdames ? dit Mère.

Aussitôt dit, aussitôt fait.

– À quoi bon se montrer pudique ? déclara M. Stalas. Nous ne sommes déjà plus que des squelettes. À présent, mon garçon, retire-moi mon pantalon. Aïe ! Fais donc attention à ma jambe !

J'entendis M. Stalas geindre et Jonas s'excuser. Une boucle de ceinture heurta le bois des marches avec un bruit mat. Je me demandai s'il s'agissait de celle d'Andrius. Les gardes recommencèrent à hurler.

– Ils disent que vous devez laisser là vos affaires, traduisit Mère. Ils vont désinfecter tous les vêtements.

Une drôle d'odeur flotta tout à coup dans l'air. Je n'aurais su dire si elle venait du groupe des femmes ou des bains publics. Un nouveau hurlement du Chauve nous parvint de l'intérieur de la bâtisse.

Mère se retourna et joignit les mains.

– Mon adorable Jonas, murmura-t-elle.

26

Nous attendions toujours.

– Qu'est-ce qui se passe là-dedans ? demandai-je.

Mère secoua la tête. Trois officiers du NKVD se tenaient debout sur les marches de l'établissement de bains. L'un d'eux aboyait déjà un nouvel ordre.

– Dix à la fois, expliqua Mère. Il faut gagner le perron et ôter nos vêtements.

Nous faisions partie du premier groupe avec Mme Arvydas, la Grincheuse et ses deux filles, et quelques autres. Mère aida Ona à grimper les marches menant à la *bania*. Je déboutonnai ma robe et la passai par-dessus ma tête, défis mes tresses et enlevai mes sandales. Mère, en soutien-gorge et petite culotte, aidait maintenant Ona à se déshabiller. Les officiers étaient toujours sur les marches à nous fixer des yeux. J'hésitai.

– Ne te tracasse pas, ma chérie. Imagine comme ce sera bon de se sentir propre à nouveau.

Ona recommença à pousser de petits cris plaintifs.

Un jeune garde blond alluma une cigarette, tourna le dos et regarda au loin, en direction des camions. Un autre nous dévisageait en se mordant la lèvre inférieure ; une sorte de rictus lui tiraillait la bouche.

Je finis par ôter slip et soutien-gorge avant de me couvrir tant bien que mal avec les mains. Mme Arvydas, qui se tenait juste à côté de moi, avait une poitrine voluptueuse si épanouie qu'elle ne parvenait pas à la dissimuler derrière son avant-bras très mince. Un officier avec une dent en or, qui semblait être un commandant, arpentait le perron de la *bania*, s'arrêtant devant chaque femme pour l'examiner sous toutes les coutures. Il s'arrêta longuement devant Mme Arvydas. Elle ne leva pas la tête. Il la viola des yeux tout en s'amusant à faire tournoyer sur sa langue un cure-dents.

Je laissai échapper un soupir de dégoût. La tête de Mère se tourna brusquement vers moi. Il était trop tard. Empoignant mes bras croisés, l'officier les rabattit avec violence de chaque côté de mon corps. Puis il m'inspecta de haut en bas et de bas en haut avec un sourire tordu. Après quoi, il tendit la main et tripota un de mes seins. Je sentis ses ongles ébréchés me griffer la peau.

Je ne m'étais encore jamais trouvée nue en présence d'un homme. Le contact de sa main brutale me donna la nausée ; j'eus l'impression d'être plus sale à l'intérieur que je ne l'étais à l'extérieur. Je croisai à nouveau les bras. Mère cria quelque chose en russe à l'adresse de l'officier et me fit passer derrière Ona. Je remarquai que les fesses et l'intérieur des cuisses de la jeune femme étaient recouverts d'une épaisse croûte de sang séché.

Houspillée par un des gardes, Mère se débarrassa du reste de ses vêtements, puis elle m'entoura les épaules de son bras. On nous fit alors entrer dans l'établissement de bains.

27

Il y avait là un garde, mais à quelque distance. Il plongea une pelle dans un seau et jeta sur nous une sorte de poudre blanche. Les douches se mirent à cliqueter, nous aspergeant d'eau glacée.

– Il faut nous dépêcher, déclara Mère. Nous ne savons pas combien de temps ils vont nous accorder.

Sur ce, elle prit un petit morceau de savon et commença à me frotter vigoureusement le visage et le cuir chevelu, sans s'occuper de son propre corps. Je regardai les rivières de saleté brunâtres couler le long de mes jambes, jusqu'à mes chevilles, pour s'engouffrer dans la bonde. J'aurais voulu être moi aussi engloutie, emportée loin du NKVD et de l'humiliation qu'ils m'avaient fait subir.

– Continue à frotter, Lina, vite, dit Mère en se tournant vers Ona pour l'aider à son tour.

Toute frissonnante sous le jet d'eau froide, je me décrassai du mieux que je pus, espérant qu'ils ne nous attendaient pas de l'autre côté du mur.

Je frictionnai ensuite le dos de Mère et tentai de lui laver les cheveux. J'entrevis Mme Arvydas debout sous la douche, les mains gracieusement levées au-dessus de la tête, comme si elle se trouvait chez elle, dans sa propre baignoire. Les douches s'arrêtèrent d'un seul coup.

Nous récupérâmes nos vêtements de l'autre côté du mur. Je me hâtai d'enfiler ma robe et sentis quelque chose me heurter la cuisse. La petite pierre d'Andrius. Je glissai la main au fond de ma poche, désireuse de retrouver la douceur de ses contours.

Mère me peigna les cheveux avec ses doigts. Je contemplai son visage mouillé. L'eau ruisselait de ses beaux cheveux blonds ondulés qui lui arrivaient aux épaules.

– Je veux rentrer à la maison, chuchotai-je, tremblant de tous mes membres. S'il te plaît.

Laissant tomber ses vêtements, elle me serra dans ses bras, très fort, très longuement.

– Nous allons retourner à la maison. Continue à penser à ton père et à notre maison. Il faut à tout prix que nous la gardions vivante dans nos cœurs. Si nous y parvenons, ajouta-t-elle en me lâchant et en me regardant bien en face, nous réussirons aussi à rentrer chez nous.

En sortant de la *bania*, nous aperçûmes un autre groupe de femmes et d'enfants nus sur les marches. Quant aux hommes, ils étaient déjà tous remontés dans les camions.

– Tu te sens mieux, mon chéri ? dit Mère à Jonas avec un grand sourire en grimpant à son tour dans notre véhicule.

Puis elle jeta en hâte un coup d'œil à sa valise pour vérifier si son manteau était bien là et s'il était intact.

Jonas avait l'air presque métamorphosé par

sa douche, dans son apparence comme dans ses dispositions. Andrius aussi. Ses cheveux mouillés étaient tout brillants, d'un brun clair qui évoquait la cannelle.

– Nous sommes donc des morts tout propres, déclara le Chauve. Ça nous avance à quoi ?

– Si nous étions vraiment des morts, ils ne nous permettraient pas de prendre une douche, répliqua l'homme aux cheveux gris en remontant une fois de plus sa montre.

– Hé ! s'écria Andrius en tendant la main pour attraper une mèche de mes cheveux, il y avait donc des cheveux blonds sous toute cette saleté.

À ce contact, je reculai et détournai les yeux. Mère passa un bras autour de mes épaules.

– Qu'est-ce qui ne va pas ? demanda Jonas.

Je feignis de ne pas l'avoir entendu. Je ne pouvais m'empêcher de penser à l'officier qui m'avait touchée et à toutes les choses que j'aurais dû faire et que je n'avais, bien entendu, pas faites : le gifler, lui balancer des coups de pied, lui crier à la figure. Je glissai à nouveau la main au fond de ma poche, empoignai le caillou d'Andrius et le serrai de toutes mes forces, tentant désespérément de le briser.

– Croyez-vous qu'ils vont nous emmener prendre un repas à quatre plats, maintenant que nous sommes allés au sauna ? plaisanta Mme Rimas.

– Oh, oui ! s'exclama en riant Mme Arvydas. Que diriez-vous d'une forêt-noire et d'un ou deux cognacs ?

– J'aimerais un bon café bien chaud, fit Mère.

– Et très fort, ajouta le Chauve.

– Ouah ! s'écria Jonas en contemplant ses mains, je n'aurais jamais imaginé que ça pouvait être aussi agréable d'être propre !

L'humeur de chacun semblait s'être considérablement améliorée, à une exception près : Ona. La jeune femme continuait à chantonner. Tous les efforts de Mme Rimas pour tenter de la calmer restaient vains. Tandis que le dernier groupe de femmes et d'enfants remontait à bord des camions, le commandant vit Ona se lever, puis s'asseoir, s'arrachant les cheveux. Il hurla après elle. Le jeune garde blond apparut derrière le véhicule.

– Laissez-la tranquille, dit Mme Rimas. La pauvre petite est accablée de chagrin.

Mère traduisit ses paroles au commandant. Ona se leva de nouveau, tapa du pied droit et se mit à trépigner. Alors l'officier s'avança et la traîna hors du camion. Elle perdit tout contrôle d'elle-même, criant, hurlant, essayant de griffer l'officier. Elle n'était évidemment pas de taille à lutter contre lui. Il la jeta à terre. Ses yeux se plissèrent et sa mâchoire carrée se contracta. Mère sauta tant bien que mal à bas du camion pour tenter d'apaiser Ona. Il était trop tard. Le commandant avait sorti un pistolet de sa poche. Il lui tira une balle dans la tête.

Je poussai un cri étouffé, et je n'étais certes pas la seule. Andrius saisit Jonas par le menton et lui couvrit les yeux de sa main. Il y avait une flaque de sang, couleur lie-de-vin, sous la tête d'Ona. Sa jambe, bizarrement tournée en dehors et comme tordue, formait un angle anormal.

– Lina, dit Andrius.

Je tournai un visage hébété vers lui.

– Ne regarde pas, ordonna-t-il.

J'ouvris la bouche, mais aucun mot n'en sortit. Je ne l'écoutai pas et fis volte-face. Le jeune garde blond contemplait le corps sans vie d'Ona.

– Lina, regarde-moi, insista Andrius.

Mère s'était écroulée à genoux tout à l'arrière du camion, les yeux rivés sur Ona. Je changeai de place et allai m'asseoir à côté de mon frère.

Le moteur grondait. Le camion ne tarda pas à démarrer. Mère s'assit et cacha son visage entre ses mains. Mlle Grybas faisait claquer sa langue en secouant la tête.

Jonas attira ma tête sur ses genoux et me caressa les cheveux.

– S'il te plaît, Lina, ne dis rien, murmura-t-il. Ne les rends pas enragés.

À mesure que le camion s'éloignait, le corps d'Ona rapetissait. Elle gisait dans la boue, assassinée par le NKVD. Quelque part, à des centaines de kilomètres de là, le cadavre de sa petite fille se décomposait dans l'herbe. Sa famille saurait-elle jamais ce qui lui était arrivé ? Et comment quelqu'un apprendrait-il jamais ce qui nous arrivait, ce qui allait nous arriver ? Quoi qu'il en soit, je continuerais à écrire et à dessiner chaque fois que j'en aurais l'occasion. Je représenterais le coup de feu tiré par le commandant ; je représenterais Mère agenouillée, Mère, la tête dans les mains ; je représenterais enfin notre camion roulant, roulant, et projetant avec ses pneus une grêle de graviers sur le corps sans vie d'Ona.

28

Les deux véhicules pénétrèrent dans une vaste exploitation agricole collective. De petits groupes de cabanes délabrées d'une seule pièce composaient un misérable semblant de village. Le chaud soleil y était de toute évidence une rareté. Les habitations étaient toutes de guingois, avec des toits gondolés témoignant d'un climat d'une extrême rigueur.

Les soldats d'escorte nous ordonnèrent de descendre du camion. Andrius, qui se tenait près de sa mère, gardait la tête baissée. On commença à nous diriger vers ce que j'imaginais être nos propres huttes. Bien à tort, car lorsque Mlle Grybas et Mme Rimas entrèrent dans l'une d'elles, une femme en sortit en courant pour discuter âprement avec les gardes.

– Les cabanes sont habitées, chuchota Jonas.

– Oui, répondit Mère en nous attirant près d'elle, nous devrons vraisemblablement les partager.

Deux femmes chargées de grands seaux d'eau passèrent près de nous. Je ne les reconnus pas ; en tout cas, je ne me souvenais pas de les avoir vues dans notre train.

On nous assigna une hutte miteuse, tout au

bout de l'exploitation. Le bois gris, rongé de longs hivers durant par la neige et le vent, était tout lisse. Quant à la porte, sillonnée de fentes et de fissures, elle était manifestement montée de travers. À la première tempête venue, la cabane risquait d'être emportée dans le ciel pour s'y désintégrer en mille morceaux. Le garde blond ouvrit la porte, beugla quelques mots en russe et nous poussa à l'intérieur. Une femme du pays, courtaude et trapue, enveloppée dans plusieurs couches de vêtements, se rua à l'entrée de la hutte et cria après le garde. Mère nous entraîna dans un coin de la cabane. Se retournant, la femme se mit à vociférer contre nous. Ses cheveux s'échappaient de son mouchoir de tête. On eût dit de la paille noire. Une multitude de rides dessinaient une véritable carte de géographie sur son large visage tanné.

– Que dit-elle ? demanda Jonas.

– Elle dit qu'elle n'a pas de place dans sa hutte pour de répugnants criminels.

– Nous ne sommes pas des criminels, m'insurgeai-je.

La femme continua à fulminer contre nous, lançant les bras en l'air et crachant par terre.

– Est-ce qu'elle est folle ? demanda Jonas.

– Elle dit qu'elle a à peine de quoi se nourrir et qu'elle n'a pas l'intention de partager son peu de nourriture avec des criminels comme nous.

Sur ce, Mère tourna le dos à la furie pour ajouter :

– Eh bien, pour l'instant, nous n'avons plus qu'à installer nos affaires ici, dans ce coin. Jonas, pose ta valise.

Tout à coup, la « folle » m'empoigna par les cheveux et me traîna vers la porte pour me chasser dehors. Mère se mit à hurler, laissant exploser sa fureur en russe. Elle la força à me lâcher et la gifla avant de la repousser brutalement. Quant à Jonas, il lui donna un coup de pied en plein tibia. La femme resta plantée là à nous fixer de ses yeux noirs rétrécis par la colère. Mère lui rendit son regard. L'autre laissa échapper un rire franc avant de poser une question.

– Nous sommes lituaniens, répondit Mère, d'abord en lituanien, puis en russe.

La femme continuait à baragouiner.

– Que dit-elle ? demandai-je.

– Elle dit que les gens bagarreurs font de bons travailleurs et qu'il faudra lui payer un loyer, répondit Mère tout en continuant à lui poser des questions.

Je bondis.

– Lui payer un loyer ? Et pourquoi ? Pour vivre dans ce trou perdu au bout du monde ?

– Nous sommes dans l'*Altaï*, précisa Mère. On y cultive des pommes de terre et des betteraves.

– Il y aura donc des pommes de terre à manger ? s'enquit Jonas.

– La nourriture est rationnée. Elle dit que le NKVD surveille les travailleurs de l'exploitation agricole, répondit Mère.

Je me souvins d'avoir entendu mon père parler de la politique de confiscation de Staline, qui dépossédait les paysans de leur terre, de leurs bêtes et de leurs outils. Ils ne pouvaient même pas choisir ce qu'ils allaient produire, car tout était planifié. Je trouvais ça parfaitement ridicule.

Comment Staline pouvait-il tout bonnement s'emparer de ce qui ne lui appartenait pas, par exemple, une terre qu'un fermier et sa famille avaient fini par obtenir après une vie de labeur? « C'est ce qu'on appelle le communisme, Lina », m'avait expliqué Papa.

La femme se remit à crier après Mère tout en agitant le doigt et en secouant la tête, puis elle quitta la hutte.

Nous nous trouvions dans un kolkhoze, une ferme agricole collective, et j'étais vouée à cultiver des betteraves.

J'avais horreur des betteraves.

CARTES ET SERPENTS

29

La cabane mesurait approximativement trois mètres soixante de long sur trois mètres de large. Le « mobilier » se réduisait à presque rien : un petit poêle casé dans un coin qu'entouraient deux ou trois écuelles, gamelles et pots crasseux ; une paillasse posée le long du mur, non loin du poêle, sur laquelle était jetée une courtepointe tout usée. Pas d'oreiller, bien entendu. En guise de fenêtres, deux minuscules carreaux faits de morceaux de verre maintenus par du mastic.

– Il n'y a vraiment rien ici, m'écriai-je. Ni évier, ni table, ni armoire. C'est là qu'elle dort ? demandai-je en désignant le grabat. Et nous ? Où allons-nous dormir ? Et où sont les toilettes ?

– Dans quoi pouvons-nous manger ? s'enquit Jonas à son tour.

– Je ne sais pas très bien, répondit Mère en regardant à l'intérieur d'un pot. Ce pot est dégoûtant. Mais il n'est pas de crasse dont un bon petit nettoyage ne puisse venir à bout, n'est-ce pas ?

– En tout cas, déclara Jonas, c'est bon de ne plus être dans ce maudit train.

Le jeune garde blond fit soudain irruption dans la pièce.

– Elena Vilkas, dit-il.

Mère leva les yeux vers lui.
– Elena Vilkas! répéta-t-il – plus fort, cette fois.
– Oui, c'est moi, fit Mère.
Ils se mirent à parler en russe. Le ton ne tarda pas à monter
– Qu'y a-t-il, Mère? questionna Jonas.
– Ne t'inquiète pas, mon ange, nous resterons ensemble, répondit Mère en nous serrant tous les deux dans ses bras.
– *Davaï!* hurla le garde qui nous faisait signe de sortir.
– Où allons-nous? demandai-je.
– Le commandant veut me voir. J'ai dit au garde qu'il n'était pas question que j'aille là-bas sans vous.
Le commandant. Mon ventre se noua.
– Je vais rester ici. Ça ira très bien.
– Non, rétorqua Jonas. Nous devons rester ensemble.
Le garde blond nous conduisit, par un chemin bordé de huttes délabrées, jusqu'à une bâtisse de rondins en bien meilleur état que les autres constructions. Quelques soldats d'escorte groupés près de la porte fumaient des cigarettes. Ils lorgnèrent Mère au passage.
– Restez ici, ordonna-t-elle après un examen rapide de la bâtisse et des hommes. Je reviens tout de suite.
– Non, dit Jonas. Nous venons avec toi.
Mère jeta un nouveau coup d'œil aux robustes soldats, puis elle me regarda.
– *Davaï!* hurla alors un garde posté à la porte en s'avançant vers elle.

Et, l'empoignant par le coude, il l'entraîna vers le bâtiment.

– Je reviens tout de suite, lança une seconde fois Mère par-dessus son épaule avant de disparaître à l'intérieur.

– Je reviens tout de suite, dit Mère.

– Mais comment la trouves-tu ? demandai-je.

– Vraiment très jolie, répondit-elle en reculant d'un pas pour admirer la robe. Elle te va à ravir.

– Très bien, fit le tailleur, en remettant ses épingles dans son petit coussin de satin. J'en ai terminé avec toi, Lina. Tu peux te changer à présent, mais fais très attention, ce n'est pas cousu, c'est juste épinglé.

– Retrouve-moi sur le trottoir, lança Mère par-dessus son épaule avant de disparaître dans l'encadrement de la porte.

– Ta mère a un goût infaillible en matière de robes, déclara le tailleur.

Il avait raison. La robe était belle, très belle. Et sa couleur – un gris tendre – faisait ressortir mes yeux.

Je me changeai et sortis à la rencontre de Mère. Elle n'était pas sur le trottoir. Je scrutai attentivement la rangée de boutiques aux couleurs éclatantes – en vain. Mère était invisible. Soudain, au bas de la rue, une porte s'ouvrit, et Mère apparut. Elle portait un chapeau bleu assorti à sa robe qui voltigeait autour de ses jambes, tandis qu'elle s'avançait vers moi avec un grand sourire. Un sac de courses au bras, elle brandissait deux cornets de glace.

– Les garçons ont leur jour. Eh bien, nous aurons

le nôtre, nous aussi. Allons nous asseoir, déclara-t-elle en me tendant un cornet avant de se diriger vers un banc.

Je me souviens encore de l'éclat de son rouge à lèvres, très brillant.

Papa et Jonas étaient allés à un match de football, tandis que Mère et moi avions passé la matinée à faire des emplettes. Je m'adossai au banc tiède et léchai avec délice la crème glacée à la vanille.

– Que c'est bon d'être assise ! dit Mère en poussant un soupir d'aise. Bon, ajouta-t-elle en me jetant un coup d'œil, nous en avons fini avec la robe. Que nous reste-t-il d'autre à faire ?

– J'ai besoin de fusains, lui rappelai-je.

– Ah, oui, c'est vrai ! répondit Mère, des fusains pour mon artiste.

– Nous aurions dû l'accompagner, murmura Jonas.

Il avait raison. Mais je ne voulais pas me trouver à proximité du commandant, et Mère le savait. J'aurais pourtant dû entrer avec elle. À présent, elle était seule avec le NKVD, sans protection, et c'était ma faute. J'attirai Jonas de l'autre côté de la bâtisse, non loin d'une fenêtre aux vitres sales.

– Reste là pour que le garde blond puisse te voir, dis-je à Jonas.

– Que vas-tu faire ?

– Je vais regarder par la fenêtre pour m'assurer que Mère n'a pas de problèmes.

– Non, Lina ! s'écria mon frère.

– Reste là, lui ordonnai-je.

Le garde blond ne semblait pas avoir plus de vingt ans. C'était celui qui avait détourné les yeux quand nous avions dû nous déshabiller. Il sortit un canif de sa poche et commença à se curer les ongles. Je m'approchai à pas de loup de la fenêtre et me dressai sur la pointe des pieds. Mère, assise sur une chaise, avait les yeux baissés. Le commandant, installé à un bureau en face d'elle, feuilletait un dossier tout en lui parlant. Il le referma bientôt pour le poser en équilibre sur sa cuisse. Je jetai un petit coup d'œil au garde blond avant de me hisser un peu plus haut pour mieux voir.

– Arrête, Lina, chuchota Jonas. Andrius dit qu'ils nous fusilleront si tu crées des problèmes.

– Je ne crée pas de problèmes, répliquai-je en retournant près de mon frère. Je voulais juste m'assurer que les choses se passaient bien pour Mère.

– Enfin, Lina, insista Jonas, rappelle-toi ce qui est arrivé à Ona.

Qu'était-il précisément arrivé à Ona ? Était-elle au ciel avec sa petite fille et ma grand-mère ? Ou flottait-elle au-dessus des trains et des foules de Lituaniens à la recherche de son mari ?

C'étaient là des questions destinées à mon père. Il m'écoutait toujours avec une attention soutenue quand je lui en posais, hochant la tête, puis s'interrompant pour peser ses mots avant de répondre. Qui me répondrait désormais ?

En dépit du ciel nuageux, il faisait chaud. Au loin, par-delà les pauvres cabanes, on apercevait un paysage de conifères et de champs cultivés. Je regardai autour de moi, m'efforçant de le mémoriser afin de pouvoir le dessiner pour Papa. Où Andrius et sa mère pouvaient-ils bien être ?

Quelques-unes des huttes étaient en meilleur état que les nôtres. L'une d'elles était entourée d'une palissade de rondins, une autre avait un petit jardin. Je les dessinerais – toutes ratatinées, et si tristes, sans la moindre touche de couleur ou presque.

La porte de la bâtisse du NKVD s'ouvrit, et Mère apparut. Le commandant sortit et s'appuya contre le chambranle de la porte, observant sa démarche. Mère avait les dents serrées. Elle nous adressa un signe de tête en s'avançant vers nous. Le commandant lui cria quelque chose, mais elle feignit de ne pas l'avoir entendu et nous prit les mains.

– Ramenez-nous à notre hutte, dit-elle en se tournant vers le garde blond qui ne broncha pas.

– Je connais le chemin, déclara Jonas en empruntant le sentier boueux. Suivez-moi.

– Est-ce que ça va, Mère ? demandai-je, une fois en chemin.

– Oui, ça va, répondit-elle à voix très basse.

Un poids tomba de mes épaules qui se détendirent brusquement.

– Que voulait le commandant ?

– Pas ici, fit-elle.

30

– Ils veulent que je travaille avec eux, dit Mère lorsque Jonas nous eut ramenées à la maison.

– Travailler avec eux ?

– Oui, enfin, ils veulent que je travaille pour eux, que je traduise des documents et aussi que je parle avec les autres Lituaniens du kolkhoze.

Je revis en esprit le dossier que le commandant tenait à la main.

– Que vas-tu obtenir en contrepartie de ce travail ? s'enquit Jonas.

– Je n'ai pas l'intention d'être leur traductrice, répondit Mère. J'ai refusé. Ils me demandaient également d'écouter les conversations des gens et de les rapporter au commandant.

– D'être une moucharde en somme ? questionna Jonas.

– Oui.

– Ils voulaient que tu espionnes tout le monde et que tu leur fasses ensuite un rapport ? questionnai-je à mon tour.

Mère hocha la tête.

– Ils m'ont promis un traitement de faveur si j'y consentais.

Je poussai un cri aigu.

– De vrais porcs !

– Lina ! gronda Mère. Plus bas, s'il te plaît.

– Ils s'imaginent que tu es prête à les aider après ce qu'ils nous ont fait ? continuai-je.

– Mais, Mère, dit Jonas, l'air soucieux, peut-être auras-tu besoin du traitement de faveur.

– Ce ne sont que de belles paroles, Jonas, ils n'en pensent pas un mot, intervins-je d'un ton brusque. Ce sont tous des menteurs. Ils ne lui auraient rien donné.

– Écoute-moi, Jonas, expliqua Mère en caressant la joue de mon petit frère, je ne peux pas leur faire confiance. Staline a déclaré au NKVD que les Lituaniens étaient l'ennemi. Le commandant et les autres officiers nous considèrent comme des inférieurs. Comprends-tu ?

– Andrius m'a déjà dit ça.

– Andrius est un garçon très intelligent. Nous ne devons parler de ces choses-là qu'entre nous. Quant à toi, Lina, ajouta Mère en se tournant vers moi, sois prudente, s'il te plaît, et garde-toi d'écrire ou de dessiner ce qui te passe par la tête.

Nous fouillâmes dans nos valises, à la recherche de ce qu'il serait éventuellement possible de vendre en cas de besoin. Je feuilletai mon exemplaire des *Aventures de M. Pickwick*. Les pages 6 à 11 manquaient ; elles avaient été arrachées. Il y avait une tache de boue sur la page 12.

Attrapant la photo encadrée d'or, je la sortis de la valise et contemplai le visage de mon père. Où le mouchoir pouvait-il bien être à présent ? Il fallait que j'en envoie d'autres.

– Kostas, dit Mère en regardant par-dessus mon épaule.

Je lui tendis le cadre. Elle promena son index avec amour sur les contours du visage de Papa, puis sur celui de sa mère.

– C'est merveilleux que tu aies songé à emporter ce cadre. Tu ne peux pas imaginer à quel point cela me fait reprendre courage. S'il te plaît, garde-le en lieu sûr.

J'ouvris l'écritoire que j'avais mise au fond de ma valise. *14 juin 1941. Chère Joana*... Ces seuls mots apparaissaient sur le premier feuillet – un titre sans histoire. Je les avais tracés deux mois plus tôt, la nuit même où nous avions été arrêtés. Où était Joana à présent ? Où étaient les autres membres de notre famille ? Qu'écrirais-je aujourd'hui à ma cousine si je devais terminer ma lettre ? Lui raconterais-je que les Soviétiques nous avaient fait monter de force dans des wagons à bestiaux et que nous étions restés enfermés là durant six semaines presque sans nourriture et sans eau ? Préciserais-je que le NKVD avait demandé à Mère d'espionner pour eux ? Et le bébé mort dans notre wagon ? En parlerais-je ? Décrirais-je aussi comment l'officier avait tué Ona d'une balle dans la tête ? J'avais beau entendre la voix de Mère m'enjoignant d'être prudente, ma main commençait déjà à courir sur le papier.

31

La femme *Altaï*que revint. Elle tournicota bruyamment dans la hutte. Après quoi, elle posa un pot de fer sur le poêle. Nous la regardâmes faire bouillir deux pommes de terre et ronger un quignon de pain.

– Mère, demanda Jonas, y aura-t-il des pommes de terre pour nous ce soir ?

Quand Mère posa la question à la femme, elle s'entendit dire qu'il fallait travailler pour gagner son pain.

– Si tu acceptais de travailler pour le NKVD, Mère, demanda encore Jonas, est-ce qu'ils te donneraient de quoi manger ?

– Non, mon petit, répliqua-t-elle. Ils me donneraient des promesses en l'air, ce qui est pire qu'un ventre vide.

Mère paya la femme pour *une* pomme de terre ; puis elle la paya de nouveau pour le privilège de faire cuire l'unique pomme de terre. C'était ridicule.

– Combien d'argent nous reste-t-il ? m'enquis-je.

– Très peu.

Nous essayâmes de dormir, étendus à même les planches nues de la cabane et pelotonnés contre Mère. La paysanne, qui avait sombré sur sa couche de paille, faisait des bruits de bouche et ronflait. Son haleine aigre emplissait la pièce. Était-elle née ici, en Sibérie ? Avait-elle jamais connu une autre vie que celle-ci ? J'ouvris les yeux dans le noir et tentai de peindre en esprit des images sur cette toile de fond noire.

– Ouvre-la, ma chérie !

– Je ne peux pas, j'ai trop le trac ! répondis-je à Mère.

– Lina voulait attendre que tu rentres à la maison, expliqua Mère à Papa. Voilà des heures qu'elle tient cette enveloppe à la main.

– Ouvre-la donc ! insista Jonas.

– Et si je n'étais pas acceptée ? fis-je tout en étreignant la lettre de mes doigts moites.

– Eh bien, ce ne serait que partie remise, répliqua Mère. Au pire, tu seras admise l'an prochain.

– Tu ne le sauras pas tant que l'enveloppe restera scellée, intervint mon père.

– Ouvre-la donc ! ordonna Jonas en me tendant le coupe-papier.

Je glissai la lame d'argent sous le rabat au dos de l'enveloppe. Depuis que Mme Pranas avait posté ma demande de candidature, je n'avais plus guère pensé à autre chose. Étudier avec les plus grands artistes d'Europe ! C'était là une occasion unique. D'un seul geste, je fendis le rabat de l'enveloppe et en sortis une simple feuille de papier pliée en deux que je parcourus rapidement des yeux.

Chère Mademoiselle Vilkas,

Nous vous remercions de votre récente

demande de candidature pour le programme d'arts plastiques de l'été prochain. Les échantillons de votre travail que vous nous avez envoyés sont très impressionnants. C'est donc avec grand plaisir que nous vous proposons une place dans notre…

– C'est oui ! criai-je. Ils ont dit oui !

– Je le savais ! s'exclama mon père.

– Félicitations, Lina ! dit Jonas en passant son bras autour de mes épaules.

– Je brûle de l'annoncer à Joana, fis-je.

– C'est merveilleux, ma chérie ! déclara Mère. Il faut fêter ça.

– Nous avons un gâteau, glissa Jonas.

– C'est que…, dit Mère en nous adressant un clin d'œil, j'étais quasi certaine que nous allions fêter ton succès !

Papa rayonnait.

– Toi, ma petite, murmura-t-il en me prenant les mains, tu as reçu un don des dieux. L'avenir te réserve de grandes choses, Lina.

Il y eut soudain comme un bruissement, et je tournai la tête. La paysanne gagna un coin de la hutte en se dandinant et en grommelant pour aller pisser dans une boîte de fer-blanc.

32

Il faisait encore noir quand le NKVD commença à hurler. Ils nous ordonnèrent de sortir des huttes et de former une queue. Mlle Grybas et la Grincheuse étaient déjà en rang avec d'autres. Nous tentâmes tant bien que mal de nous joindre à la file. Mon vocabulaire russe s'enrichissait. Outre le terme *Davaï*, j'avais appris d'autres mots importants comme *niet*, c'est-à-dire « non » ; *svinia* qui signifie « cochon » ; et, bien entendu, *fachist*, « fasciste ». Mme Rimas adressa un signe de la main à Mère. Je cherchai des yeux Andrius et sa mère. Ils n'étaient pas là. Le Chauve non plus.

Le commandant marchait de long en large, mâchonnant son cure-dents. Il nous jeta un coup d'œil et fit des commentaires aux gardes.

– Que dit-il, Elena ? demanda Mme Rimas.

– Il nous divise en groupes et répartit le travail entre chaque groupe.

Le commandant s'approcha de Mère et lui hurla quelque chose à la figure, puis il fit sortir de la file Mère, Mme Rimas et la Grincheuse. Le garde blond me fit sortir à mon tour du rang et me poussa vers Mère. Il partagea les autres en plusieurs groupes. Jonas se retrouva avec deux vieilles femmes.

– *Davaï !*

Le garde blond tendit à Mère un morceau de toile maintenu par une courroie et nous emmena d'un pas énergique dans une direction inconnue.

– Retrouve-nous ce soir à la hutte, cria Mère à Jonas.

Comment le pourrait-il ? La veille, Mère et moi, nous aurions été incapables de rentrer, si Jonas ne nous avait montré le chemin de la bâtisse du NKVD à la cabane. Nous nous perdrions certainement.

J'avais l'estomac tenaillé par la faim. Je me traînais. Mme Rimas et Mère ne cessaient de chuchoter derrière le dos du garde blond. Au bout de quelques kilomètres, on parvint à une clairière dans les bois. Le garde arracha le sac de toile des mains de Mère et le jeta par terre en vociférant un ordre.

– Il dit : « Creusez ! », traduisit Mère.

– Creuser ? Mais creuser où ? demanda Mme Rimas.

– Ici, je suppose. Il dit aussi que si nous tenons à manger, nous devons creuser. Notre ration dépend du travail que nous aurons fourni.

– Avec quoi devons-nous creuser ? m'enquis-je.

Mère posa la question au garde blond qui, en guise de réponse, se contenta de donner un coup de pied au tas de toile. Mère l'ouvrit et y trouva plusieurs pelles rouillées, comme on en utilise dans un jardin d'agrément. Elles n'avaient pas de manche.

Mère glissa quelques mots au soldat d'escorte. Mal lui en prit. Il éclata aussitôt en imprécations et, d'un coup de pied, expédia les pelles dans nos tibias avec un *Davaï* furibond.

– Poussez-vous, dit la Grincheuse. Je vais surmonter cet obstacle. J'ai besoin de manger, mes filles aussi.

Sur ce, elle se mit à genoux et commença à grignoter petit à petit la terre à l'aide de la minuscule pelle. Nous l'imitâmes toutes. Le garde, assis sous un arbre, nous observait tout en fumant des cigarettes.

– Où sont les pommes de terre et les betteraves ? demandai-je à Mère.

– De toute évidence, répondit-elle, ils me punissent.

– Vous punissent ? questionna Mme Rimas.

Mère lui chuchota à l'oreille quelques mots au sujet de la proposition du commandant.

– Mais enfin, Elena, vous auriez pu bénéficier ainsi d'un traitement de faveur. Et, sans aucun doute, d'un supplément de nourriture.

– Un supplément de nourriture ne vaut pas une conscience en paix, madame Rimas, répliqua Mère. Songez donc aux demandes qui pourraient m'être faites dans ce bureau. Et songez à ce qui pourrait arriver aux gens. Je ne veux pas avoir un poids pareil sur la conscience. J'essayerai de tenir bon comme tout le monde.

– Une femme m'a dit qu'à cinq kilomètres d'ici, il y avait une petite ville avec un magasin, une poste et une école.

– Peut-être pourrions-nous y aller à pied et envoyer des lettres. Il se peut que quelqu'un ait eu des nouvelles des hommes.

– Soyez prudente, Elena. Envoyer des lettres peut mettre en danger la sécurité de nos proches restés au pays. Ne notez rien par écrit – jamais.

Je contemplai mes pieds. J'avais justement noté tout ce qui me passait par la tête et déjà rempli plusieurs pages de descriptions et de dessins.

– Non, murmura Mère, il ne s'agit pas de ça.

Et, après avoir jeté un coup d'œil à la Grincheuse toujours occupée à marteler la terre, elle se pencha vers Mme Rimas et lui chuchota :

– J'ai un contact.

Qu'entendait-elle donc par là ? Un « contact » – qui pouvait bien être son contact ? Et puis il y avait la guerre. Les Allemands étaient à présent en Lituanie. Que faisait Hitler ? Je me demandai ce qu'étaient devenues notre maison et toutes les choses que nous avions laissées derrière nous. Et pourquoi devions-nous creuser ce stupide trou ?

– Enfin, disait Mère, au moins la personne qui partage votre hutte vous parle-t-elle. La nôtre est une créature bestiale qui a traîné Lina par les cheveux.

– Les villageois ne sont pas contents, expliqua Mme Rimas. Mais ils s'attendaient à notre arrivée. Il semble que plusieurs cargaisons d'Estoniens aient été déversées il y a quelques jours dans un village voisin.

Mère cessa soudain de creuser.

– Des Estoniens ? demanda-t-elle.

– Oui, souffla Mme Rimas. Ils ont déporté aussi des Estoniens et des Lettons.

– Je craignais effectivement que cela n'arrive. C'est insensé. Combien de gens vont-ils déporter ainsi ?

– Elena, répondit Mme Rimas, il y en aura des centaines de milliers.

– Cessez donc de bavarder et remettez-vous au travail, aboya la Grincheuse. Je veux manger.

33

Nous avions déjà creusé une fosse de plus de soixante centimètres de profondeur quand un camion apporta un petit seau d'eau. Le garde blond nous accorda une pause. J'avais les doigts maculés de terre et les mains couvertes d'ampoules qui suintaient. Mes genoux faisaient penser à de la viande crue et tout mon dos, courbé depuis des heures, était douloureux. On refusa de nous donner une tasse ou une louche, nous obligeant ainsi à nous plier en deux et à laper l'eau à tour de rôle dans le seau comme des chiens, tandis que le garde blond buvait tranquillement à même un grand bidon. L'eau sentait le poisson, mais ça m'était bien égal.

Nous creusions dans une petite clairière entourée de bois. Mère demanda la permission d'aller aux toilettes et, l'ayant obtenue, m'entraîna avec Mme Rimas sous le couvert des arbres. Là, nous nous accroupîmes toutes les trois pour faire nos besoins. Nous nous faisions face avec nos robes retroussées jusqu'à la taille et nos mains agrippant nos genoux.

– Elena, pouvez-vous me passer le talc, s'il vous plaît ? dit Mme Rimas tout en s'essuyant le derrière avec une feuille d'arbre.

Le spectacle que nous offrions ainsi était si ridicule que nous éclatâmes de rire. On riait vraiment. Mère riait même si fort que ses boucles s'échappèrent du mouchoir qu'elle avait noué autour de ses cheveux.

– Notre sens de l'humour, déclara Mère dont les yeux étaient mouillés de larmes. Ils ne peuvent pas nous le prendre, n'est-ce pas ?

On riait à gorge déployée. Les flammes de la lanterne dansaient dans le noir. Le frère de Joana se mit à jouer un air joyeux sur son accordéon. Mon oncle, qui s'était un peu trop laissé tenter par la liqueur de mûre, se lança dans une gigue décousue autour de la cour de notre cottage, essayant d'imiter nos mères. Feignant de tenir à deux mains sa prétendue jupe, il ne cessait de tourniquer et tournicoter.

– Viens, chuchota Joana en me prenant par la main. Allons faire un tour.

Bras dessus, bras dessous, nous descendîmes le chemin bordé de cottages sombres qui menait à la plage. Du sable s'infiltrait à l'intérieur de mes sandales. Nous restâmes un moment sur la grève à écouter les vagues clapoter à nos pieds. La mer Baltique scintillait au clair de lune.

– C'est comme si la lune, en faisant miroiter l'eau, nous invitait à y entrer, soupira Joana.

– Oui, elle nous invite, elle nous appelle, fis-je, m'efforçant de mémoriser les jeux de lumière et d'ombre sur la mer pour les peindre plus tard. Eh bien allons-y, ajoutai-je en ôtant mes sandales d'un coup de pied.

– Je n'ai pas mon maillot de bain, rétorqua Joana.

– Moi non plus. Et alors ?

– Et alors ? Enfin, Lina, nous ne pouvons tout de même pas nager toutes nues !

– Il n'a jamais été question de nager nues, dis-je.

Et je m'avançai tout habillée dans l'eau noire.

– Lina ! s'écria ma cousine d'une voix entrecoupée. Qu'est-ce que tu fabriques, pour l'amour du ciel ?

Je tendis les bras et me jetai à la poursuite des ombres allongées sur l'eau par la lune. Ma jupe se souleva, sans poids.

– Viens ! m'écriai-je. C'est si beau !

Et je plongeai sous la surface de la mer.

Joana ôta ses sandales à son tour et s'avança dans l'eau jusqu'aux chevilles. La lumière de la lune jouait sur ses longs cheveux bruns et sa haute stature.

– Viens, mais viens donc ! répétai-je. C'est magnifique !

Elle continuait d'avancer dans l'eau, lentement, trop lentement. Je bondis en avant et la tirai vers le large. Elle poussa un cri, puis se mit à rire – de son rire si singulier qu'on aurait pu l'identifier au milieu d'une foule. Il avait quelque chose d'abrupt et même d'âpre, un accent de sauvage liberté que je sentais à présent retentir autour de moi.

– Tu es folle ! s'exclama-t-elle.

– En quoi suis-je folle ? C'était tellement beau ; j'avais envie de faire partie de cette beauté.

– Est-ce que tu vas en faire un tableau – avec nous deux comme ceci ? demanda Joana.

– Oui, et j'intitulerai ce tableau... Deux têtes dansant sur l'eau dans le noir, répondis-je en l'aspergeant.

– Je ne veux pas rentrer. C'est un moment trop parfait, dit-elle en faisant de grands moulinets avec les bras. Chut ! ajouta-t-elle. Quelqu'un vient.

– Où ? m'enquis-je en pivotant sur moi-même.

– Là-bas, derrière les arbres, murmura-t-elle.

Deux silhouettes émergèrent alors des arbres, juste devant la plage.

– Lina, c'est lui ! Le grand. Celui dont je t'ai parlé. Celui que j'ai rencontré en ville ! Que faire ?

Deux garçons s'approchaient du rivage ; ils nous regardaient.

– Il est bien tard pour nager, non ? dit le plus grand des deux.

– Pas du tout, répliquai-je.

– Ah, vraiment ? Vas-tu toujours nager quand il fait noir ?

– Je vais nager chaque fois que j'en ai envie.

– Et ta grande sœur, là-bas ? Elle nage toujours le soir, elle aussi ?

– Pourquoi ne lui demandez-vous pas vous-même ? rétorquai-je, ce qui me valut un coup de pied de Joana sous l'eau.

– Vous feriez mieux d'être prudentes toutes les deux. Vous ne voulez tout de même pas que quelqu'un vous voie sans vêtements !

Son visage s'épanouit en un large sourire.

– Sans vêtements, vraiment ? Vous voulez dire comme ceci ?

D'un bond je me relevai. Ma robe mouillée me collait au corps comme un papier d'emballage à un caramel fondu. Je plongeai brutalement un bras dans l'eau, essayant de les arroser tous les deux.

– Un peu givrée, la gosse ! s'écria-t-il avec un grand rire tout en s'efforçant d'esquiver les gouttes.

– Allez, viens ! lança son ami. Nous allons être en retard à la réunion.

– Une réunion ? Quelle sorte de réunion peut-il bien y avoir à cette heure ? demandai-je.

Les garçons gardèrent un instant la tête baissée.

– Il faut que nous partions. Au revoir, grande sœur ! ajouta le garçon de haute taille à l'adresse de Joana avant de faire demi-tour avec son ami.

– Au revoir, dit Joana.

Nous éclatâmes de rire – si fort, pensai-je, que nos parents devaient certainement nous entendre du cottage. Après quoi, sortant de l'eau d'un bond, nous empoignâmes nos sandales et, nu-pieds, traversâmes la plage en courant jusqu'au chemin sombre. Tout autour de nous les grenouilles coassaient et les criquets stridulaient. Joana m'attrapa soudain par le bras, m'obligeant à m'arrêter dans le noir.

– Surtout, n'en parle pas à nos parents.

– Joana, nous sommes trempées. Ils comprendront aussitôt que nous sommes allées nager.

– Non, il ne s'agit pas de ça ; il s'agit des garçons… et de ce qu'ils ont dit.

– Très bien, grande sœur, je resterai muette, répondis-je avec un grand sourire.

Et nous reprîmes notre course dans le noir sans cesser de rire jusqu'à notre arrivée au cottage.

Joana savait donc quelque chose que j'ignorais à propos des garçons et de leur fameuse réunion – mais quoi ?

Nos rires s'étaient éteints.

– Lina, ma chérie, dit Mère, allons-y !

Je me rappelai soudain l'existence du trou. Et si nous étions en train de creuser notre propre tombe ?

34

Je trouvai un bâton et le cassai en deux d'un coup sec. Puis je m'assis sur le sol et commençai à dessiner à même la terre à l'aide de ce crayon improvisé. Je me hâtai de croquer avant la fin de la pause notre maison, notre jardin, les arbres, les fleurs. Je figurai le chemin menant à la porte d'entrée par de petits cailloux que j'enfonçai dans la terre avec mon pouce et tapissai le toit de brindilles.

– Il faut nous préparer, disait Mère. L'hiver sera infiniment plus rude que tous ceux que nous avons pu connaître. La température ne grimpera jamais au-dessus de zéro, et ça, dans le meilleur des cas. La nourriture manquera.

– L'hiver ? fis-je en me laissant aller en arrière sur mes talons. Tu plaisantes ? Crois-tu vraiment qu'on sera encore ici quand viendra l'hiver ? Non, Mère, non et non !

L'hiver n'arriverait pas avant une éternité. Je ne pouvais supporter l'idée de continuer, des mois durant, à vivre dans cette hutte, à creuser des trous, à essayer d'éviter le commandant. Je jetai un coup d'œil au garde blond. Il regardait mon dessin.

– J'espère que non, répondit Mère en baissant

la voix. Mais suppose que nous y soyons encore ? Si nous ne sommes pas préparés à cette situation, nous risquons de mourir de froid ou de faim.

Je notai que la Grincheuse prêtait attention aux paroles de Mère.

– Les tempêtes de neige en Sibérie sont très dangereuses, déclara Mme Rimas en hochant la tête.

– Je ne sais pas comment les huttes pourront résister, ajouta Mère.

– Pourquoi ne pas construire notre propre maison ? demandai-je. Pourquoi ne pas bâtir une cabane de rondins, un peu comme celle de l'administration du kolkhoze, avec un poêle et une cheminée, et y vivre tous ensemble ?

– Espèce de sotte ! s'écria la Grincheuse. Jamais ils ne nous donneront le temps de construire quelque chose à notre usage personnel, et si par hasard nous y parvenions, ils le confisqueraient. Continuez à creuser !

Il se mit à pleuvoir. L'eau faisait flic flac sur notre tête et nos épaules. Nous ouvrîmes la bouche pour boire.

– C'est de la folie, commenta Mme Rimas.

Mère cria quelque chose au garde blond. On voyait le mégot de sa cigarette rougeoyer sous le couvert des arbres.

– Il dit que la terre sera plus molle à présent et que nous devons creuser plus vite, dit Mère, élevant la voix pour dominer le bruit de la pluie qui tombait à verse.

– Le salaud ! s'exclama Mme Rimas.

Je jetai un coup d'œil à mon dessin : notre maison était en train de disparaître dans la boue.

Quant à mon « crayon », il avait roulé au loin, chassé par la pluie et le vent.

Courbant la tête, je creusai et creusai. J'enfonçai la petite pelle droit dans la terre, de plus en plus fort, en m'imaginant que je la plantais dans la chair du commandant. Mes bras tremblaient de fatigue, mes doigts souffraient de crampes, mon visage et mon cou étaient brûlés par le soleil du matin. Qui plus est, l'ourlet de ma robe était déchiré.

Quand la pluie cessa, le garde nous reconduisit au camp. Nous étions couvertes de boue jusqu'à la taille. La faim me tordait le ventre. Nous nous traînions littéralement derrière Mme Rimas qui avait jeté sur son épaule le morceau de toile enveloppant nos pelles. Nos mains restaient douloureusement contractées, comme si elles étaient toujours refermées sur les pelles sans manche que nous avions tenues serré pendant près de douze heures.

Nous entrâmes dans le camp par l'arrière. Je reconnus la cabane de M. Stalas à sa porte marron et réussis à piloter Mère jusqu'à la nôtre. Jonas nous attendait à l'intérieur. Écuelles et pots étaient remplis d'eau à ras bord.

– Vous voilà de retour ! cria-t-il. J'étais inquiet à l'idée que vous ne retrouviez pas la cabane.

Entourant Jonas de ses bras, Mère lui embrassa les cheveux.

– Il pleuvait encore quand je suis rentré, expliqua Jonas. J'en ai profité pour sortir toutes les gamelles, comme ça on a de l'eau de pluie en abondance.

– Très astucieux, mon ange. Mais est-ce que tu as bu au moins ? s'enquit Mère.

– Plus qu'assez, répondit-il. Et vous pourrez vous laver ! ajouta-t-il en remarquant mon état épouvantable.

Nous bûmes à même un grand pot. Je me sentis bientôt incapable d'absorber une goutte de plus, mais Mère insista pour que je boive encore. Après quoi, nous fîmes un brin de toilette, tentant d'abord de nettoyer nos jambes.

Jonas était assis en tailleur sur les planches de la hutte. Il avait étalé devant lui une des écharpes de Mère. Au centre étaient posés un seul morceau de pain et, à côté, une fleur.

– Qu'est-ce qui nous vaut ce festin ? demanda Mère en regardant le morceau de pain et la petite fleur déjà fanée.

– On m'a donné un ticket de rationnement pour le travail que j'ai fait aujourd'hui, répondit Jonas en souriant. J'aide deux femmes à fabriquer des chaussures. Est-ce que vous avez faim ? Vous avez l'air épuisées toutes les deux.

– Je meurs de faim, fis-je en contemplant le morceau de pain solitaire.

Si Jonas a obtenu du pain en échange de son travail – un travail tranquille, à l'intérieur –, me dis-je, nous devrions, logiquement, recevoir une dinde entière en échange du nôtre.

– Chaque travailleur a droit à trois cents grammes de pain par jour, expliqua Jonas. Il faut que vous alliez chercher votre ticket de rationnement au bureau du kolkhoze.

– C'est... C'est tout ? questionna Mère.

Jonas hocha la tête.

Trois cents grammes de pain sec. Je ne pouvais y croire. Voilà tout ce qu'on obtenait après avoir creusé pendant des heures et des heures. Ils nous affamaient et ils finiraient sans doute par nous jeter dans les fosses qu'ils nous faisaient creuser.

– Ce n'est pas suffisant, déclarai-je.

Mère s'efforça de nous rassurer.

– Nous trouverons bien un complément.

Par bonheur, à notre arrivée, le commandant ne se trouvait pas dans la bâtisse en rondins. Nous touchâmes nos tickets sans avoir à mendier ou à danser. Après quoi, nous suivîmes les autres travailleurs dans un bâtiment tout proche où l'on pesait et distribuait le pain. Je pouvais presque refermer la main autour de ma ration de famine. Sur le chemin du retour, nous aperçûmes Mlle Grybas derrière sa hutte. Elle nous fit signe d'approcher. Ses bras et sa robe étaient crasseux. Elle avait travaillé tout le jour dans les champs de betteraves. En nous voyant arriver, elle eut une grimace de dégoût.

– Que vous ont-ils donc fait ?

– Ils nous ont fait creuser un trou, répondit Mère en rejetant en arrière ses cheveux encroûtés de boue. Sous la pluie.

– Vite, vite ! s'écria-t-elle en nous attirant vers elle.

Ses mains tremblaient.

– À prendre de pareils risques pour vous, continua-t-elle, je pourrais encourir les pires ennuis. J'espère que vous en êtes conscients.

Sur ce, elle glissa la main à l'intérieur de son soutien-gorge pour y prendre quelques betteraves et se hâta de les passer à Mère. Puis, soulevant sa robe, elle en tira deux autres de sa petite culotte.

– Et maintenant, filez ! ordonna-t-elle.

J'entendais le Chauve hurler dans la cabane qui se trouvait derrière nous.

Nous retournâmes en courant à notre hutte pour commencer notre festin. Je détestais les betteraves, mais peu importait. J'étais trop affamée pour m'en soucier le moins du monde. Ça m'était même complètement égal de savoir qu'elles avaient voyagé dans des sous-vêtements moites de sueur.

35

– Lina, mets ça dans ta poche et va le porter à M. Stalas, dit Mère en me tendant une betterave.

M. Stalas. Le Chauve. Non. Je ne pouvais pas. Je ne pouvais pas, un point c'est tout.

– Mère, je suis trop fatiguée.

Je gisais par terre, sur les planches, la joue contre le bois.

– J'ai apporté un peu de paille pour que ce soit moins dur, annonça Jonas. Les deux vieilles femmes m'ont expliqué où je pouvais en trouver. J'en apporterai d'autre demain, ajouta-t-il.

– Lina, dépêche-toi, avant qu'il ne fasse trop noir, répéta Mère tout en arrangeant la paille avec Jonas. Va porter ça à M. Stalas.

Je pénétrai bientôt dans la hutte de M. Stalas. Une femme et deux bébés qui vagissaient occupaient presque tout l'espace. Le Chauve – dont la jambe brisée était éclissée à l'aide d'une planche – s'était casé tant bien que mal dans un coin.

– Pourquoi avez-vous tardé autant ? se plaignit-il. Essayez-vous donc de m'affamer ? Êtes-vous de mèche avec eux ? Quelle torture ! Entendre pleurer jour et nuit ! J'échangerais volontiers ce fichu bébé contre ces saloperies que vous m'apportez !

Je laissai tomber la betterave sur ses genoux et tournai les talons, m'apprêtant à partir.

– Qu'est-ce qui est arrivé à tes mains ? demanda-t-il. Elles sont dégoûtantes.

– J'ai travaillé toute la journée, rétorquai-je d'un ton sec. C'est pas comme vous !

– Qu'est-ce qu'ils vous ont fait faire ?

– Creuser des trous, répondis-je.

– Creuser, eh ? marmonna-t-il. Intéressant ! J'aurais pensé qu'ils allaient tirer parti de ta mère.

– Que voulez-vous dire ?

– Ta mère est une femme intelligente. Elle a fait ses études à Moscou. Ces maudits Soviétiques savent tout sur nous et sur nos familles. Ne t'imagine pas qu'ils ne vont pas exploiter ça !

Je pensai à Papa.

– Il faut que je transmette un message à mon père pour qu'il puisse nous joindre.

– Vous joindre ? railla-t-il. Ne sois pas stupide !

– Il nous retrouvera. Il sait comment nous trouver. Vous ne connaissez pas mon père.

Le Chauve baissa les yeux.

– Alors vous le connaissez, oui ou non ?

– Ces satanés gardes vous ont-ils déjà eues, ta mère et toi ? demanda-t-il.

Je lui jetai un regard interloqué.

– Baisées, je veux dire. Est-ce que c'est déjà fait ?

Je grimaçai de dégoût. Je ne pouvais en supporter davantage. Plantant là le Chauve, je sortis de la hutte.

– Hé !

C'était la voix d'Andrius. Il était appuyé contre la cabane.

– Salut ! fis-je en lui jetant un coup d'œil.
– Tu as l'air d'un épouvantail, dit-il.
J'étais beaucoup trop fatiguée pour pouvoir élaborer une réponse intelligente. Je me contentai de hocher la tête.
– Qu'est-ce qu'ils vous ont fait faire ?
– Creuser des trous. Jonas, lui, a fabriqué des chaussures toute la journée.
– Et moi, je coupe des arbres dans la forêt.
Andrius était très sale, mais il semblait intact. Apparemment, les soldats d'escorte ne l'avaient pas molesté. Il avait les bras et le visage hâlés, ce qui faisait paraître ses yeux encore plus bleus.
– Dans quelle hutte êtes-vous ? demandai-je en ôtant de mes cheveux une grosse croûte de boue.
– Quelque part, là-bas, répondit-il sans désigner une direction particulière. Creusez-vous avec le jeune garde blond ?
– Avec lui ? répliquai-je. Tu plaisantes. Il ne creuse pas. Il reste simplement là à fumer et à nous hurler des ordres.
– Il s'appelle Kretzky, dit Andrius. Le commandant, c'est Komorov. J'essayerai d'en apprendre davantage.
– D'où tiens-tu ces informations ? A-t-on des nouvelles des hommes ? m'enquis-je, pensant à mon père.
Il secoua la tête.
– Il paraît qu'il y a non loin d'ici un village avec une poste, continuai-je. En as-tu entendu parler ? Je voudrais envoyer une lettre à ma cousine.
– Les Soviétiques liront tout ce que tu écris. Ils ont des traducteurs. Sois donc très prudente, et dis-lui-en le moins possible.

Je baissai les yeux, me rappelant la proposition que le NKVD avait faite à Mère et hésitant à raconter à Andrius que le NKVD lui avait demandé aussi d'espionner. Je restai songeuse. Notre correspondance personnelle n'était donc pas personnelle. La vie privée n'était plus qu'un lointain souvenir. Elle n'était même pas rationnée comme le sommeil ou le pain.

– Tiens! dit alors Andrius en tendant sa main fermée.

Il l'ouvrit, et trois cigarettes apparurent sur sa paume.

– Tu me donnes des cigarettes? questionnai-je.

– Allons bon, Lina, qu'est-ce que tu t'imaginais donc? Que j'allais sortir de ma poche un canard rôti?

– Non, bredouillai-je, je voulais dire... merci.

– Ouais. Elles sont pour ta mère et ton frère. Comment vont-ils?

– Ça va, fis-je en donnant un coup de pied à un tas de terre. Où t'es-tu procuré les cigarettes?

– Quelque part.

– Et ta mère? demandai-je. Elle va bien?

– Très bien, se hâta-t-il de répondre. Écoute, Lina, faut que j'y aille. Dis à Jonas que je le salue. Et essaye de ne pas abîmer les cigarettes avec le jus de tes ampoules, ajouta-t-il, taquin.

Je rentrai d'un pas chancelant, essayant de voir de quel côté se dirigeait Andrius. Où était donc sa hutte?

Je donnai à Mère les trois cigarettes.

– De la part d'Andrius, précisai-je.

– Comme c'est gentil à lui! s'écria Mère. Où les a-t-il trouvées?

– Tu as vu Andrius ? dit Jonas. Il va bien ?

– Oui, il va bien. Il a coupé du bois toute la journée dans la forêt. Il m'a chargée de te saluer.

La paysanne s'approcha à pas hésitants et tendit brusquement la main à Mère. Une brève conversation suivit, entrecoupée de *niet* et de trépignements.

– Elena, dit Mère en se désignant du doigt. Lina, Jonas, ajouta-t-elle en nous désignant à notre tour.

– Oliouchka ! dit la femme.

Mère lui donna une cigarette.

– Pourquoi lui donnes-tu une cigarette ? demanda Jonas.

– Oliouchka la réclame en paiement de notre loyer, répondit Mère.

– C'est son prénom ou son nom de famille ? m'enquis-je.

– Je ne sais pas. Mais si nous devons vivre ici, il faut que nous connaissions les noms les uns des autres.

Je disposai mon imperméable par-dessus la paille que Jonas avait apportée et je m'allongeai. Je détestais la manière dont Mère avait dit : « Si nous devons vivre ici... », comme si nous étions condamnés à rester dans ce trou perdu. J'avais aussi entendu Mère murmurer *spassiba*, ce qui signifie « merci » en russe. Je lui jetai un petit coup d'œil et la vis partager une allumette avec Oliouchka. Avec sa grâce coutumière, Mère tira deux bouffées de la cigarette qu'elle tenait entre ses longs doigts, puis se hâta de l'éteindre, se rationnant elle-même.

– Lina, chuchota Jonas, est-ce qu'Andrius avait l'air en bonne forme ?

– Oui, en très bonne forme, répondis-je, songeant à son visage hâlé.

J'étais étendue sur mon lit, guettant le bruit. J'entendis bientôt des pas légers au-dehors. Je soulevai le rideau, et le visage hâlé de Joana apparut à la fenêtre.

– Viens, dit-elle, allons bavarder sous le portique.

Je me glissai à pas de loup hors de notre chambre et rejoignis ma cousine. Allongée de travers sur le rocking-chair, elle se berçait doucement. Je m'assis près d'elle, les genoux remontés sur la poitrine et mes pieds nus fourrés sous ma chemise de nuit de coton. Tandis que Joana rêvassait, les yeux perdus dans le vague, le rocking-chair grinçait à un rythme régulier.

– Alors ? demandai-je. Comment était-ce ?

– Il est merveilleux, soupira-t-elle.

– Vraiment ? Est-il intelligent au moins ? J'espère qu'il ne s'agit pas d'un de ces jeunes imbéciles qui passent leur journée à boire de la bière à la plage !?

– Oh, non ! répondit-elle d'une voix entrecoupée. Il est en première année à l'université. Il veut être ingénieur.

– Hmph. Et il n'a pas de petite amie ?

– Lina, cesse donc d'essayer de lui trouver tous les défauts du monde.

– Je n'essaye rien de tel, rétorquai-je, je pose juste des questions.

– Un jour, Lina, tu remarqueras quelqu'un, et quand ça arrivera, j'espère bien que tu ne seras pas aussi critique.

– Je ne suis pas critique, répliquai-je. Je veux juste m'assurer qu'il est assez bien pour toi.

– Il a un jeune frère, poursuivit Joana en arborant un grand sourire.

Je fronçai le nez.

– Vraiment ?

– Tu vois ? Tu es déjà prête à le critiquer alors que tu ne l'as pas encore rencontré.

– Je ne suis pas critique ! Et où est donc ce jeune frère ?

– Il sera là la semaine prochaine. Veux-tu faire sa connaissance ?

– Je ne sais pas, enfin, peut-être. Ça dépend. Comment est-il ?

– Eh bien, répondit Joana d'un ton taquin, tu ne le sauras pas avant de l'avoir rencontré.

36

Nous dormions déjà quand ils débarquèrent dans la hutte. J'avais nettoyé mes ampoules et commencé une lettre pour Joana. Mais j'étais trop fatiguée. Je sombrai dans le sommeil. Et soudain, voilà que les gardes du NKVD me crient après et me poussent pour me forcer à sortir !

– Que se passe-t-il, Mère ? demanda Jonas.

– Nous devons nous présenter immédiatement au bureau du kolkhoze.

– *Davaï !* cria un des gardes, qui tenait une lanterne à la main.

Ils devenaient impatients. L'un d'eux dégaina son pistolet.

– *Da !* Oui ! répondit Mère. Dépêchez-vous, mes enfants ! Remuez-vous !

Nous nous arrachâmes tant bien que mal de notre couche de paille. Oliouchka se retourna sur la sienne, dos aux gardes. Je jetai un coup d'œil à ma valise, heureuse d'avoir pensé à cacher mes dessins.

Nous n'étions pas les seuls à être chassés de notre hutte et rassemblés en troupeaux. D'autres attendaient dehors. Nous joignant à la file, nous suivîmes le sentier de terre battue qui menait au bureau du kolkhoze. Quelque part, derrière nous, j'entendais le Chauve brailler.

Ils nous entassèrent dans la pièce principale de la bâtisse en rondins. J'aperçus l'Homme à la montre, debout dans un coin. La petite fille à la poupée de chiffon m'adressa des signes frénétiques de la main, comme si elle retrouvait une amie perdue depuis longtemps. Je remarquai la large meurtrissure qui bourgeonnait sur sa joue. On nous donna l'ordre d'attendre en silence jusqu'à ce que tout le monde fût arrivé.

Les fissures dans les murs de rondins étaient colmatées avec un enduit grisâtre. À l'autre bout de la pièce trônait un bureau flanqué d'une chaise noire ; il occupait une grande partie de la surface du sol. Des portraits de Marx, Engels, Lénine et Staline étaient accrochés au-dessus du bureau.

Iossif Vissarionovitch Djougachvili. Il s'était donné le nom de Joseph Staline, ce qui signifie « l'Homme de Fer ». Je regardai la photo, et il me sembla qu'il me rendait mon regard. Son sourcil droit était arqué, comme pour me défier. Je notai sa moustache épaisse, ses yeux sombres et durs, et son petit sourire affecté. Le peintre lui avait donné une expression presque suffisante. Était-ce intentionnel ? Je songeai aux artistes qui avaient fait le portrait de Staline. Étaient-ils heureux de se trouver en sa présence ou terrifiés à l'idée du sort qui les attendait si leur œuvre n'avait pas l'heur de convenir au tyran ? Quoi qu'il en fût, ce portrait avait quelque chose de malhonnête.

La porte s'ouvrit, livrant passage au Chauve qui entra en clopinant.

– Et dire qu'aucun de vous n'a pensé à m'aider ! beuglait-il.

Komorov, le commandant, entra bientôt dans la pièce d'un pas énergique, suivi de plusieurs membres du NKVD armés de fusils. Le garde blond, Kretzky, était le dernier de la file. Il avait les bras chargés de papiers. Comment Andrius avait-il pu apprendre leurs noms ? Je cherchai des yeux Andrius et sa mère. Ils n'étaient pas là.

Komorov prit la parole. Tout le monde se tourna vers Mère. Le commandant s'arrêta et la regarda, un sourcil levé, tout en faisant tourner sur sa langue le cure-dents dont il ne se séparait jamais.

Le visage de Mère se contracta.

– Il dit qu'on nous a amenés ici pour une histoire de paperasserie.

– De paperasserie ? s'écria Mme Rimas. À cette heure ?

Komorov poursuivit son discours, tandis que Kretzky brandissait un document tapé à la machine.

– Nous devons tous signer ce document, traduisit Mère.

– Que dit-il ? demanda la foule rassemblée là.

– Il dit trois choses, expliqua Mère, les yeux fixés sur Komorov qui continuait à parler, s'interrompant de temps à autre pour la laisser traduire ses propos.

Premier point : nous consentons à devenir membres de ce kolkhoze.

Un grondement parcourut la pièce. Les déportés se tournèrent vers le commandant. Je notai la parfaite désinvolture avec laquelle celui-ci déplaça légèrement la veste de son uniforme pour laisser voir le revolver suspendu à sa ceinture. Il y eut des mouvements dans la foule.

– Deuxième point : nous consentons à payer une taxe de guerre de deux cents roubles par personne, enfants inclus.

– Et où allons-nous trouver ces deux cents roubles ? s'écria le Chauve. Ils ont déjà volé tout ce que nous avions.

Tout le monde se mit à parler à la fois. Un des NKVD martela le bureau à coups de crosse de fusil. Le silence tomba.

J'observai Komorov tandis qu'il parlait. Il avait les yeux rivés sur Mère, comme s'il prenait un vif plaisir à ce qu'il lui disait. Elle s'arrêta soudain de traduire. Sa bouche s'affaissa.

– Eh bien, de quoi s'agit-il, Elena ? s'enquit Mme Rimas. Quel est le troisième point ?

– Nous nous reconnaissons comme criminels, reprit Mère qui se tut un instant avant d'ajouter : Et, en conséquence, nous acceptons d'être condamnés à… vingt-cinq ans de travaux forcés.

Plaintes et cris éclatèrent dans la petite pièce. Quelqu'un commença à suffoquer. Les déportés en colère se frayèrent un chemin vers le bureau, contestant, discutant. Les gardes levèrent leurs fusils et les pointèrent sur nous. J'étais bouche bée. Vingt-cinq ans ? Nous allions rester emprisonnés pendant vingt-cinq ans ? Cela signifiait que je serais plus âgée que Mère lorsqu'on nous libérerait. J'étendis le bras vers Jonas pour retrouver mon calme. Il n'était pas là. Il s'était évanoui à mes pieds.

Je ne pouvais pas respirer. La pièce commençait

à m'enserrer étroitement, comme dans des rets. Je me sentais partir, emportée dans un maelström de panique.

– SILENCE ! cria une voix masculine.

Tous se retournèrent. C'était l'Homme à la montre.

– Calmez-vous, énonça-t-il lentement. Céder à l'hystérie ne nous apportera rien de bon. On ne peut pas penser clairement quand on s'affole. Et cela effraye les enfants.

Je regardai la petite fille à la poupée de chiffon. Elle s'agrippait à la robe de sa mère, et des larmes coulaient sur son petit visage meurtri.

– Nous sommes des gens intelligents, dignes, poursuivit-il d'une voix plus basse, et c'est précisément pour cette raison qu'ils nous ont déportés. Certains d'entre vous ne me connaissent pas, je me présente donc. Je m'appelle Alexandras Lukas, je viens de Kaunas et je suis avocat.

La foule s'apaisa. Mère et moi aidâmes Jonas à se relever.

Le commandant, Komorov, toujours assis à son bureau, se mit à vociférer.

– Madame Vilkas, dit l'avocat, veuillez dire au commandant que je suis en train d'expliquer la situation à nos amis.

Mère traduisit ses paroles. Je remarquai que Kretzky rongeait l'ongle de son pouce.

– Je ne signe aucun document, déclara Mlle Grybas. Au dernier congrès de professeurs, on nous a fait remplir une fiche avec nos noms. Regardez où cela m'a menée. C'est de cette façon que le NKVD a pu établir la liste de tous les professeurs à déporter.

– Ils nous tueront si nous ne signons pas, dit la Grincheuse.

– Je ne crois pas, répondit M. Lukas. En tout cas, ils ne le feront pas avant l'hiver. Nous sommes au début d'août. Il y a de gros travaux en perspective. Nous sommes de bons et solides travailleurs. Nous cultivons la terre et construisons des bâtiments pour eux. Ils ont tout intérêt à nous utiliser, au moins jusqu'à l'arrivée de l'hiver.

– Il a raison, renchérit le Chauve. Ils vont nous exploiter jusqu'à la corde, après quoi ils nous assassineront. Qui veut attendre jusque-là ? Pas moi en tout cas.

– Ils ont bien fusillé la fille qui avait un bébé, grommela la Grincheuse.

– S'ils l'ont fusillée, expliqua M. Lukas, c'est parce qu'elle avait perdu la tête. Elle était déchaînée. Nous avons gardé le contrôle de nous-mêmes. Nous sommes des gens intelligents, rationnels.

– Nous ne devrions donc pas signer ? demanda quelqu'un.

– Non. Je crois que nous devrions nous asseoir très posément, de manière très disciplinée. Mme Vilkas va leur expliquer que nous ne sommes pas prêts à signer.

– Pas prêts ? s'écria Mme Rimas.

– Je suis d'accord avec M. Lukas, dit Mère. Il est plus sage de ne pas leur opposer un refus total et définitif. Et il faut absolument leur montrer que nous ne sommes pas des hystériques. Formez trois colonnes bien droites.

Incertains de ce que nous allions faire, les officiers brandirent leurs fusils. Nous prîmes place devant le bureau, sous les portraits des guides de la Russie. Les agents du NKVD échangeaient des regards ahuris. Nous étions très calmes ; nous avions retrouvé une partie de notre dignité. Je passai le bras autour des épaules de Jonas.

– S'il vous plaît, madame Vilkas, intervint M. Lukas, l'Homme à la montre, demandez au commandant Komorov quelles sont les accusations portées contre nous.

Mère traduisit, tandis que Komorov, assis sur le bord du bureau, balançait sa botte.

– Nous tombons sous le coup de l'article 58 du code pénal soviétique et nous sommes accusés d'activités contre-révolutionnaires contre l'URSS.

– Cela n'est pas passible d'une condamnation à vingt-cinq ans de travaux forcés, marmonna le Chauve.

– Madame Vilkas, poursuivit l'avocat, dites au commandant que nous travaillerons pour eux et que nous ferons du bon travail, mais que nous ne sommes pas prêts à signer.

– Nous devons signer immédiatement, traduisit bientôt Mère.

– Je ne signerai pas un papier me condamnant à vingt-cinq ans de travaux forcés, déclara Mlle Grybas.

– Ni moi, fis-je.

– Alors que faisons-nous ? demanda Mme Rimas.

– Nous attendons tranquillement ici jusqu'à ce qu'on nous renvoie, répondit M. Lukas en remontant sa montre.

Nous restâmes donc assis par terre dans le bureau du kolkhoze, nous préparant à une longue attente.

– Où est Andrius ? chuchota soudain Jonas.

– Je ne sais pas, dis-je.

J'avais déjà entendu le Chauve poser la même question.

Toutes les deux ou trois minutes, le commandant giflait quelqu'un ou lui donnait un coup de pied pour l'intimider et tenter ainsi de l'inciter à signer. Personne n'obtempéra. Je tressaillais à chacun de ses pas. La sueur coulait goutte à goutte sur ma nuque et le long de ma colonne vertébrale. Je m'efforçais de garder la tête baissée, de peur que Komorov ne me remarquât. Ceux qui avaient le malheur de s'endormir étaient battus.

Les heures s'écoulaient. Nous étions toujours assis, dociles comme des écoliers devant leur directeur. Komorov finit par dire quelque chose à Kretzky.

– Il demande au jeune garde de le remplacer dans ses fonctions, traduisit Mère.

Komorov marcha droit sur elle. Il l'empoigna par le bras et lui cracha à la figure quelque chose qui ressemblait à une huître. Après quoi, il partit.

Mère se hâta d'essuyer la bave, comme si cela ne l'ennuyait pas le moins du monde. Cela m'ennuyait, moi. J'aurais voulu faire de ma haine pour le commandant une petite boule compacte et la lui cracher en plein visage.

37

Au lever du soleil, Kretzky nous avertit qu'il était temps de reprendre le travail. Fatigués mais soulagés, nous nous traînâmes jusqu'à notre cabane. Oliouchka était déjà partie. La hutte sentait les œufs pourris. Nous bûmes un peu d'eau de pluie et mangeâmes un morceau de pain que Mère avait mis de côté. En dépit de mes tentatives acharnées de lavage, ma robe était toujours raide de boue. Quant à mes mains, on eût dit qu'un petit animal les avait mâchonnées. Un pus jaunâtre s'écoulait des ampoules.

Je m'évertuai à nettoyer les plaies avec de l'eau de pluie, mais cela ne servit pas à grand-chose. Mère me dit qu'il fallait attendre que des durillons se forment.

– Fais simplement pour le mieux, ma chérie, ajouta-t-elle. Remue les bras comme si tu creusais, mais n'appuie pas. Je ferai le travail.

Quittant alors la hutte, nous partîmes rejoindre la file des travailleurs.

Mme Rimas s'avança à notre rencontre. La peur se lisait sur son visage. C'est alors que je *le* vis – le corps d'un homme cloué par un épieu qui lui traversait la poitrine à une des parois de la maison de rondins. Il avait les bras et les jambes ballants comme une marionnette désarticulée. Il avait dû être tué par balle avant d'être ainsi exposé, pour l'exemple, à tous les regards. Du sang traversait sa chemise et en dégouttait petit à petit, formant une flaque au-dessous de lui. Des charognards se repaissaient de la chair à vif de ses blessures. L'un d'eux picorait l'orbite vide d'un de ses yeux.

– Qui est-ce ? demandai-je.

Poussant un cri étouffé, Mère m'empoigna par le bras et tenta de me couvrir les yeux.

– Il a écrit une lettre, chuchota Mme Rimas.

Je passai devant Mère pour jeter un coup d'œil au morceau de papier punaisé au mur, près du cadavre, et que le vent faisait voltiger. Je vis quelques lignes d'écriture et un schéma très rudimentaire.

– Il a écrit une lettre aux partisans – les combattants pour la liberté de la Lituanie – précisa Mme Rimas. Le NKVD l'a trouvée.

– Mais qui la leur a traduite ? murmura Mère.

Mme Rimas haussa les épaules.

Je pensai soudain à mes dessins, et mon cœur se serra. Prise de nausée, je portai ma main à la bouche.

Le garde blond, Kretzky, me regardait. Il avait l'air fatigué et irrité. Notre acte de résistance passive l'avait privé de sommeil. Sans cesser une seconde de nous houspiller, de nous bousculer et de nous crier après, il nous fit sortir du camp à un rythme accéléré que nous avions tout le mal du monde à suivre.

Nous arrivâmes bientôt devant la large fosse que nous avions creusée la veille. J'estimai qu'on pouvait y loger quatre hommes étendus. Kretzky nous ordonna de creuser une autre fosse à côté de la première. Je ne parvenais pas à effacer de mon esprit l'image du cadavre cloué au mur. Le schéma que l'homme avait tracé était très rudimentaire, presque abstrait. Je ne pus m'empêcher de repenser aux dessins que j'avais glissés dans ma valise, des dessins si vivants, si vrais, et comme pétris de douleur. Il me fallait absolument les cacher.

Je bâillai et rejetai la terre à coups de pelle. Mère disait que le temps passait plus vite quand on parlait de choses qui vous rendaient heureux ; elle disait aussi que cela donnait de la force.

– J'aimerais trouver ce village, fis-je. Peut-être pouvons-nous y acheter un peu de nourriture ou envoyer des lettres.

– Comment pourrions-nous aller quelque part, puisque nous ne faisons que travailler ? rétorqua la Grincheuse, ajoutant : Et si nous ne travaillons pas, nous ne mangeons pas.

– J'essayerai de poser la question à la femme qui partage ma hutte, dit Mme Rimas.

– Soyez prudente, recommanda Mère. Nous ne savons pas à qui nous pouvons faire confiance.

Comme mon père me manquait ! Il aurait su, lui, à qui l'on pouvait poser des questions et de qui il fallait se méfier.

Nous creusâmes sans trêve jusqu'à l'arrivée de l'eau. Le commandant Komorov était à bord du camion. Il fit le tour des fosses, qu'il inspecta attentivement. Je couvai des yeux le seau d'eau. Mes cheveux me collaient à la figure. J'aurais voulu m'inonder la tête et boire, boire, boire.

Soudain, Komorov aboya un ordre. Kretzky déplaça son poids d'un pied sur l'autre sans répondre. Komorov répéta son ordre.

Le visage de Mère était devenu d'une pâleur de craie.

– Il dit…, traduisit-elle en agrippant sa robe à deux mains, il dit que… nous devons descendre dans la première fosse.

– Pourquoi ? demandai-je.

Komorov dégaine alors le pistolet suspendu à sa ceinture et le braque sur Mère en hurlant Dieu sait quoi. Mère saute dans la première fosse. Le pistolet s'approche de ma tempe. Je saute à mon tour. Komorov continue son petit manège jusqu'à ce que nous soyons toutes les quatre au fond du trou. Il se met à rire, puis donne un nouvel ordre.

– Nous devons mettre nos mains sur la tête, traduit Mère.

– Oh, non, mon Dieu, non ! s'écrie Mme Rimas en tremblant.

Komorov tourne en rond autour de la fosse. Il nous regarde, le pistolet braqué sur nous. À son commandement, nous nous allongeons côte à côte. Mère me saisit la main. Je lève les yeux. Le ciel bleu apparaît derrière la silhouette du commandant, grand corps aux épaules carrées. Il se remet à tourner en rond autour du trou.

– Je t'aime, Lina, chuchote Mère.

– Notre Père, qui êtes aux cieux…, commence Mme Rimas.

BANG !

Il tire dans la fosse. La terre s'éboule sur nos têtes. Mme Rimas pousse un cri perçant. Komorov nous enjoint de la fermer. Il continue à décrire sans fin des cercles autour du trou, marmottant que nous ne sommes que des porcs, de répugnants porcs, jusqu'au moment où, soudain, il shoote dans le gros tas de terre. Il shoote en riant à gorge déployée. Vite, vite, de plus en plus vite. La terre tombe d'abord sur mes pieds, puis sur ma robe, puis sur ma poitrine, m'ensevelissant peu à peu. Il shoote toujours comme un forcené sans cesser de pointer son arme sur nos visages. Si je m'assois, il me tirera dessus. Si je ne m'assois pas, je serai enterrée vivante. Je ferme les yeux. Une lourde masse s'abat sur mon corps. Et pour finir, c'est sur mon visage qu'il se met à pleuvoir.

BANG !

Nouvel éboulement. Komorov nous jette des mottes à la figure en riant comme un dément. J'en ai le nez couvert. J'ouvre la bouche pour respirer mais je ne réussis qu'à m'étrangler.

J'entends Komorov glousser avant de tousser d'une toux sèche. Il rit et tousse, tentant de retrouver son sang-froid, comme s'il s'était vaincu lui-même. Kretzky dit alors quelques mots.

BANG !

Le silence tomba. Nous gisions là, ensevelies dans la fosse que nous avions nous-mêmes creusée à la sueur de notre sang. Je perçus un grondement assourdi : c'était le camion qui s'éloignait. J'étais incapable d'ouvrir les yeux. Je sentis Mère me presser la main. Elle était toujours vivante. Je lui serrai la main en retour. Une voix se fit alors entendre au-dessus de nos têtes. Kretzky. Mère se redressa et se mit à m'essuyer frénétiquement la figure avant de me hisser jusqu'à elle. Je la serrai dans mes bras, refusant de la lâcher. Mme Rimas déterra la Grincheuse. Elle respirait difficilement et crachait de la terre en toussant.

– Ça va aller, ma chérie, dit Mère en me berçant contre elle. Il essaye juste de nous effrayer. Il veut qu'on signe ces documents.

J'étais incapable de pleurer. Je ne pouvais même pas parler.

– *Davaï*, dit Kretzky d'une voix étrangement douce en tendant la main.

Je levai les yeux et regardai son bras tendu sans pouvoir me décider. Il le descendit un peu plus bas. J'empoignai son avant-bras. Il attrapa le mien. Plantant alors mes orteils dans la terre, je le laissai me tirer hors de la fosse. Et soudain, je me retrouvai sur le bord du trou, face à face avec Kretzky. Nous nous dévisagions.

– Sortez-moi de là ! hurlait la Grincheuse.

Je détournai les yeux pour regarder la route par laquelle le camion était parti. Kretzky nous envoya creuser à nouveau. Personne ne souffla mot de tout le reste de la journée.

38

– Qu'est-ce qui ne va pas ? demanda Jonas à notre retour à la hutte.

– Rien, mon petit, répondit Mère.

Le regard de Jonas allait et venait de Mère à moi et de moi à Mère. Il étudiait nos visages, à la recherche de réponses.

Mère sourit.

– Nous sommes simplement très fatiguées.

– Juste fatiguées, répétai-je.

Jonas nous fit signe d'approcher de sa paillasse. Il posa son doigt sur les lèvres de crainte qu'Oliouchka n'entendît nos cris de surprise. En effet, cachées à l'intérieur de sa petite casquette d'écolier, il y avait trois grosses pommes de terre. Il ne voulait pas qu'Oliouchka les réclamât en paiement de son loyer.

– Où les as-tu trouvées ? murmurai-je.

– Merci, merci, mon ange ! s'écria Mère. Et je crois qu'il nous reste juste assez d'eau de pluie pour faire une bonne soupe.

Mère ouvrit sa valise et attrapa son manteau.

– Je reviens tout de suite.

– Où vas-tu ? m'enquis-je.

– Porter à manger à M. Stalas.

Pensant au cadavre cloué sur la paroi du bureau du kolkhoze, je jetai un coup d'œil aux dessins que j'avais rangés dans ma valise. Personne n'y avait touché. Je détachai de l'écritoire tous les croquis et pages d'écriture, les glissai au fond de ma valise, sous la doublure maintenue par des pressions, et remis celle-ci soigneusement en place. Je cacherais désormais tous mes messages à Papa jusqu'à ce que je trouve un moyen de lui faire parvenir quelque chose.

J'aidai Jonas à allumer le poêle pour faire bouillir l'eau. Il me vint alors à l'esprit que Mlle Grybas n'avait pas été en mesure ce jour-là de nous donner des betteraves. Or Mère n'avait pris aucune pomme de terre. Avec quoi allait-elle donc nourrir le Chauve ?

Je sortis. À peine avais-je fait quelques mètres entre les huttes que je dus me dissimuler en toute hâte. Mère était en train de parler à Andrius devant la cabane de M. Stalas. Elle ne tenait plus son manteau à la main. Je n'entendais pas un mot de la conversation. Andrius avait l'air soucieux. Je le vis tendre discrètement un petit ballot à Mère qui lui tapota l'épaule comme pour le remercier. Andrius tourna alors les talons. Je me baissai brusquement derrière la hutte. Une fois Mère partie, je jetai un coup d'œil furtif au coin de la cabane et me mis à le suivre.

Andrius longea la rangée de huttes. Je restai à bonne distance de lui, assez près toutefois pour voir la direction qu'il prenait. Il se rendit à l'autre bout du camp, puis poursuivit son chemin jusqu'à une vaste bâtisse en rondins munie de fenêtres. Il s'arrêta et promena son regard à la ronde. Je baissai la tête et me dissimulai en toute hâte derrière une cabane. Il me sembla qu'il entrait dans le bâtiment par la porte de derrière. Je m'approchai à pas de loup et me cachai derrière un buisson.

Je plissai les yeux pour essayer d'apercevoir quelque chose par la fenêtre. Un groupe d'officiers étaient assis autour d'une table. Je regardai l'arrière de la bâtisse. Non, c'était impossible, Andrius ne pouvait pas être entré dans un bâtiment réservé au NKVD ; il devait être allé plus loin. Je m'apprêtais à le suivre quand, soudain, je la vis. Elle. Mme Arvydas. Elle venait d'apparaître avec un plateau chargé de verres dans l'encadrement de la fenêtre. Je notai ses vêtements repassés, ses cheveux propres et bien coiffés, et même son léger maquillage. Elle distribuait en souriant des drinks aux officiers.

Andrius et sa mère travaillaient donc avec les Soviétiques.

39

J'aurais dû être pleine de reconnaissance pour la soupe de pommes de terre de ce soir-là, mais j'étais incapable de penser à autre chose qu'à Andrius. Comment pouvait-il se comporter ainsi ? Comment pouvait-il travailler avec *eux* ? Vivait-il dans ce bâtiment ? Dire que je gisais dans ce trou alors qu'Andrius dormait dans un lit, un lit soviétique ! Je méditai un moment sur cette situation, puis je shootai dans ma couche de paille qui grattait horriblement, les yeux fixés sur le plafond de tôle rouillée.

– Mère, penses-tu qu'ils nous laisseront dormir cette nuit ? Ou nous obligeront-ils à aller au bureau pour signer les papiers ? demanda Jonas.

– Je l'ignore, répondit Mère. Lina, ajouta-t-elle en tournant la tête vers moi, sais-tu qui m'a donné ce bon pain que nous avons mangé tout à l'heure avec notre soupe ? Eh bien, c'est Andrius ! C'est très courageux de sa part de prendre de pareils risques pour nous.

– Oh, oui, persiflai-je, il est courageux, il n'y a aucun doute !

– Qu'est-ce que tu insinues ? s'enquit Jonas. Il est réellement courageux. Il nous procure de la nourriture presque chaque jour.

– C'est un fait qu'il a l'air très bien nourri, n'est-ce pas ? répliquai-je. Je crois même qu'il a pris du poids.

– Pourquoi ne pas t'en réjouir ? intervint Mère. Réjouis-toi à la pensée que tout le monde ne soit pas torturé par la faim comme nous.

– Oui, je suis effectivement très heureuse que les agents du NKVD ne soient pas affamés. S'ils l'étaient, comment auraient-ils la force de nous enterrer vivantes ?

– Quoi ? fit Jonas. Qu'est-ce que tu racontes ?

Oliouchka nous cria alors de baisser la voix.

– Tais-toi, Lina. Récitons nos prières et remercions Dieu pour ce merveilleux repas. Prions pour que votre père aille bien, lui aussi.

Ils nous laissèrent dormir toute la nuit d'une traite sans nous réveiller. Le lendemain matin, Kretzky, le jeune garde blond, avertit Mère que nous allions désormais nous joindre aux autres femmes qui travaillaient dans les champs de betteraves. La nouvelle me fit frémir. Courbées entre les longues rangées de betteraves sucrières encore vertes, nous dûmes biner laborieusement jusqu'au soir avec des houes sans manche. Mlle Grybas nous sermonna au sujet de notre rythme de travail, racontant, pour l'exemple, que le premier jour, une ou deux personnes s'étaient appuyées sur le manche de leur houe, le temps d'essuyer leur front en sueur, et que les Soviétiques avaient aussitôt fait scier le manche de toutes les houes. Je me rendis compte à quel point il avait dû être difficile à Mlle Grybas de voler des betteraves pour nous. Des gardes armés nous surveillaient en permanence. Si fumer des cigarettes et raconter des blagues semblait les intéresser bien davantage que leur travail, reste qu'il n'était certes pas chose facile de glisser sans se faire remarquer une betterave, même toute petite, sous sa robe. La bosse ne passait pas inaperçue.

Ce soir-là, je refusai de porter de quoi manger à M. Stalas. Je prétextai que j'étais trop fatiguée pour marcher. La seule idée de voir Andrius m'était insupportable. C'était un traître. Il s'engraissait de la nourriture soviétique, mangeait de la main qui nous étranglait chacun et chacune chaque jour.

– Je vais porter à M. Stalas sa nourriture, déclara Jonas au bout de quelques jours.

– Lina, accompagne-le, ordonna Mère. Je ne veux pas qu'il y aille seul.

J'accompagnai donc Jonas jusqu'à la hutte de M. Stalas. Andrius attendait à l'extérieur.

– Salut ! dit-il.

Feignant de ne pas l'avoir vu, je laissai Jonas dehors et entrai dans la cabane pour donner au Chauve ses betteraves. Il était debout.

– Ah, te voilà enfin ! s'écria-t-il en s'adossant au mur. Où étais-tu donc passée ?

Je notai alors que le manteau de Mère était bordé sous sa couche de paille en guise de drap.

– Déçu que je ne sois pas encore morte ? dis-je en lui tendant les betteraves.

– Eh bien, quelle humeur noire ! commenta-t-il.

– Seriez-vous le seul à qui la colère soit permise ? rétorquai-je. J'en ai assez de tout ça. J'en ai assez de ces gardes et de leur harcèlement constant.

– Bah ! fit le Chauve. Ça leur est bien égal que

nous signions ou pas. Crois-tu vraiment qu'ils aient besoin de notre permission et de nos signatures pour se comporter avec nous comme ils le font ? Tout ce que veut Staline, c'est briser notre volonté. Ne comprends-tu pas ? Il ne nous fait signer tous ces stupides papiers que pour nous obliger à démissionner, à renoncer à toute lutte. Et c'est ainsi qu'il nous brisera.

– Comment le savez-vous ? demandai-je.

– Ça ne te va pas, la colère, dit-il avant d'ajouter en me congédiant d'un signe de la main : Et maintenant, va-t'en !

Je sortis de la hutte.

– Allons-y, Jonas.

– Attends, murmura Jonas en se penchant tout contre moi. Il nous a apporté du salami.

Je croisai les bras sur ma poitrine.

– Je pense que Lina est allergique à la gentillesse, fit remarquer Andrius.

– Ce n'est pas à ça que je suis allergique. Où t'es-tu procuré ton salami ?

Andrius me regarda fixement.

– Jonas, peux-tu nous laisser une minute ? dit-il.

– Non, intervins-je. Mère ne veut pas qu'il soit seul. C'est d'ailleurs l'unique raison pour laquelle je suis là.

– Il n'y a pas de problème, ça ira très bien, dit Jonas qui tourna les talons et s'en fut.

– Voilà donc de quoi tu te nourris ces derniers temps ? demandai-je. De salami soviétique ?

– Quand je peux en trouver, répondit-il tout en allumant une cigarette qu'il avait sortie de sa poche.

Je notai qu'il avait l'air plus vigoureux et que ses bras s'étaient musclés. Il tira une bouffée de sa cigarette et souffla un panache de fumée au-dessus de nos têtes.

– Et tu as aussi des cigarettes, continuai-je. Est-ce que tu dors dans un bon lit, là-bas, dans cette bâtisse soviétique ?

– Tu n'as pas la moindre idée de…

– Pas la moindre idée ? Eh bien, en tout cas, tu ne sembles ni épuisé ni affamé. On ne t'a pas traîné en pleine nuit au bureau du kolkhoze et condamné à vingt-cinq ans de travaux forcés. Tu leur rapportes donc toutes nos conversations ?

– Tu t'imagines que j'espionne ?

– Komorov a bien demandé à Mère d'espionner et de lui faire des rapports réguliers. Mais elle a refusé, elle.

– Tu ne sais pas de quoi tu parles, répliqua Andrius dont le visage ne cessait de s'empourprer.

– Je ne sais pas… ?

– Non, je te le répète, tu n'en as aucune idée.

– Je ne vois pas ta mère travailler la terre…

– Non, répondit Andrius en se penchant vers moi.

Son visage était maintenant à quelques centimètres du mien.

– Et sais-tu pourquoi ? continua-t-il.

Une veine saillante apparut sur sa tempe. Je sentais son haleine sur mon front.

– Oui, parce que…

– Parce qu'ils l'ont menacée de me tuer si elle n'acceptait pas de coucher avec eux. Et le jour où ils seront fatigués d'elle, rien ne les empêchera de me tuer si ça leur chante. Dis-moi un peu,

Lina, que ressentirais-tu si ta mère pensait qu'elle devait se prostituer pour te sauver la vie ?

Je restai bouche bée.

Les mots sortaient à présent de sa bouche en un flot ininterrompu.

– À ton avis, que ressentirait mon père s'il savait ça ? Et que ressent ma mère quand elle doit coucher avec les hommes qui ont assassiné son mari ? Ta mère n'a peut-être pas accepté d'espionner et de traduire pour eux, mais que crois-tu qu'elle ferait s'ils pointaient un couteau sur la gorge de ton frère ?

– Andrius, je...

– Non, reprit-il, tu ne sais pas de quoi tu parles. Tu ne peux pas imaginer à quel point je me hais pour avoir mis ma mère dans cette situation ; tu ne peux pas imaginer que, chaque jour, je pense à mettre fin à ma vie pour qu'elle retrouve sa liberté. Au lieu de ça ma mère et moi, nous nous servons de notre malheur pour aider les autres à rester en vie. Mais comment comprendrais-tu ça ? Tu es beaucoup trop égoïste, beaucoup trop égocentrique. Pauvre petite, occupée à creuser tout le jour ! Tu n'es qu'une gosse pourrie-gâtée, un point c'est tout.

Sur ce, il tourna les talons et s'en alla.

40

La paille me picotait le visage. Jonas était endormi depuis longtemps. À chaque expiration, il laissait échapper un doux sifflement.

– Il essaye, Lina, dit Mère.

– Il dort, répondis-je.

– Je te parle d'Andrius. Il fait des efforts, et toi, tu ne manques pas une occasion de le rembarrer. Les hommes ne sont pas toujours gracieux, vois-tu.

– Mère, tu ne comprends pas…

Feignant de ne pas m'avoir entendue, elle poursuivit :

– Je vois bien, Lina, que tu es toute chamboulée. Jonas m'a dit que tu avais été très désagréable avec Andrius. C'est injuste. Certains êtres manifestent leur bonté avec une certaine gaucherie. Mais ils sont beaucoup plus sincères dans leur gaucherie que tous ces hommes distingués dont il est question dans les livres. Ton père était très maladroit.

Une larme roula le long de ma joue.

J'entendis Mère rire tout bas dans le noir.

– Il m'a dit qu'il avait été ensorcelé dès l'instant où il avait posé le regard sur moi. Mais sais-tu ce qui s'est passé en réalité ? Il a essayé de me parler et… il est tombé d'un arbre. Il est tombé d'un chêne et il s'est cassé le bras.

– Mère, protestai-je, il ne s'agit pas de cela.

– Kostas, soupira-t-elle. Il était le plus gauche, le plus maladroit des hommes, mais on pouvait difficilement trouver plus sincère. Il y a parfois quelque chose de très beau dans la gaucherie. L'émotion, le sentiment amoureux qui cherchent désespérément à s'exprimer mais qui, en fin de compte, n'aboutissent qu'à de la maladresse. Est-ce que je me suis bien fait comprendre ?

– Mmm, hmm, bredouillai-je, m'efforçant d'étouffer mes larmes.

– Les hommes bien sont souvent plus pratiques que beaux. Il se trouve qu'Andrius est l'un et l'autre à la fois.

Je n'arrivais pas à dormir. Chaque fois que je fermais les yeux, je voyais son beau visage s'approcher du mien. L'odeur de ses cheveux flottait autour de moi.

– Es-tu éveillée ? murmurai-je.

Joana roula sur elle-même.

– Oui, répondit-elle, il fait trop chaud pour dormir.

– J'ai comme la tête qui tourne, fis-je. Il est si… beau !

Elle rit sous cape tout en fourrant ses bras sous son oreiller.

– Et il danse même mieux que son frère aîné ! ajouta-t-elle.

– Comment étions-nous tous les deux ?

– Vous aviez l'air de passer un merveilleux

moment. Tout le monde pouvait s'en rendre compte.

– Je brûle d'impatience d'être à demain pour le revoir, soupirai-je. Il est tout simplement parfait.

Le lendemain, après le déjeuner, nous retournâmes en courant au cottage pour nous brosser les cheveux. Je faillis renverser Jonas en me précipitant dehors.

– Où allez-vous ? demanda-t-il.

– Nous balader, fis-je en me ruant derrière Joana.

Je marchai le plus vite possible mais en me gardant de courir.

J'essayai de ne pas froisser le dessin roulé que je tenais à la main. La nuit précédente, incapable de dormir, j'avais décidé de faire le portrait du garçon. Il était si réussi que Joana m'avait suggéré de le lui donner, m'assurant que mon talent l'impressionnerait beaucoup.

Dans la rue, le frère aîné du garçon accourut à la rencontre de Joana.

– Salut, étrangère ! s'écria-t-il en souriant à Joana.

– Salut, toi !

– Salut, Lina ! Qu'est-ce que tu as là ? ajouta-t-il en désignant du doigt le papier que je tenais toujours à la main.

Joana jeta un coup d'œil du côté de la petite boutique du glacier. Je la contournai pour tenter de l'apercevoir, lui.

– Lina ! dit-elle en tendant le bras pour me retenir.

Il était trop tard. J'avais déjà vu. Mon prince avait le bras passé autour des épaules d'une fille à la chevelure rousse. À les voir partager un cornet de glace en riant, on se disait qu'ils étaient très intimes. J'eus l'impression que mon cœur tombait au fond de mes souliers.

– J'ai oublié quelque chose, fis-je en reculant. Je reviens tout de suite.

Mes doigts malmenaient et maltraitaient le croquis roulé dans ma main en sueur.

– Je viens avec toi.

– Non, c'est inutile, il n'y a pas de problème, répondis-je, espérant que les rougeurs et les marbrures que je sentais sur mon cou n'étaient pas visibles.

J'esquissai un pauvre sourire. Les commissures de ma bouche tremblaient. Puis je tournai les talons et m'éloignai, m'efforçant de garder mon sang-froid jusqu'à ce que je sois assez loin pour ne plus me sentir menacée.

Serrer les dents n'empêchait pas mes larmes de couler. Je m'arrêtai et m'appuyai contre une poubelle.

– Lina ! cria Joana qui m'avait rattrapée. Est-ce que ça va ?

Je hochai la tête. Puis, déroulant le croquis tout chiffonné de son beau visage, je le déchirai en mille morceaux avant de le jeter à la poubelle. Quelques morceaux isolés s'échappèrent de mes mains et s'envolèrent de l'autre côté de la rue. Les garçons étaient idiots. Ils étaient tous idiots.

41

L'automne approchait. Le NKVD nous harcelait de plus en plus, ne cessant de durcir ses exigences. Il suffisait de trébucher pour voir sa ration de pain réduite. Mère pouvait refermer son pouce et son majeur autour de mon avant-bras. J'avais désespérément envie de pleurer mais je n'avais pas de larmes. Mes yeux gonflaient, brûlaient mais restaient secs.

Il était difficile d'imaginer que la guerre faisait rage quelque part en Europe. Nous menions notre guerre à nous, attendant que le NKVD choisisse sa ou ses prochaine(s) victime(s) et nous jette dans la prochaine fosse. Ils prenaient grand plaisir à nous frapper et à nous donner des coups de pied dans les champs. Un matin, ils surprirent un vieil homme à manger une betterave. Un garde lui arracha les dents de devant avec des tenailles. Ils nous obligèrent à regarder la scène. Une nuit sur deux, ils nous réveillaient pour que nous signions les documents nous condamnant à vingt-cinq ans de travaux forcés. Nous apprîmes à nous reposer, assis, les yeux grands ouverts, devant le bureau de Komorov. Peu à peu, je réussis à échapper mentalement au NKVD, même face au commandant.

Mon professeur d'arts plastiques disait que si

l'on respirait profondément et que l'on imaginât un paysage, on pouvait s'y transporter en esprit. Durant nos longues séances de résistance passive, je m'y entraînai, m'accrochant à mes rêves rouillés durant les périodes de silence. C'est sous la menace d'un fusil que je me laissai aller à tous les espoirs et me permis de formuler des souhaits au plus profond de mon cœur. Komorov s'imaginait qu'il nous torturait. Il ignorait que nous pouvions lui échapper en nous réfugiant dans une zone de calme parfait, une sorte d'île à l'intérieur de nous-mêmes, et que nous y puisions une grande force.

Tout le monde n'était pas capable de rester assis tranquille. Beaucoup d'entre nous devenaient agités, épuisés. Quelques-uns finissaient par renoncer.

– Traîtres ! cracha tout bas Mlle Grybas en faisant claquer sa langue.

Des discussions s'élevaient à propos de ceux qui signaient. La première fois que quelqu'un céda à la pression du NKVD, la colère me submergea. Mère me dit que je devais au contraire prendre en pitié ces personnes poussées à bout, au point de renoncer à leur identité. Je ne parvenais pas à les prendre en pitié ; je pouvais seulement comprendre.

Chaque matin, lorsque nous nous rendions aux champs, je pouvais prédire qui serait le prochain ou la prochaine à signer. Leurs visages respiraient la défaite. Mère s'en apercevait, elle aussi. Alors elle allait bavarder avec la personne en question et s'arrangeait pour travailler à son côté dans le champ, s'efforçant de lui remonter le moral. Quelquefois, ça marchait. Mais la plupart du temps, elle n'obtenait aucun résultat. La nuit, je faisais le portrait de ceux qui avaient signé et je notais la manière dont le NKVD les avait brisés.

La guerre sans merci que nous livrait le NKVD ne faisait que renforcer mon désir de le défier. Pourquoi aurais-je capitulé devant des êtres abjects qui me crachaient à la figure et me torturaient chaque jour sans exception ? Que me serait-il resté si je leur donnais jusqu'au respect de moi-même ? Peut-être serions-nous un jour les derniers à ne pas avoir signé... Qu'arriverait-il en ce cas ?

Le Chauve se plaignait de ne plus pouvoir faire confiance à personne. Il voyait en chacun un espion. La vérité s'effondrait. Les gens commençaient à s'interroger sur les motifs les uns des autres, plantant des semences de doute. Je me rappelai les recommandations de mon père, m'implorant d'être prudente avec mes dessins.

Deux nuits plus tard, la Grincheuse signa les papiers. Je la vis se pencher sur le bureau. Je vis le stylo trembler dans sa main noueuse. Je pensai, l'espace d'un instant, qu'elle allait peut-être changer d'avis, mais soudain, elle gribouilla quelque chose avant de poser le crayon. Elle venait de se condamner en quelque sorte, et de condamner ses petites filles avec elle, à vingt-cinq ans. Nous avions tous les yeux fixés sur elle. Mère se mordit la lèvre inférieure et regarda par terre. La Grincheuse se mit à hurler, nous traitant tous d'imbéciles. Puisque nous étions tous promis à une mort certaine, pourquoi ne pas manger convenablement en attendant ? Cette nuit-là, je dessinai son visage : sa bouche triste, comme affaissée ; les rides profondes que la colère et la honte avaient creusées sur son front.

Mère et Mme Rimas fouillaient les ordures, à la recherche de nouvelles des hommes ou de la guerre. Andrius, qui m'ignorait désormais, transmettait des informations à Jonas. Mère écrivait à Papa, bien qu'elle n'eût pas la moindre idée de l'adresse où envoyer ses lettres.

– Si seulement nous pouvions aller dans ce village, Elena ! dit Mme Rimas un soir, alors que nous faisions la queue pour toucher notre ration de pain. Nous pourrions envoyer nos lettres.

Les personnes qui avaient signé la condamnation à vingt-cinq ans de travaux forcés étaient autorisées à aller au village. Ce n'était pas notre cas.

– Oui, il faut que nous allions au village, renchéris-je, pensant à mon père, au message que je souhaitais tant lui envoyer.

– Eh bien, envoyez-y la putain, la dénommée Arvydas ! déclara le Chauve. Elle obtiendra sans traîner les meilleurs avantages. Son russe doit être quasi courant à l'heure qu'il est.

– Comment osez-vous ! s'insurgea Mme Rimas.

– Espèce de dégoûtant vieillard ! hurlai-je. Vous croyez que ça lui plaît de coucher avec ces monstres-là ? La vie de son fils en dépend !

Jonas baissa la tête.

– Vous devriez avoir de la compassion pour Mme Arvydas, dit Mère, tout comme nous en avons pour vous. Sans Andrius et Mme Arvydas qui, soir après soir, nous ont apporté des suppléments, vous seriez mort de faim. Comment pouvez-vous être aussi ingrat ?

– Eh bien, en ce cas, il ne vous restera plus qu'à soudoyer cette espèce de vache geignarde qui a signé l'autre nuit ! dit le Chauve. Si vous l'achetez, elle postera vos lettres.

Nous avions tous écrit des lettres que Mère projetait d'expédier à son « contact » – un parent éloigné vivant à la campagne – en espérant que mon père avait fait la même chose. Nous ne pouvions pas nous permettre de signer de nos noms ni d'écrire quelque chose de précis, sachant bien que les Soviétiques liraient nos billets. Nous nous étions donc bornés à écrire que nous étions tous en bonne santé, que nous passions du bon temps et que nous apprenions des métiers manuels très utiles. Je dessinai un portrait de Grand-mère avec la légende : « Avec toute l'affection de Grand-mère *Altaï* », suivie d'un gribouillage presque illisible. Papa reconnaîtrait certainement le visage de Grand-mère, ma signature et le mot *Altaï*. J'espérais que le NKVD n'y verrait que du feu.

42

Mère tenait à la main trois couverts en argent massif qu'elle avait cachés à l'intérieur de son manteau, sous la doublure. Elle les transportait partout avec elle depuis notre déportation.

– Des cadeaux de mariage de mes parents, dit-elle en montrant l'argenterie.

Espérant que la Grincheuse consentirait ainsi à poster nos lettres et à recueillir potins et nouvelles quand elle irait au village, Mère lui offrit en échange de ce service un des trois couverts. La femme accepta.

Tout le monde avait soif de nouvelles. Le Chauve avait parlé à Mère d'un pacte secret entre la Russie et l'Allemagne. Cet accord prévoyait que la Lituanie, la Lettonie et l'Estonie, la Pologne et quelques autres pays seraient partagés entre Hitler et Staline. Je dessinai les deux tyrans en train de se partager tous ces territoires, tels des enfants qui se partagent des jouets. La Pologne pour toi, la Lituanie pour moi. Était-ce un jeu pour eux? Le Chauve précisa qu'Hitler avait rompu le pacte. De fait, l'Allemagne avait envahi la Russie une semaine après notre arrestation. Lorsque je demandai à Mère comment

M. Stalas pouvait être au courant de tout cela, elle me répondit qu'elle n'en savait rien.

Qu'était-il arrivé entre-temps à notre maison, à tout ce que nous possédions ? Joana et les autres membres de notre famille savaient-ils ce qui s'était passé ? Peut-être étaient-ils à notre recherche.

Je me réjouissais à la pensée qu'Hitler avait bouté Staline hors de Lituanie – mais que faisait-il là ?

– Rien ne pourrait être pire que Staline, déclara un des hommes assis à la table de la salle à manger. Il est le mal incarné.

– Aucun des deux n'est meilleur ou pire que l'autre, dit mon père à voix basse.

Je me penchai un peu plus avant pour écouter.

– En tout cas, Hitler ne nous déracinera pas, rétorqua l'homme.

– Peut-être pas vous, mais qu'en sera-t-il de nous, les Juifs ? intervint le Dr Seltzer, l'ami intime de mon père. Vous avez entendu le bruit qui court. Hitler oblige les Juifs à porter des brassards.

– Martin a raison, dit mon père. En outre, Hitler est en train de mettre en place un système de ghettos en Pologne.

– Un système ? répliqua le Dr Seltzer d'une voix imprégnée de désespoir. Est-ce bien le nom qui convient à une telle entreprise, Kostas ? À Lóź, il a mis sous les verrous des centaines de milliers de Juifs, et à Varsovie, il en a coupé du monde bien davantage encore.

– Je suis désolé, Martin, j'ai mal choisi mes mots, s'excusa Papa. Ce que je voulais dire, c'est

que nous avons affaire à deux démons qui aspirent l'un comme l'autre à régner sur l'enfer.

– Mais, Kostas, comment rester neutre ou indépendant ? dit un autre homme. C'est impossible.

– Lina ! chuchota Mère en me saisissant au collet. Va dans ta chambre.

Je m'en moquais. Ces éternelles discussions sur la politique m'ennuyaient. En réalité, si j'écoutais, c'était dans un but précis : j'avais inventé une sorte de jeu qui consistait à saisir avec mon crayon les expressions de mon père et de ses amis sans voir leurs visages, en me guidant sur leurs seules voix. J'en avais entendu assez pour faire le portrait du Dr Seltzer.

Jonas n'avait pas été affecté à un autre travail ; il continuait à fabriquer des chaussures avec les deux vieilles Sibériennes. Elles l'aimaient bien. Tout le monde aimait Jonas, tout le monde appréciait la douceur de son caractère. Les deux femmes lui conseillèrent de confectionner des bottes pour l'hiver. Elles faisaient mine de ne rien voir quand il mettait de côté de petits morceaux de cuir ou de tissu. Jonas apprenait le russe beaucoup plus vite que moi. Il était capable de comprendre sinon l'essentiel d'une conversation, du moins une grande partie et même de manier l'argot. Je lui demandai constamment de traduire pour moi. Je haïssais le son de la langue russe.

43

Je binais laborieusement au côté de Mère dans le champ de betteraves quand je vis apparaître des bottes noires près de mes pieds. Je levai les yeux. Kretzky. Ses cheveux blonds, partagés par une raie de côté, retombaient en cascade sur son front. Je me demandai quel âge il pouvait avoir. Il ne paraissait pas beaucoup plus âgé qu'Andrius.

– Vilkas, dit-il.

Mère leva les yeux à son tour. Il débita à toute allure deux ou trois phrases en russe dont je ne compris pas un mot. Il allait trop vite pour moi. Mère baissa la tête, puis regarda Kretzky. Alors, élevant la voix de manière à être entendue de tous les travailleurs du champ, elle cria :

– Ils cherchent quelqu'un qui sait dessiner.

Je restai figée sur place. Ils avaient trouvé mes dessins.

– L'un ou l'une d'entre vous dessine-t-il ? répéta-t-elle en s'abritant les yeux de la main pour embrasser du regard le champ tout entier.

Que faisait donc Mère ? À quoi jouait-elle ? Il n'y eut pas de réponse. Kretzky me regardait en plissant les yeux.

– Il s'agit de copier une carte et une photographie. Ils donneront deux cigarettes en échange.

– Je vais le faire, me hâtai-je de dire avant de laisser tomber ma houe.

– Non, Lina ! s'écria Mère en m'attrapant par le bras.

– Mère, chuchotai-je, il s'agit d'une carte. Peut-être aurons-nous ainsi des nouvelles de la guerre ou de nos hommes. Et au moins je n'aurai pas à travailler dans ce champ.

Je pensais à offrir une cigarette à Andrius. Je voulais m'excuser auprès de lui.

– Je l'accompagne, dit Mère en russe.

– *Niet !* hurla Kretzky. *Davaï !*

Sur ce, il m'arracha du champ de betteraves en me traînant littéralement. Mon bras, serré comme par un étau, me faisait mal. Une fois hors de vue, il me lâcha. Nous gagnâmes en silence le bureau du kolkhoze. Je vis bientôt deux soldats d'escorte descendre la rangée de huttes ; ils se rapprochaient de nous. L'un d'eux nous aperçut et cria quelque chose à Kretzky.

Celui-ci leur jeta un coup d'œil, puis se tourna vers moi. Presque instantanément, son attitude changea.

– *Davaï !* se mit-il soudain à vociférer.

Et il me gifla en pleine figure. Je ressentis une brûlure cuisante à la joue, et, sous la violence de ce choc inattendu, mon cou se tordit douloureusement.

Les deux gardes observaient la scène. Kretzky me traita de cochon fasciste. Ils rirent. L'un d'eux demanda du feu à Kretzky qui lui alluma sa cigarette. Il approcha sa figure à deux centimètres de la mienne. Il marmonna quelques mots en russe, puis me souffla au visage un nuage de fumée. Je toussai. Prenant alors sa cigarette, il en dirigea l'extrémité rougeoyante sur ma joue. Je notai le dépôt de nicotine qui comblait l'écart entre ses dents de devant ainsi que ses lèvres crevassées et recouvertes d'une croûte. Reculant d'un pas, il me regarda de la tête aux pieds en hochant la tête.

Mon cœur battait à grands coups. Kretzky donna en riant au garde une grande claque sur l'épaule. L'autre haussa les sourcils et commença à faire des gestes obscènes avant de rire à son tour et de s'éloigner avec son ami. Ma joue me lancinait toujours.

Les épaules de Kretzky s'affaissèrent. Il alluma une cigarette.

– Vilkas, dit-il en secouant la tête et en rejetant la fumée par le coin de la bouche.

Après quoi, il rit encore et, m'attrapant par le bras, me traîna jusqu'au bureau du kolkhoze.

À quoi venais-je donc de consentir ?

44

J'étais assise à une table dans le bureau du kolkhoze. Je secouai les mains dans l'espoir d'arrêter leur tremblement. Un peu en hauteur étaient placées, à ma gauche, une carte et, à ma droite, une photographie. Il s'agissait d'une carte de la Sibérie et de la photo d'une famille. Sur cette photo, on avait entouré la tête de l'homme d'un trait noir.

Un garde apporta du papier et une boîte contenant une jolie sélection de stylos et de crayons ainsi qu'une provision de feuilles de brouillon. Je promenai les doigts sur les outils à dessin que j'aurais tellement aimé utiliser pour mes propres croquis. Kretzky désigna du doigt la carte.

J'avais déjà vu des cartes à l'école, mais elles ne m'avaient jamais intéressée autant que celle-ci. Je contemplai la carte de la Sibérie, sidérée par sa taille gigantesque. Où nous trouvions-nous ? Et où était mon père ? Je passai en revue les détails de la région. Impatient, Kretzky frappa du poing sur la table.

Plusieurs officiers tournaient autour de moi pendant que je dessinais. Ils feuilletaient des dossiers – auxquels étaient agrafées des photographies – et montraient du doigt divers emplacements sur la carte. Tout en dessinant, je regardai les villes, m'efforçant de retenir par cœur leurs noms et leurs positions. Je comptai la reproduire de mémoire par la suite.

Dès que j'eus terminé la carte, la plupart des officiers quittèrent la pièce. Tandis que je dessinai l'homme de la photographie, Kretzky compulsait des dossiers tout en buvant du café. Je fermai les yeux et en humai le parfum exquis, invraisemblable. Il faisait aussi bon dans la pièce que dans notre cuisine, à la maison. Quand je rouvris les yeux, Kretzky me regardait fixement.

Il reposa sa tasse de café sur la table pour examiner le dessin. Je regardai le visage de l'homme qui commençait à prendre vie sur la page. Il avait les yeux brillants et un sourire chaleureux. Sa bouche était calme, détendue ; elle n'avait rien de crispé comme celle de Mlle Grybas ou celle du Chauve. Qui était donc ce monsieur ? Était-il lituanien ? Où se trouvait-il à présent, et en quoi était-il important ? Tout en me posant ces questions, j'essayai de tracer un portrait que sa femme et ses enfants auraient aimé contempler. L'encre s'écoulait doucement du stylo. J'avais envie de ce stylo. Je le voulais. Quand Kretzky se retourna, je le laissai tomber sur mes genoux et me rapprochai de la table.

J'avais besoin d'un autre matériau pour rendre la texture des cheveux de l'homme, leurs nuances. Je plongeai le doigt dans la tasse de café de Kretzky et le ressortis couvert de marc. J'appliquai ce marc sur le dos de mon autre main et l'étalai sur ma peau avant de le faire pénétrer par petites touches dans les cheveux. *Presque*. Je me penchai en avant et brossai légèrement la substance granuleuse avec mon petit doigt pour en enlever le surplus. La mèche de devant s'incurva pour former un léger pli. *Parfait.* J'entendis un bruit de pas. Deux cigarettes apparurent devant moi. Saisie, je me retournai. Le commandant se tenait debout derrière moi. À sa vue, je sentis ma peau fourmiller et se hérisser sur les bras et la nuque. Je me plaquai contre la table dans l'espoir de cacher le stylo posé sur mes genoux. Il m'observait, les sourcils levés. Je notai l'éclair de sa dent en or entre ses lèvres.

– C'est terminé ! dis-je en poussant le dessin vers lui.

– *Da*, répondit-il en hochant la tête.

Il continuait à m'observer en faisant danser son éternel cure-dents sur sa langue.

45

Je me dirigeai vers les bâtisses du NKVD, à l'arrière du camp. Tandis que j'avançais entre les huttes dans le noir, j'entendis des voix marmotter derrière les murs fragiles. Je me hâtai le long de l'allée, abritant avec soin au fond de ma poche les deux cigarettes et le stylo. Je m'arrêtai derrière un arbre. Le quartier général du NKVD avait l'air d'un hôtel en comparaison de nos misérables huttes. Des lampes à pétrole brillaient d'un vif éclat. Un groupe de gardes du NKVD assis sur le perron jouaient aux cartes tout en se passant une bouteille à la ronde.

Je me faufilai dans l'ombre à l'arrière du bâtiment. Je perçus alors un bruit de pleurs étouffés et des chuchotements, en lituanien, semblait-il. Je tournai à l'angle de la bâtisse et vis Mme Arvydas assise sur un cageot, de dos, les épaules secouées de sanglots convulsifs. Andrius était agenouillé devant elle, et ses mains étreignaient les siennes. Je m'approchai petit à petit. Il releva brusquement la tête.

– Que veux-tu, Lina ?

– Je… Madame Arvydas, qu'est-ce qui ne va pas ?

Elle détourna le visage.

– Va-t'en, Lina, commanda Andrius.

– Je ne peux pas aider d'une manière ou d'une autre ? demandai-je.

– Non.

– Je ne peux vraiment rien faire ?

– J'ai dit : va-t'en !

Sur ce, Andrius se leva comme pour me braver.

Je restai là sans bouger.

– Je suis venue te donner..., dis-je en fouillant ma poche pour prendre les cigarettes.

Mme Arvydas tourna la tête vers moi. Son Rimmel coulait sur une balafre sanglante qui lui zébrait la joue.

Que lui avaient-ils donc fait ? Je sentais les cigarettes s'écraser entre mes doigts. Andrius avait toujours les yeux braqués sur moi.

– Je suis désolée. Je suis vraiment désolée.

Ma voix s'étrangla, puis se brisa.

Je me hâtai de tourner les talons et me mis à courir. Des images défilaient à toute allure, comme déformées sous l'effet de la vitesse, laissant des traînées de sang derrière elles : Oliouchka en train de me traîner par les cheveux et souriant de toutes ses dents jaunes ; Ona dans la boue, morte, avec un œil encore ouvert ; le soldat d'escorte s'approchant de moi et me soufflant la fumée de sa cigarette à la figure – *Arrête, Lina !* – le visage meurtri de mon père me regardant par le trou des toilettes ; les cadavres gisant près des rails ; Komorov tendant le bras pour toucher un de mes seins. *ARRÊTE !* Je ne pouvais pas, c'était impossible.

J'arrivai en courant à notre hutte.

– Lina, qu'est-ce qui ne va pas ? demanda Jonas.

– Rien !

J'arpentai la cabane. Je haïssais ce camp de travail de toute mon âme. Pourquoi étions-nous ici ? Je haïssais le commandant. Je haïssais Kretzky. Oliouchka commença à se plaindre et à trépigner pour me faire asseoir.

– LA FERME, ESPÈCE DE SORCIÈRE ! hurlai-je.

J'explorai rapidement le contenu de ma valise. Ma main rencontra la pierre pailletée que m'avait donnée Andrius. Je l'empoignai. Je pensai à la jeter sur Oliouchka. Au lieu de quoi j'essayai de l'écraser. Je n'en avais pas la force. Je la fourrai dans ma poche et m'emparai de mon papier.

Dehors, derrière notre hutte, il y avait un mince rayon de lumière. L'espace d'un instant, je tins le stylo volé au-dessus du papier, puis ma main se mit à tracer sur la feuille des traits rapides, nerveux, rageurs. J'inspirai profondément. Et maintenant, davantage de délié, des traits plus souples, plus fluides. Peu à peu, Mme Arvydas apparut sur la page. Son long cou, ses lèvres pleines, sensuelles. Tout en esquissant son portrait, je songeai à Munch, à sa théorie selon laquelle la douleur, l'amour, le désespoir étaient étroitement unis en une chaîne sans fin.

Je cessai presque de respirer. J'ombrai son épaisse chevelure châtaine de manière à souligner le mouvement souple de la mèche qui retombait sur la joue balafrée. Je représentai aussi le Rimmel que les larmes avaient fait fondre et qui s'était étalé sur son visage. Je m'interrompis pour jeter un coup d'œil par-dessus mon épaule et m'assurer que j'étais bien seule. Dans ses yeux noyés de larmes, je dessinai alors l'image reflétée du commandant, debout devant elle, le poing serré. Je terminai mon portrait, laissai échapper un soupir et secouai les mains.

Après quoi je rentrai dans notre hutte et m'empressai de cacher stylo et croquis au fond de ma valise, sous la doublure. Jonas, assis par terre, agitait nerveusement le genou. Oliouchka s'était endormie sur sa paillasse. Elle ronflait.

– Où est Mère ? demandai-je.

– La Grincheuse est allée au village aujourd'hui, répondit Jonas. Mère est partie au-devant d'elle sur la route.

– Il est tard, fis-je. Elle n'est pas encore rentrée.

J'avais confié à la Grincheuse une sculpture de bois pour Papa.

À peine sortie, je vis Mère approcher de la hutte, chargée de manteaux et de chaussures. En me voyant, elle sourit – de son éblouissant sourire de jadis. Mlle Grybas accourut bientôt vers nous à pas précipités.

– Dépêchez-vous ! dit-elle. Faites disparaître toutes ces choses – vite ! Le NKVD est en train de rassembler tout le monde pour la signature des papiers.

Je n'eus pas l'occasion de parler à Mère de Mme Arvydas. Nous nous hâtâmes d'aller déposer manteaux et chaussures dans la hutte de M. Stalas. Mère m'enveloppa les épaules de son bras. Sa robe flottait sur son corps décharné, et les os de ses hanches saillaient au-dessous de sa taille ceinturée.

– Elle a posté nos lettres ! murmura Mère, radieuse.

Je hochai la tête, songeant à mon mouchoir. Peut-être avait-il déjà franchi des centaines de kilomètres, devançant de beaucoup les lettres. Je l'espérais en tout cas.

Moins de cinq minutes plus tard, les gardes du NKVD firent irruption dans notre hutte pour nous hurler à la figure de nous présenter au bureau du kolkhoze. Jonas et moi nous y rendîmes avec Mère d'un pas plus ferme que d'ordinaire.

– Et la carte que tu devais dessiner cet après-midi ? demanda-t-elle.

– Facile, répondis-je en pensant au stylo volé caché dans ma valise.

– Je n'étais pas certaine de ta sécurité, dit Mère. Mais je me suis probablement trompée.

Elle nous entoura de ses bras.

Il n'y avait pas de doute, nous étions en sécurité. En sécurité dans les bras de l'enfer.

– Aujourd'hui, le professeur a envoyé Tadas chez le proviseur, annonça Jonas au dîner tout en introduisant un énorme morceau de saucisse dans sa petite bouche.

– Pourquoi ? demandai-je.

– Parce qu'il a parlé de l'enfer, répondit-il en postillonnant, tandis que le jus de sa saucisse dodue dégoulinait le long de son menton.

– Jonas, gronda Mère, on ne parle pas la bouche pleine.

– Désolé, fit Jonas, toujours en train de mâchonner sa saucisse, c'est trop bon !

Je pris à mon tour un morceau de saucisse. Elle

était bien chaude, et la peau était délicieusement salée.

– Tadas a raconté à une fille de la classe que l'enfer était le pire lieu au monde et qu'on ne pouvait pas en sortir, qu'on y restait pour l'éternité.

– Et pourquoi donc parlait-il de l'enfer ? demanda mon père, en tendant le bras pour se servir de légumes.

– Parce que son père lui a dit que si Staline envahissait la Lituanie, nous finirions tous en enfer.

46

– Le village s'appelle Turaciak, expliqua Mère le lendemain. Il est niché là-haut, dans les collines. Il n'est pas très grand, mais il y a une poste et même une petite école.

– Il y a une école ? demanda Mlle Grybas d'une voix fiévreuse.

Jonas me lança un regard ardent. Il ne cessait de m'interroger à propos de l'école depuis le début du mois de septembre.

– Elena, reprit Mlle Grybas, vous devriez les informer que je suis professeur. Il faut que les enfants du camp aillent à l'école. Nous devons créer une sorte d'école ici.

– La Grincheuse a-t-elle posté les lettres ? demanda le Chauve.

– Oui, répondit Mère. Et elle a écrit l'adresse de la poste au dos des enveloppes.

– Mais comment saurons-nous si des lettres sont arrivées pour nous ? questionna Mme Rimas.

– Eh bien, il faudra continuer à soudoyer une des personnes qui ont signé, répliqua Mlle Grybas avec une grimace. Elles regarderont s'il y a du courrier pour nous lorsqu'elles se rendront au village.

– La Grincheuse m'a raconté qu'elle avait

rencontré une Lettone dont l'époux est en prison près de Tomsk, précisa Mère.

– Oh, Elena, s'enquit Mme Rimas en mettant la main sur son cœur, à votre avis, nos maris pourraient-ils se trouver à Tomsk ?

– Le mari de la Lettone écrit qu'il passe beaucoup de temps avec des amis lituaniens, dit Mère avec un sourire avant d'ajouter : Mais la femme a précisé que les lettres étaient sibyllines et arrivaient toutes raturées.

– Évidemment ! dit le Chauve. Elles sont censurées. Cette Lettone ferait mieux d'être prudente et de ne pas écrire n'importe quoi. Et vous feriez mieux d'être prudents, vous aussi, à moins que vous n'ayez envie de recevoir une balle dans la tête.

– Vous ne vous arrêterez donc jamais ? m'écriai-je.

– C'est la pure vérité. Vos lettres d'amour pourraient être fatales à vos proches. Mais qu'en est-il de la guerre ?

– Les Allemands ont pris Kiev, annonça Mère.

– Que font-ils là-bas ? interrogea Jonas.

– Que font-ils ? explosa le Chauve. À ton avis ? Ils assassinent les gens. C'est la guerre !

– Est-ce que les Allemands tuent les gens en Lituanie ? interrogea encore Jonas.

– Tu ne sais donc pas, stupide garçon ? s'écria le Chauve. Hitler, il tue les Juifs. Il se pourrait bien que les Lituaniens l'aident !

Je bondis.

– Quoi ?

– Que voulez-vous dire ? questionna Jonas. Hitler n'a-t-il pas chassé Staline de la Lituanie ?

– Ça ne fait pas de lui un héros. Notre pays est condamné, ne le vois-tu pas ? rétorqua le Chauve. Notre destin est d'être victime d'un génocide – quelles que soient les mains entre lesquelles nous tombons.

– ARRÊTEZ! hurla Mlle Grybas. Je ne peux pas supporter d'entendre parler de ces choses.

– Et qu'en est-il de l'Angleterre et des États-Unis ? s'enquit Mme Rimas. Ils vont sûrement nous aider.

– Rien encore, répondit Mère. Mais bientôt, j'espère.

C'étaient là les premières nouvelles de Lituanie depuis des mois. Le moral de Mère remonta en flèche. En dépit de la faim qui la tenaillait et de ses mains couvertes d'ampoules, après le dur labeur dans les champs, elle était pleine d'entrain. Elle avait même une démarche dansante. L'espoir, comme l'oxygène, la maintenait en vie, la faisait avancer. Je pensai à mon père. Était-il vraiment dans un camp de prisonniers quelque part en Sibérie ? Je me remémorai la carte que j'avais dessinée pour le NKVD ; je me rappelai Staline et Hitler se partageant l'Europe. Soudain, une pensée me traversa l'esprit. Si Hitler tuait les Juifs de Lituanie, alors qu'était-il arrivé au Dr Seltzer ?

La seule éventualité de lettres en route pour le camp alimentait des conversations sans fin. Nous apprenions non seulement les noms des parents de chacun, mais aussi ceux de leurs voisins et collègues – bref, de toute personne susceptible d'envoyer une lettre. Mlle Grybas, par exemple, semblait sûre et certaine que le jeune homme qui habitait à côté de chez elle lui enverrait une lettre.

– Non, il n'en fera rien, dit le Chauve. Il n'a sans doute jamais remarqué que vous viviez dans la maison voisine. On ne peut pas dire que vous soyez exactement le genre de femme que l'on remarque.

Mlle Grybas ne trouva pas sa réflexion très drôle. Jonas et moi, nous en rîmes souvent par la suite. Le soir, allongés sur notre couche de paille, nous inventions d'absurdes scénarios mettant en scène Mlle Grybas et le jeune voisin qu'elle tentait de séduire. Mère nous priait d'arrêter ce jeu cruel, mais je l'entendais parfois rire sous cape avec nous.

Les températures chutèrent, et le NKVD exerçait une pression de plus en plus grande sur nous. À un moment, ils nous octroyèrent même une ration supplémentaire, car ils voulaient que nous construisions une autre baraque avant l'arrivée de la neige. Nous refusions toujours de signer les papiers. Andrius refusait toujours de me parler. Nous plantâmes des pommes de terre en prévision du printemps, bien que personne ne voulût croire que nous pourrions être encore en Sibérie quand le froid s'adoucirait.

Les Soviétiques obligèrent Mère à faire la classe à un groupe mixte constitué d'enfants de l'*Altaï* et de petits Lituaniens. Seuls les enfants dont les parents avaient signé étaient autorisés à aller à l'école. Bien que beaucoup d'enfants fussent encore très loin de maîtriser parfaitement la langue russe, ils forcèrent Mère à enseigner dans cette langue. En revanche, ils ne permirent pas à Mlle Grybas de faire la classe. Elle en fut profondément blessée. Cependant, il était entendu que si elle signait, elle serait autorisée à assister Mère dans ses fonctions. Elle se refusa à signer, mais, chaque soir, elle aidait Mère à préparer ses cours.

Je me réjouissais à la pensée que Mère pouvait faire la classe à l'abri, dans une hutte couverte, mais j'étais désolée qu'on eût assigné à Jonas un autre travail : il devait à présent débiter du bois pour le feu. La neige avait commencé à tomber, et il rentrait chaque soir trempé et glacé. Les pointes de ses cheveux, changées en aiguilles de glace, se brisaient purement et simplement. Quant à moi, j'avais l'impression que la moelle de mes os s'était muée en glace tant mes articulations étaient raides. Lorsque je m'étirais, elles craquaient et claquaient avec un bruit affreux. Et, avant de se réchauffer, on éprouvait toujours une horrible sensation de piqûre et de brûlure aux mains, aux pieds et au visage. En outre, avec le froid, les agents du NKVD devenaient tous les jours un peu plus irritables. Oliouchka aussi. Elle réclamait un loyer chaque fois qu'elle en avait envie. À plusieurs reprises, je dus littéralement lui arracher des mains ma ration de pain.

Jonas payait le loyer avec des rondins et des éclats de bois qu'il volait pendant la coupe. Par ailleurs, à l'époque où il travaillait avec les deux vieilles Sibériennes, il avait confectionné à notre intention des bottes et des chaussures très robustes, ce dont nous lui étions infiniment reconnaissants. Enfin, ses progrès dans la langue russe étaient très rapides. Mon petit frère avait grandi, il avait aussi le visage plus sombre, et c'est ainsi que je le dessinai.

La tâche à laquelle on m'avait affectée consistait à transporter sur le dos à travers la neige des sacs de céréales de vingt-cinq kilos. Mme Rimas m'apprit à en chaparder un peu en écartant légèrement la trame de la toile à l'aide d'une aiguille avant de la remettre en place ni vu ni connu. Bientôt, l'art de fouiller dans les ordures n'eut plus de secret pour nous. Chaque nuit, Jonas sortait furtivement de la hutte pour récupérer des débris de nourriture au fond de la poubelle du NKVD. Insectes et asticots n'arrêtaient personne. Deux ou trois chiquenaudes, et hop ! on fourrait ça dans sa bouche. Quelquefois aussi, Jonas revenait avec des rations de survie qu'Andrius et Mme Arvydas cachaient dans la poubelle. Mis à part ces libéralités très occasionnelles, on se nourrissait de rebuts, d'ordures et de détritus.

47

Comme l'avait prédit le Chauve, nous dûmes continuer à soudoyer la Grincheuse pour qu'elle acceptât de passer à la poste quand elle allait au village. Pendant deux mois, nos pots-de-vin n'eurent aucun résultat. Nous grelottions dans nos huttes où seul nous réchauffait l'espoir de voir arriver, un jour, peut-être, une enveloppe contenant des nouvelles de la maison. La température était descendue bien au-dessous de zéro et se maintenait. Jonas dormait près du petit poêle et se réveillait toutes les deux ou trois heures pour rajouter un peu de bois. J'avais les orteils engourdis et la peau toute craquelée.

Mme Rimas fut la première à recevoir une lettre – vers la mi-novembre. Un cousin éloigné lui avait écrit. Le bruit qu'une lettre était arrivée se répandit à travers le camp comme une traînée de poudre. Bientôt, près de vingt personnes se pressèrent dans sa hutte pour entendre les nouvelles de Lituanie. Mme Rimas n'était pas encore revenue de la queue de rationnement. Nous attendîmes. Andrius arriva. Il se casa tant bien que mal à côté de moi. Après quoi il sortit de ses poches des biscuits salés, volés bien entendu. Il y en avait pour tout le monde. Nous tentâmes de parler à voix basse, mais en vain: l'excitation filtrait à travers la foule entassée dans la hutte.

En me retournant, je donnai un malencontreux coup de coude à Andrius.

– Désolée! fis-je.

Il se contenta de hocher la tête.

– Comment vas-tu? demandai-je.

– Très bien, répondit-il.

Le Chauve entra alors dans la hutte de Mme Rimas et se plaignit aussitôt du manque de place. Les gens se poussèrent en avant. J'étais littéralement écrasée contre le manteau d'Andrius.

– Comment va ta mère? demandai-je en levant les yeux vers lui.

– Aussi bien qu'on peut l'espérer.

– Que t'ont-ils fait faire ces temps-ci?

Mon menton était pratiquement contre sa poitrine.

– Abattre des arbres dans la forêt, répondit-il tout en déplaçant son poids sur son autre jambe.

– Et toi? demanda-t-il.

Tandis qu'il baissait les yeux pour me regarder, je sentis une mince volute de son haleine passer sur mes cheveux.

– Transporter des sacs de céréales, répondis-je.

L'enveloppe passa de main en main. Quelques personnes y déposèrent un baiser. Elle arriva entre nos mains. Andrius fit courir son doigt sur le timbre lituanien et le cachet de la poste.

– As-tu écrit à quelqu'un? demandai-je à Andrius.

Il secoua la tête.

– Nous ne sommes pas certains que ce soit sûr pour l'instant, répondit-il.

Mme Rimas arriva. Les gens essayèrent de prendre congé, mais la hutte était si bondée qu'il était presque impossible de bouger. Je fus à nouveau rejetée contre la poitrine d'Andrius. Il m'empoigna pour tenter d'empêcher la foule de nous pousser comme une rangée de dominos. Dès que nous retrouvâmes notre équilibre, il se hâta de me lâcher.

Mme Rimas prononça une prière avant d'ouvrir l'enveloppe. Comme il fallait s'y attendre, plusieurs lignes de la lettre étaient lourdement raturées de noir. Mais il y avait suffisamment de passages lisibles.

– « J'ai reçu deux lettres de notre ami de Jonava », commença à lire Mme Rimas avant de s'écrier : Ce doit être mon mari. Il est né à Jonava. Il est vivant !

Les femmes s'embrassèrent.

– Continuez à lire ! hurla le Chauve.

– Il dit avoir décidé avec quelques amis de visiter un camp d'été, reprit Mme Rimas. Il l'a trouvé très beau. Exactement tel qu'il est décrit dans le psaume CII.

– Que l'un ou l'autre d'entre vous aille prendre sa bible et cherche le psaume CII ! ordonna Mlle Grybas. Il doit y avoir là une sorte de message.

Nous aidâmes à décoder le reste de la lettre avec Mme Rimas. Quelqu'un dit en plaisantant que, question chauffage, la foule était plus efficace qu'un poêle. Je jetai des regards furtifs à Andrius et notai la puissante ossature de son visage très dessiné qui s'accordait parfaitement avec ses yeux perçants. Il semblait qu'il pût se raser de temps à autre. Il avait, comme nous tous, la peau tannée par les intempéries, mais ses lèvres n'étaient pas amincies et crevassées comme celles des gardes du NKVD. Comparés aux miens, ses cheveux bruns ondulés étaient propres. Il me regarda. Je détournai les yeux. Je ne pouvais pas imaginer à quel point je devais lui paraître sale ni ce qu'il voyait dans mes cheveux.

Jonas revint bientôt avec la bible de Mère.

– Vite ! s'écria quelqu'un. Psaume CII.

– J'y suis, dit Jonas.

– Chut ! Laissez-le lire.

Entends ma prière, ô Seigneur, et que mon cri vienne jusqu'à toi.

Ne cache pas ta face loin de moi au jour où l'angoisse me tient ; incline vers moi ton oreille, au jour où je t'appelle, vite, réponds-moi !

Car mes jours s'en vont en fumée, et mes os comme un brasier brûlent.

Foulé aux pieds comme l'herbe, mon cœur se flétrit ; j'oublie de manger mon pain.

À force de crier ma plainte, ma peau s'est collée à mes os…

Quelqu'un poussa un cri étouffé. La voix de Jonas s'affaiblit. Je me cramponnai au bras d'Andrius.

– Continue, dit Mme Rimas qui se tordait les mains.

Dehors, le vent sifflait. Les murs fragiles de la hutte frémirent, et la voix de Jonas devint sourde, à la limite de l'audible.

Je ressemble au pélican du désert, je suis pareil à la hulotte des ruines.

Je veille et gémis solitaire, pareil à l'oiseau sur un toit;

tout le jour, mes ennemis m'outragent; et ceux qui me louaient maudissent par moi.

La cendre est le pain que je mange, je mêle à ma boisson mes larmes [...];

mes jours sont comme l'ombre qui décline, et moi comme l'herbe je me flétris.

– Dis-lui d'arrêter, chuchotai-je à Andrius en laissant ma tête retomber contre son manteau. S'il te plaît.

Andrius le laissa continuer. Jonas finit par se taire. Une rafale de vent s'abattit sur le toit, faisant vibrer la tôle avec fracas.

– Amen, dit Mme Rimas.

– Amen, répétèrent en écho les autres.

– Il est affamé, fis-je.

– Et alors ? s'écria le Chauve. Nous sommes tous affamés. Moi aussi, comme l'herbe je me flétris. Il ne se porte pas plus mal que moi.

– Il est vivant, déclara Andrius d'un ton très calme.

Je levai les yeux vers lui. Bien entendu. Il souhaitait que son père fût en vie, même s'il était affamé.

– Oui, Andrius a raison, dit Mère. Il est vivant ! Et votre cousin l'a probablement informé que vous étiez vivante, vous aussi !

Mme Rimas relut la lettre. Plusieurs personnes quittèrent la hutte. Andrius était de leur nombre. Jonas le suivit.

48

La maladie se déclara une semaine plus tard. Mère dit qu'elle avait noté des signes avant-coureurs. Je n'avais rien vu.

Mlle Grybas m'adressait des signes de main frénétiques. Elle essayait tant bien que mal de courir dans la neige.

– Lina, il faut que tu viennes, murmura-t-elle. Vite ! Il s'agit de Jonas.

Mère avait remarqué que son teint avait pris une couleur bizarre. Mais n'était-ce pas le cas de chacun ici ? On eût dit qu'une ombre grisâtre s'était glissée sous notre peau, creusant de sombres tranchées sous nos yeux.

Kretzky refusa de me laisser partir.

– S'il vous plaît, implorai-je. Mon frère est malade.

Ne pouvait-il donc pas nous aider, juste pour une fois ?

Il me désigna à nouveau du doigt le tas de sacs de céréales. Le commandant allait et venait, ne cessant de nous hurler à la figure et de nous donner des coups de pied pour nous faire avancer plus vite. Une tempête de neige s'annonçait. « *Davaï !* » vociférait Kretzky.

Lorsque je pus enfin retourner à la hutte, Mère était déjà là. Jonas était allongé sur sa paillasse, presque inconscient.

– Que se passe-t-il ? demandai-je en m'agenouillant à côté de Mère.

– Je ne sais pas.

Elle releva une jambe de pantalon de Jonas. Il avait le tibia couvert de taches.

– C'est peut-être une sorte d'infection. Il a de la fièvre, dit-elle en posant la main sur le front de mon petit frère. Tu n'as pas remarqué à quel point il était devenu irritable ces derniers temps ? Il devait être épuisé.

– Honnêtement, non, répondis-je. Nous sommes tous irritables et fatigués.

Je regardai Jonas. Comment avais-je pu ne rien remarquer ? Ses mains et ses doigts étaient parsemés de taches rouges, sa lèvre inférieure, bordée de petites plaies, et ses gencives semblaient violettes.

– Lina, va chercher nos rations de pain. Ton frère a besoin de s'alimenter pour combattre la maladie. Et vois si tu peux trouver Mme Rimas.

Je me frayai à grand-peine un chemin dans le noir à travers les tourbillons de neige, tandis qu'un vent violent me lacérait le visage. Le NKVD refusa de me donner trois rations. Comme Jonas s'était effondré à son travail, il n'avait pas droit à sa ration de pain ; elle était confisquée. J'eus beau tenter d'expliquer qu'il était malade, ils m'éloignèrent d'un geste.

Mme Rimas ne savait pas de quoi souffrait Jonas, Mlle Grybas non plus. Et Jonas semblait sombrer de plus en plus dans l'inconscience.

Le Chauve arriva à son tour. Il se dressait, telle une menace, au-dessus de Jonas.

– Est-ce contagieux ? questionna-t-il. Quelqu'un d'autre présente-t-il les mêmes symptômes ? Qui a des taches ? Ce garçon pourrait bien jouer le rôle d'un ange de la mort auprès de nous tous. Une fille est morte de la dysenterie il y a quelques jours. Peut-être est-il atteint du même mal. Je crois qu'ils ont jeté son cadavre dans ce trou que vous avez creusé, ajouta-t-il.

Mère le fit immédiatement sortir de la hutte.

Il fallut alors qu'Oliouchka se mît à hurler, disant que nous devions emporter Jonas au-dehors et le déposer dans la neige. Mère lui cria en réponse qu'elle n'avait qu'à aller dormir ailleurs si elle craignait la contagion. Oliouchka sortit d'un pas lourd. Je m'assis au chevet de Jonas et tamponnai son front avec un bout de tissu que j'avais rafraîchi dans la neige. Mère, agenouillée au bord de sa paillasse, parlait à mi-voix, couvrant de baisers son visage et ses mains.

– Non, pas mes enfants, murmura-t-elle. S'il vous plaît, mon Dieu, épargnez-le. Il est tellement jeune ; il n'a encore presque rien vu de la vie. S'il vous plaît…, prenez-moi plutôt.

Mère leva la tête. Elle avait le visage tordu par la douleur.

– Kostas ? dit-elle encore.

Il était déjà tard quand l'Homme à la montre entra dans la hutte avec une lampe à pétrole.

– Scorbut, annonça-t-il après avoir examiné les gencives de Jonas. Ses dents sont en train de devenir bleues. La maladie est déjà avancée. Ne vous faites pas de souci : elle n'est pas contagieuse. Mais vous feriez mieux de donner à ce garçon, si vous pouvez en trouver, un aliment riche en vitamines avant que son organisme ne lâche complètement. Il souffre de malnutrition. Il peut passer d'un instant à l'autre.

Mon frère était une véritable illustration du psaume CII : « faible et flétri comme l'herbe ». Mère sortit précipitamment dans la neige pour aller mendier quelque chose, me laissant seule avec Jonas. J'appliquai des compresses froides sur son front brûlant ; je plaçai la pierre d'Andrius sous sa main en lui expliquant que les paillettes de quartz et de mica avaient un pouvoir de guérison ; je lui racontai mille et une histoires de notre enfance et lui décrivis notre maison, pièce par pièce ; enfin, je pris la bible de Mère et priai Dieu, lui demandant d'épargner mon frère. Je me faisais tant de souci pour lui que j'en avais la nausée. Alors, prenant mon papier, je me mis à dessiner quelque chose pour Jonas – quelque chose qui lui permettrait de se sentir mieux. J'avais commencé un croquis de sa chambre lorsque Andrius arriva.

– Depuis combien de temps est-il comme ça ? s'enquit-il en s'agenouillant près de Jonas.

– Depuis cet après-midi, répondis-je.

– M'entend-il ?

– Je ne sais pas, fis-je.

– Écoute-moi, Jonas. Ça va aller. Il faut juste qu'on te trouve quelque chose à manger et à boire. Tiens bon, l'ami – tu m'entends ?

Jonas gisait sans mouvement sur sa paillasse.

Andrius sortit alors de l'intérieur de son manteau un petit paquet enveloppé de tissu et le déballa. Une boîte de conserve argentée apparut.

À l'aide d'un canif qu'il avait tiré de la poche de son pantalon, il perfora largement le dessus de la boîte.

– Qu'est-ce que c'est ? demandai-je.

– Il doit manger ça, répondit Andrius en se penchant sur le visage de mon frère. Jonas, si tu m'entends, ouvre la bouche.

Jonas ne bougeait toujours pas.

– Jonas, l'exhortai-je. Ouvre la bouche. On a quelque chose qui va t'aider à guérir.

Ses lèvres s'entrouvrirent.

– C'est bien, dit Andrius tout en plongeant la lame du canif dans la boîte de conserve pour en ramener une tomate cuite bien juteuse.

À cette seule vue, je ressentis une douloureuse crispation dans la mâchoire. Des tomates ! Je me mis à saliver. Dès que la tomate eut touché la bouche de Jonas, ses lèvres commencèrent à trembler.

– Oui, reprit Andrius, mâche et avale. As-tu de l'eau ? ajouta-t-il en se tournant vers moi.

– Oui, de l'eau de pluie.

– Donne-lui-en. Il faut qu'il mange tout le contenu de la boîte.

Je contemplai la boîte. Du jus de tomate dégouttait du canif d'Andrius pour tomber sur ses doigts.

– Où as-tu trouvé ces tomates ? questionnai-je.

Il me lança un regard écœuré.

– Au marché du coin, bien entendu. Tu n'y es jamais allée ? Où penses-tu donc que je me les suis procurées ? ajouta-t-il en détournant les yeux. Je les ai volées.

Sur ce, il fourra la dernière tomate dans la

bouche de mon frère et lui fit boire le jus qui restait au fond de la boîte. Après quoi, il essuya le canif, puis ses mains dégoulinantes sur son pantalon. À cette vue, je sentis tout mon corps s'élancer en avant.

Mère arriva bientôt avec l'une des cordonnières sibériennes. Leurs têtes et leurs épaules étaient couvertes d'une neige épaisse. La femme accourut au chevet de mon frère. Elle parlait en russe à toute vitesse.

– J'ai essayé d'expliquer ce qui n'allait pas, dit Mère, mais elle a beaucoup insisté pour venir se rendre compte par elle-même.

– Andrius a apporté des tomates en conserve, dis-je. Il les a fait manger à Jonas.

Mère laissa échapper un cri étouffé.

– Des tomates ? Oh, merci ! Merci, cher Andrius, et, s'il te plaît, remercie ta mère pour moi.

La vieille Sibérienne s'adressa alors à Mère.

– À son avis, il existe une tisane qui pourrait le guérir, traduisit Andrius à mon intention. Elle voudrait que ta mère vienne l'aider à cueillir les ingrédients qui entrent dans la composition de cette tisane.

J'acquiesçai d'un signe de tête.

– Andrius, pourrais-tu rester ici encore un peu ? demanda Mère. Je sais que Jonas se sentirait infiniment mieux si tu étais près de lui. Lina, fais bouillir de l'eau pour la tisane. Jonas, mon chéri, ajouta-t-elle en se penchant sur mon frère, je reviens tout de suite. Je vais chercher de quoi faire une tisane qui te rétablira.

49

Nous étions assis tous deux au chevet de Jonas. Nous ne parlions pas. Andrius regardait mon petit frère, les poings serrés. À quoi pensait-il ? Était-il furieux que Jonas fût malade ? Était-il furieux à la pensée que sa mère couchait avec un officier du NKVD ? Était-il furieux parce que son père était mort ? À moins qu'il ne fût tout simplement furieux contre moi.

– Andrius.

Il ne me jeta pas un regard.

– Andrius, répétai-je, je suis une parfaite idiote.

Cette fois, il tourna la tête.

– Tu es si bon pour nous, et moi, je... je suis juste une idiote, fis-je en baissant les yeux.

Il ne répondit pas.

– J'ai tiré une conclusion hâtive, continuai-je. J'ai été stupide. Pardonne-moi de t'avoir accusé d'espionner. Je me suis sentie, je me sens encore presque monstrueuse.

Il resta silencieux.

– Andrius ?

– Bon, d'accord, tu es désolée, répliqua-t-il d'un ton brusque avant de se retourner pour regarder à nouveau Jonas.

– Et… Et…, laissai-je échapper, je regrette pour ta mère !

J'attrapai mon écritoire au fond de ma valise et me rassis pour terminer le croquis de la chambre de Jonas. J'eus tout d'abord une conscience aiguë du silence qui pesait sur nous. Un silence lourd, embarrassé, presque insupportable. Puis, à mesure que je dessinais, je glissai dans un autre monde, accaparée tout entière par le souci de rendre à la perfection les plis de la couverture. Il fallait que je représente avec la plus grande justesse possible le bureau et les livres de Jonas, car il les adorait. J'adorais les livres, moi aussi. Ah, comme ils me manquaient !

Je tenais mon cartable dans les bras pour protéger les livres. Je ne pouvais évidemment pas le laisser ballotter et cogner comme à l'ordinaire : Edvard Munch s'y trouvait. Il s'était écoulé deux longs mois d'attente avant que mon professeur reçût les livres. Ils avaient fini par arriver – d'Oslo.

Je savais que mes parents n'apprécieraient guère Munch, sa manière, son art. On le traitait parfois d'« art dégénéré ». Quant à moi, j'avais à peine aperçu les photos de trois tableaux (Angoisse, Désespoir et Le Cri) que j'éprouvai le besoin d'en voir d'autres. Ses œuvres étaient tordues, gauchies, déformées, comme si elles avaient été peintes par un être en proie à la névrose. J'étais fascinée.

En ouvrant la porte de la maison, je remarquai aussitôt l'enveloppe solitaire sur la table du vestibule et me précipitai pour la prendre. Je déchirai l'enveloppe et lus :

Chère Lina,

Bonne année ! Je suis désolée de ne pas t'avoir écrit plus tôt. Maintenant que les vacances de Noël sont passées, la vie semble avoir pris un cours plus grave. Mes parents se disputent. Père est constamment de mauvaise humeur et a perdu le sommeil. La nuit, il arpente la maison des heures durant et n'apparaît qu'à l'heure du déjeuner pour prendre le courrier. Il a enfermé dans des cartons la plupart de ses livres, sous prétexte qu'ils occupent trop de place. Il a même essayé de mettre dans les cartons quelques-uns de mes livres de médecine. A-t-il perdu la tête ? Les choses ont bien changé depuis l'annexion de la Lituanie.

Lina, s'il te plaît, peux-tu faire un croquis du cottage de Nida pour moi ? Les souvenirs tièdes et ensoleillés de l'été dernier m'aideront à traverser le froid de l'hiver.

S'il te plaît, envoie-moi de tes nouvelles et fais-moi savoir dans quelle contrée tes pensées et tes dessins te conduisent ces temps-ci.

Ta cousine affectionnée,

Joana

– Il m'a parlé de son avion, dit tout à coup Andrius en se penchant par-dessus mon épaule pour montrer du doigt le dessin.

J'avais totalement oublié qu'il était là.

– Il adore les avions, répondis-je.

– Je peux voir ?

– Bien sûr, fis-je en lui tendant mon écritoire.

– C'est un très bon dessin. Puis-je regarder les autres ?

– Oui, dis-je, soulagée à la pensée qu'il ne restait plus que quelques croquis (j'avais détaché tous les autres du bloc pour les cacher).

Andrius tourna la page. Je pris la compresse posée sur le front de Jonas et allai la rafraîchir dans la neige. Quand je revins, Andrius regardait un portrait que j'avais fait de lui le jour où Mme Rimas avait reçu la lettre de son cousin.

– C'est un angle bien étrange, commenta-t-il en riant tout bas.

Je me rassis.

– Tu es beaucoup plus grand que moi. C'est donc sous cet angle que je t'ai vu. En outre, nous étions tous serrés comme des sardines.

– Aussi pouvais-tu voir mes narines sous un angle particulièrement intéressant.

– C'est que j'avais les yeux levés vers toi. Si je te dessinais maintenant, dis-je en l'observant, ce serait sous un tout autre angle. De ce point de vue, vois-tu, tu es très différent.

– En mieux ou en pire ?

Je n'eus pas le temps de répondre. Mère et la vieille Sibérienne arrivaient.

– Merci, Andrius, dit Mère.

Il acquiesça d'un signe de tête, puis, se penchant sur Jonas, il lui murmura quelque chose à l'oreille avant de sortir.

Nous mîmes les feuilles à tremper dans l'eau que j'avais fait bouillir. Jonas but la tisane, tandis que Mère, agenouillée près de lui, le soutenait. Je m'allongeai sur ma paillasse mais je ne pus trouver le sommeil. Chaque fois que je fermais les yeux, je voyais en imagination *Le Cri*, sauf que le visage était *mon* visage.

50

Il fallut attendre deux semaines avant que l'état de Jonas ne s'améliorât. Il avait les jambes qui tremblaient quand il marchait. Et quand il parlait, c'était avec un pauvre filet de voix. Ces deux semaines nous laissèrent très affaiblies, Mère et moi, car nos maigres rations de pain avaient été, tout ce temps, amputées d'un bon tiers. Il n'y avait pas d'autre moyen de nourrir Jonas. Au début, lorsque nous le demandions, nos compagnons de misère offraient bien une portion, même infime, de ce qu'ils avaient. Mais à mesure que le froid, chaque jour plus vif, s'infiltrait dans nos huttes, la générosité se fit plus frileuse. Un jour, je vis Mlle Grybas nous tourner le dos et enfourner dans sa bouche sa ration de pain tout entière à l'instant même où on la lui tendait. J'aurais été malvenue de le lui reprocher. Plus d'une fois, j'avais été tentée de faire la même chose. Après cela, Mère et moi cessâmes de quémander la moindre contribution.

En dépit de nos prières sans cesse réitérées, le NKVD refusait obstinément de nous donner un peu de nourriture pour Jonas. Mère essaya même de parler au commandant. Il se moqua d'elle. Il lui dit même quelque chose qui la troubla pendant des jours et des jours. Il ne nous restait rien à vendre. Nous avions troqué avec les paysans de l'*Altaï* tout ce que nous possédions ou presque contre des vêtements chauds. La mince doublure, à présent dégarnie, du manteau de Mère flottait comme de la mousseline à fromage.

Toutefois, l'approche de Noël soutenait le moral de chacun. Il fut décidé qu'on célébrerait *Kucios* – les festivités de la veille de Noël – dans la cabane de M. Stalas. Il y avait consenti, non sans réticences. Dès lors, des réunions s'organisèrent chaque soir dans une hutte différente. On y évoquait les vacances de Noël en Lituanie, en particulier *Kucios* – sujet sur lequel tous se montraient intarissables. On y écoutait, les yeux fermés, la description des douze plats exquis représentant les douze apôtres. Mère parla de la délicieuse soupe aux graines de pavot et du dessert aux canneberges. Mme Rimas pleura en entendant quelqu'un mentionner le pain azyme et la traditionnelle bénédiction de Noël : « Dieu puisse-t-il nous accorder d'être encore ensemble l'an prochain. » D'autres ne disaient rien ; ils se balançaient d'avant en arrière et d'arrière en avant en hochant la tête. Chacun, même la Grincheuse, racontait à tour de rôle comment il fêtait Noël, quels étaient ses souvenirs les plus chers, de quoi il avait le plus la nostalgie. Mère avait insisté pour que nous invitions la Grincheuse à ces soirées, disant qu'elle avait signé, certes, mais qu'elle n'en avait sans doute pas moins le mal du pays. Nous apprîmes ainsi à mieux nous connaître. Ces réunions n'auraient sans doute pas été possibles si les gardes n'avaient pas pris l'habitude de boire de l'alcool pour se réchauffer après la journée de travail, oubliant de la sorte d'aller voir ce que nous faisions. Peut-être aussi n'avaient-ils guère envie de s'aventurer au-dehors dans la bise glaciale, âpre, mordante.

La neige se remit à tomber et les températures descendirent brusquement, mais le travail et même le froid nous semblèrent presque supportables, probablement parce que, pour la première fois depuis longtemps, quelque chose brillait à l'horizon – une fête attendue impatiemment, un modeste rituel qui allégeait le poids de nos journées grises et de nos nuits sombres.

Je m'étais mise à voler du bois pour alimenter le poêle. Mère tremblait constamment à cette idée, mais je lui assurai que j'étais très prudente et que, de toute façon, les gardes du NKVD étaient bien trop paresseux pour sortir par un froid pareil. Un soir, je quittai la hutte de M. Stalas pour aller prendre une bûche. En contournant à pas de loup sa cabane, je perçus comme un mouvement et me figeai sur place. Quelqu'un se tenait dans l'ombre. Était-ce Kretzky ? Mon cœur s'arrêta de battre… Et si c'était le commandant ?

– Ce n'est que moi, Lina, chuchota soudain une voix – la voix d'Andrius.

Tirant une cigarette de sa poche, il craqua une allumette, qui éclaira fugitivement son visage.

– Tu m'as fait peur, dis-je. Qu'est-ce que tu fais là dehors ?

– J'écoute.

– Pourquoi ne viens-tu pas à l'intérieur ? Il fait glacial.

– Ils ne voudraient pas de moi, et je les comprends. Ce n'est pas juste. Ils ont tous tellement faim !

– C'est faux. Ils seraient contents au contraire de t'accueillir. On parle juste de Noël.

– Je sais. J'ai entendu. Ma mère me supplie de lui rapporter chaque soir une petite moisson d'histoires.

– Vraiment ? répondis-je avec un sourire. Quant à moi, si j'entends encore quelqu'un évoquer le dessert aux canneberges, je vais devenir folle ! Bon, il faut absolument que j'aille chercher un peu de bois.

– Tu veux dire en voler ?

– Eh bien… je crois que oui.

Il secoua la tête avec un petit rire.

– Tu n'as vraiment pas peur, n'est-ce pas ?

– Non, répondis-je. J'ai froid.

Il rit à nouveau.

– Tu veux m'accompagner ? demandai-je.

– Nan, je ferais mieux de rentrer. Sois prudente. Bonne nuit.

Trois jours plus tard, Mme Arvydas et Andrius arrivèrent avec une bouteille de vodka. Quand ils franchirent le seuil, tout le monde se tut brusquement. Mme Arvydas portait des bas. Ses cheveux étaient propres et même bouclés. Andrius, qui gardait les yeux baissés, fourra les mains dans ses poches, comme gêné. En réalité, cela m'était parfaitement égal qu'elle portât une robe propre et qu'elle n'eût pas faim. Et je pense qu'aucune femme de l'assemblée n'aurait souhaité échanger sa place contre la sienne.

– Un toast, portons un toast, dit Mère en levant

la bouteille de vodka à la santé de Mme Arvydas. À de bons amis !

Mme Arvydas lui sourit en retour. Mère but une gorgée de vodka à même la bouteille, puis esquissa un petit mouvement de danse en remuant les épaules. Alors chacun se mit de la partie, prenant de petites gorgées d'alcool et riant, savourant cet instant précieux. Andrius, appuyé contre le mur, nous observait, un grand sourire aux lèvres.

Cette nuit-là, je me laissai aller à de folles rêveries. J'imaginai que Papa venait participer à notre fête ; je l'imaginai marchant péniblement à travers la neige qui ne cessait de tomber pour rejoindre l'*Altaï* et arrivant juste à temps pour Noël avec mon mouchoir glissé dans sa poche de poitrine. *Dépêche-toi, Papa*, l'exhortai-je. *S'il te plaît, dépêche-toi.*

– Ne t'inquiète pas, Lina, dit Mère, il ne tardera pas. Il est parti chercher du foin pour la table.

Debout à la fenêtre, je contemplai la neige.

Jonas aidait Mère dans la salle à manger.

– Nous aurons donc douze plats demain, s'exclama-t-il en faisant claquer ses lèvres. Nous allons manger toute la journée !

Mère lissa la nappe blanche qui recouvrait la table de la salle à manger.

– Puis-je m'asseoir à côté de Grand-mère ? demanda Jonas.

La silhouette sombre de mon père apparut à l'autre bout de la rue avant même que j'eusse pu protester vigoureusement que je voulais, moi aussi, m'asseoir à côté de Grand-mère.

– Il arrive ! criai-je.

Sur ce, j'attrapai mon manteau et dévalai les marches du perron pour aller me planter au beau milieu de la rue.

La petite silhouette sombre se mit à grandir, grandir au fur et à mesure qu'elle approchait dans la lumière blafarde du crépuscule, à demi masquée par les flocons de neige. À l'autre bout de la rue, les clochettes d'un harnais de cheval tintèrent.

J'entendis la voix de mon père avant même de pouvoir distinguer son visage.

– Allons bon, qu'est-ce que c'est que cette fille soi-disant raisonnable qui se tient au beau milieu de la route quand il neige ?

– C'est simplement une fille dont le père est en retard, répondis-je en riant.

Le visage de Papa apparut, tout rouge et poudré de givre. Il portait un petit ballot de foin.

– Je ne suis pas en retard, dit-il en passant son bras autour de mes épaules. Je suis à l'heure, à l'heure pile.

51

La veille de Noël arriva. Je travaillai tout le jour à couper du bois. Le mucus qui s'écoulait de mon nez gela, formant une croûte autour de mes narines. J'occupai mon esprit à essayer de me rappeler tel ou tel détail de chacun des Noëls à la maison. Ce soir-là, personne n'engloutit sa ration de pain dans la queue. Au contraire, tous se saluèrent aimablement avant de retourner dans leurs huttes respectives pour procéder à une toilette sommaire. Mère et Jonas – qui semblait redevenu lui-même en quelque sorte – lavèrent leurs cheveux avec de la neige fondue et tentèrent de se nettoyer les ongles. Je fis de même. Après quoi, Mère, qui avait relevé ses cheveux avec des épingles et avait passé son bâton de rouge sur ses lèvres, posa sur mes joues trop pâles un peu de rouge qu'elle fit pénétrer en frottant.

– Ce n'est pas parfait, dit Mère tout en s'efforçant d'arranger nos cheveux et nos vêtements, mais nous faisons de notre mieux.

– Prends la photographie, dit Jonas.

Les autres avaient eu la même idée. Dans la hutte de M. Stalas – qui était étrangement silencieux –, il y avait une profusion de photographies – photos de familles, photos des êtres chers. Je vis un portrait de Mme Rimas et de son mari et notai qu'il était, comme elle, de petite taille. Sur la photo elle riait. Elle semblait toute différente – tellement plus robuste ! À présent, elle était comme affaissée, pareille à un ballon d'enfant crevé dont tout le gaz se serait échappé.

Nous nous assîmes par terre comme si nous étions autour d'une table. On avait mis au centre, en guise de nappe, un morceau de tissu blanc avec un peu de foin, et en face de chaque convive était posée une petite branche de sapin. Conformément à la tradition lituanienne, il y avait une place vide devant laquelle brûlait un bout de chandelle : la place réservée aux membres de la famille morts, disparus ou partis au loin. Devant ce « siège » vide, nos compagnons avaient disposé des photos de leur famille et de leurs amis. Très précautionneusement, je déposai à mon tour notre photo.

Après quoi je pris le petit ballot de nourriture que j'avais épargné pour cette occasion et le mis sur la prétendue table. Certaines personnes étaient arrivées avec de modestes surprises : une pomme de terre qu'ils avaient réussi à garder ou de menues choses qu'ils avaient chapardées. La Grincheuse étala devant elle une poignée de biscuits qu'elle avait dû acheter au village. Mère fit un tas d'histoires pour la remercier.

– Le garçon Arvydas et sa mère vous envoient ça, dit le Chauve. Pour la fin du repas, ajouta-t-il en lançant quelque chose qui atterrit avec un bruit sourd.

Il y eut des cris étouffés. Je ne pouvais en croire mes yeux. J'étais même si interdite que je me mis à rire. C'était du chocolat. Du *vrai* chocolat ! Et qui plus est, le Chauve ne l'avait pas mangé !

Jonas poussait des cris de joie.

– Chh..., Jonas, lui enjoignit Mère. Pas trop fort. Du chocolat ! ajouta-t-elle en regardant le paquet. C'est merveilleux ! Notre coupe déborde.

Le Chauve posa alors la bouteille de vodka sur la « table ».

– Voyons, gronda Mlle Grybas, vous devriez tout de même savoir qu'on ne boit pas à la fête de *Kucios*.

– Comment diable le saurais-je ? rétorqua le Chauve d'un ton sec.

– Peut-être à la fin du repas, suggéra Mère avec un petit clin d'œil.

– Je n'en veux pas et n'en prendrai pas une goutte, répondit le Chauve. Je suis juif.

Tout le monde leva les yeux.

– Mais... monsieur Stalas, demanda Mère, pourquoi ne pas nous l'avoir dit ?

– Parce que cela ne vous regarde pas, aboya-t-il.

– Voilà pourtant des jours et des jours que nous nous rassemblons pour préparer Noël. Et vous avez eu la grande gentillesse de nous permettre d'utiliser votre hutte. Si vous nous aviez avertis, nous aurions pu inclure dans nos festivités la célébration de *Hanoukka*.

– N'allez pas prétendre que je n'ai pas fêté les Maccabées, répondit M. Stalas en pointant le doigt en direction de Mère. Simplement, je ne parle pas à tort et à travers de ces choses-là comme vous tous, idiots que vous êtes !

Le silence tomba.

– Je n'aime pas m'étendre sur mes pratiques

religieuses, reprit-il. La religion est une affaire personnelle. Et honnêtement, la soupe aux graines de pavot, pouah !

Les convives, mal à l'aise, remuaient. Jonas se mit à rire. Il avait horreur de la soupe aux graines de pavot. Le Chauve se joignit à lui. Et bientôt, nous partîmes tous à rire – d'un rire convulsif, presque hystérique.

Des heures durant, nous restâmes assis autour de notre « table » de fortune à partager notre maigre festin, puis à chanter des cantiques de Noël. Mère demanda à M. Stalas de réciter la prière juive de *Hanoukka, Ma'oz Tsur*, « Puissant rocher de notre salut ». Il fallut le supplier longtemps pour qu'il y consentît. Il dit la prière, les yeux fermés, d'une voix différente de sa voix habituelle, et sans ce ton grinçant si désagréable qu'il avait en permanence.

Je contemplai notre photo de famille, qui trônait avec les autres devant la place vide. Nous avions toujours passé Noël à la maison. Il n'y avait jamais eu de Noël sans clochettes tintinnabulantes dans les rues ni sans tièdes odeurs s'échappant de la cuisine. Je me représentai la salle à manger plongée dans l'ombre, le lustre entortillé de toiles d'araignée et la table couverte d'une fine couche de poussière. Je pensai à mon père. Que faisait-il à présent ? Avait-il un tout petit quelque chose pour Noël – ne serait-ce qu'un minuscule morceau de chocolat à laisser fondre sur sa langue ?

Soudain, la porte de la hutte s'ouvre. Un coup de vent ? Non. Les gardes du NKVD. Ils se bousculent pour entrer, pointant leurs fusils sur nous.

– *Davaï!* hurle un des hommes.

Sur ce, il empoigne par le bras M. Lukas, l'Homme à la montre. Des protestations s'élèvent.

– S'il vous plaît, implore Mère, c'est la veille de Noël. N'essayez pas de nous faire signer la veille de Noël.

Sans même lui répondre, les gardes commencent à nous pousser dehors comme du bétail.

Il n'était pas question pour moi de partir sans Papa. Je me faufilai tant bien que mal de l'autre côté de la « table », attrapai notre photo de famille et la fourrai sous ma robe. Je la cacherais mieux une fois en route pour le bureau du kolkhoze. Kretzky ne remarqua rien. Il restait là, immobile, le fusil à la main, à contempler les photographies.

52

Ils nous firent travailler dur le jour de Noël. Je titubais de fatigue, n'ayant pas dormi du tout la nuit précédente. Quand je pus enfin retourner à la hutte, c'est à peine si je tenais debout. Mère avait offert à Oliouchka un paquet entier de cigarettes comme cadeau de Noël. En arrivant, je trouvai la paysanne assise à fumer, les pieds calés près du poêle. Où donc Mère s'était-elle procuré ces cigarettes ? Et pourquoi les avait-elle données à Oliouchka ? Elle ne cessait de lui donner des choses, et j'étais incapable d'en comprendre la raison.

Jonas arriva avec Andrius.

– Joyeux Noël ! dit-il.

– Merci pour le chocolat, fit Mère. Nous étions tous fous de joie.

– Andrius, attends une minute, dit Jonas. J'ai quelque chose pour toi.

– Moi aussi, j'ai quelque chose pour toi, déclarai-je en fouillant ma valise pour y prendre une feuille de papier.

– Ce n'est pas un très bon portrait, expliquai-je en tendant le croquis à Andrius, mais l'angle de vue est meilleur – et les narines, plus petites.

– Il est excellent au contraire, répondit Andrius en regardant mon croquis.

– Vraiment ?

Son regard étincelant s'empara du mien sans pouvoir s'en détacher.

– Merci.

J'ouvris la bouche. Aucun mot n'en sortit.

– Joyeux Noël ! finis-je par lâcher.

– Tiens ! dit Jonas à Andrius en tendant son poing fermé. Elle était à toi, puis tu l'as offerte à Lina. Et quand j'étais malade, elle m'en a fait cadeau. Je ne suis pas mort. Je pense donc que c'est un porte-bonheur. À ton tour de l'avoir !

Jonas ouvrit alors la main, laissant voir la pierre pailletée de quartz et de mica, et la donna à Andrius.

– Merci. Moi aussi, je crois qu'elle porte chance, répondit-il à Jonas en contemplant la pierre.

– Joyeux Noël, dit Jonas. Et merci pour les tomates.

– Je vais te raccompagner, proposa Mère. J'aimerais souhaiter un joyeux Noël à ta mère, si du moins il lui est possible de s'esquiver un moment.

Un peu plus tard, tandis que mon frère et moi étions étendus sur notre couche de paille, empaquetés dans nos manteaux, avec nos bottes aux pieds, Jonas me demanda :

– Tu te rappelles quand on dormait en pyjama ?

– Oui, avec des couettes en duvet d'oie, répondis-je.

Je m'enfonçai dans la paille, m'enfonçai dans le calme de la nuit et sentis le froid glacial de la terre battue ramper lentement le long de mon dos pour gagner mes épaules.

– J’espère que Papa dort sous une couette ce soir, murmura Jonas.

– Moi aussi, chuchotai-je. Joyeux Noël, Jonas.

– Joyeux Noël, Lina.

– Joyeux Noël, Papa, soufflai-je.

53

– Lina ! s'écria Andrius en se ruant dans notre hutte. Dépêche-toi ! Ils viennent te chercher.

– Qui ? demandai-je, très surprise, car je venais de rentrer du travail.

– Le commandant et Kretzky. Ils sont déjà en route.

Mère poussa un cri étouffé.

– Comment ? Pourquoi ?

Je pensai aussitôt au stylo volé caché au fond de ma valise.

– C'est que je… j'ai volé un stylo, fis-je.

– Quoi ? s'exclama Mère. Est-il possible d'être aussi insensée ? Voler quelque chose au NKVD !

– Il ne s'agit pas d'un stylo, intervint Andrius. Le commandant veut que tu fasses son portrait.

Interdite, je me tournai vers Andrius.

– Quoi ?

– Il est très narcissique, expliqua Andrius. Depuis longtemps déjà, il ne cesse de répéter qu'il a besoin d'un portrait pour le bureau du kolkhoze, un portrait destiné à sa femme…

– Sa femme ? questionna Jonas.

– Je ne peux pas faire ça, dis-je. Je serai incapable de me concentrer en sa présence. Il me met mal à l'aise, ajoutai-je en regardant Andrius.

– Je vais avec toi, dit Mère.
– Le commandant ne l'autorisera pas, répliqua Andrius.
– Je me briserai les mains plutôt que de faire ça, m'écriai-je. Je ne peux pas, un point c'est tout.
– Lina, tu ne feras rien de la sorte, gronda Mère.
– Si tu te casses les mains, tu ne pourras pas travailler, dit Andrius, et si tu ne travailles pas, tu mourras de faim.
– Est-ce qu'ils savent que Lina a d'autres dessins ? demanda Jonas à voix basse.
Andrius secoua la tête.
– Lina..., reprit Andrius en baissant la voix, il faudra que tu fasses un portrait... flatteur.
– Tu comptes donc m'apprendre à dessiner ?
Il soupira.
– J'aime tes dessins, Lina. Certains sont très réalistes, très ressemblants, mais d'autres sont – comment dire ? – déformés.
– Mais je dessine ce que je vois, ripostai-je.
– Tu sais parfaitement ce que j'entends par là.
– Et que vais-je avoir en compensation ? m'enquis-je. Je ne vais tout de même pas faire ce travail pour un morceau de pain ou deux ou trois cigarettes tordues !
On discuta de ce qu'il fallait demander. Mère voulait des timbres et des semences ; Jonas, des pommes de terre. Pour ma part, j'avais envie d'une hutte à nous et d'une couette en duvet d'oie. Pensant à ce qu'Andrius m'avait dit, je m'efforçai de déterminer ce qui était « flatteur ». Des épaules larges donneraient une idée de puissance. Si je le dessinais, la tête légèrement

tournée, j'accentuerais le côté volontaire de la forte mâchoire. Pour l'uniforme, ce serait facile. C'était son visage qui me tracassait. Lorsque je m'imaginais en train d'esquisser le commandant, je n'avais pas de problème – du moins tant que je n'en étais pas arrivée à la tête. Je ne pouvais m'empêcher de voir en esprit un uniforme propre et bien repassé de l'encolure duquel surgissait un nid de serpents venimeux ou bien un crâne aux orbites creuses fumant une cigarette. C'étaient des visions très fortes. Je brûlais de les représenter. J'en éprouvais un impérieux besoin. Mais je ne pouvais pas – et ne le pourrais évidemment pas avec le commandant en face de moi.

54

Un feu de bois crépitait dans le bureau du kolkhoze. La pièce sentait bon. J'enlevai mes moufles et me réchauffai les mains au-dessus des flammes.

Le commandant entra d'un pas énergique. Il portait un impeccable uniforme vert passepoilé de bleu. L'étui de son revolver était maintenu en place par une sangle noire qui lui barrait la poitrine. Je tentai d'enregistrer rapidement les moindres détails de sa tenue, espérant que cela me dispenserait de le regarder par la suite. Des bottes noires, un pantalon bleu, un chapeau bleu orné d'une bande framboise ; deux médailles d'or étincelantes accrochées sur le côté gauche de sa veste ; et, bien entendu, son éternel cure-dents, qu'il faisait danser avec sa langue. Je notai aussi au passage qu'il avait les yeux très enfoncés.

Approchant une chaise de son bureau, je m'assis et lui fis signe de s'asseoir à son tour. Il prit place en face de moi. Ses genoux touchaient presque les miens. Je reculai ma chaise, prétextant que je n'avais pas encore trouvé le bon angle.

– Le manteau, dit-il.

Je levai les yeux vers lui.

– Enlève-le.

Je ne bougeai pas.

Il me décocha alors un regard mauvais comme pour me transpercer. Puis, enroulant sa langue autour du cure-dents, il se mit à la promener à toute vitesse d'un côté à l'autre de sa bouche.

– Froid, dis-je, en me frottant les bras.

Le commandant roula des yeux.

Je respirai à fond avant de relever la tête. Il me dévisagea, puis parcourut mon corps des yeux.

– Quel âge as-tu ? demanda-t-il.

Voilà que ça recommençait. Je voyais des serpents onduleux sortir de son col et s'enrouler autour de sa figure en sifflant. Je clignai les paupières pour chasser ma vision. Un crâne grisâtre, alors, se substitua à sa tête. J'avais l'impression qu'il ricanait en claquant des mâchoires.

Je me frottai les yeux. « Il n'y a pas de serpents. Ne dessine pas les serpents. » Je comprenais à présent ce que Munch éprouvait. « Peignez les choses telles que vous les voyez », avait-il répété toute sa vie. « Même si, par une belle journée ensoleillée, vous ne percevez qu'obscurité et ténèbres. Peignez la journée comme vous la voyez, vous. » Je clignai de nouveau les paupières. « C'est impossible, me dis-je. Il m'est impossible de dessiner le commandant tel que je le vois. »

– Je ne comprends pas, fis-je.

Je mentais, bien entendu.

Je lui fis signe de tourner la tête vers la gauche.

Je dessinai d'abord une vague ébauche. Il me fallait commencer par l'uniforme. Je ne pouvais pas le regarder en face. J'essayai de travailler vite. Je refusais de passer une minute de plus que nécessaire auprès de cet homme. Rien qu'à rester assise en face de lui, je me sentais parcourue de frissons qui, semblait-il, ne pourraient jamais s'arrêter. « Comment faire son portrait en une heure ? Concentre-toi, Lina. Pas de serpents surtout. »

Le commandant n'était pas un bon modèle. Il ne cessait de réclamer instamment des pauses pour fumer. Je découvris que je pouvais le faire tenir tranquille un peu plus longtemps en lui montrant au fur et à mesure l'évolution de mon travail. Il était enchanté de lui-même, perdu dans la contemplation de sa propre image.

Au bout de quinze minutes pourtant, le commandant exigea une nouvelle pause. Il récupéra son cure-dents sur le bureau et sortit de la pièce.

J'examinai le portrait. Il s'en dégageait une impression de force et de puissance.

Komorov ne tarda pas à revenir, accompagné de Kretzky. Il m'arracha le bloc des mains et le montra au jeune garde blond en lui tapant sur l'épaule avec le dos de la main.

Bien que Kretzky eût le visage tourné vers le dessin, je sentais que c'était moi qu'il regardait. Le commandant lui dit quelques mots que je ne compris pas. Il lui répondit d'une voix très différente de celle qu'il prenait pour crier ses ordres. Une voix très jeune, étonnamment calme. Je gardai la tête baissée.

Komorov me rendit le bloc, puis il se mit à tourner autour de ma chaise à pas lents et réguliers. Après m'avoir observée une nouvelle fois, il aboya un ordre à Kretzky qui quitta aussitôt la pièce.

J'avais presque terminé mon croquis. Il ne restait plus que le chapeau. Le jeune garde blond revint avec un dossier qu'il remit au commandant. Celui-ci l'ouvrit et le feuilleta sans cesser de me regarder. Que disait donc ce dossier ? Disait-il quelque chose à propos de mon père ? Qu'est-ce que le commandant savait de nous ?

Je commençai à dessiner le chapeau avec une sorte de fureur. « Dépêche-toi, Lina. *Davaï !* » Voilà que Komorov me bombardait de questions en russe. Je n'en saisissais que bribes et morceaux.

– Tu dessines depuis ton enfance ?

Pourquoi voulait-il le savoir ? J'acquiesçai tout en lui faisant signe de tourner légèrement la tête.

– Qu'est-ce que tu préfères dessiner ? questionna-t-il en se prêtant à ma demande.

À quoi rimait cette conversation ? Où voulait-il en venir ? Je haussai les épaules.

– Ton artiste préféré ?

Je m'arrêtai et levai les yeux.

– Munch, répondis-je.

– Munch, hum..., fit-il en hochant la tête. Je ne connais pas Munch.

La bande framboise au-dessus du bord de son chapeau aurait eu besoin de quelques petits détails supplémentaires. Mais je me refusai à y passer du temps. Je me contentai de l'ombrer légèrement, vite, vite, après quoi, non sans précaution, j'arrachai la feuille de papier du bloc et la tendis au commandant.

Celui-ci laissa tomber le dossier pour s'emparer du dessin et fit quelques pas dans le bureau en admirant son portrait.

Le dossier était posé là, sur le bureau, à portée de main. Il contenait sûrement des renseignements sur mon père, au moins une petite indication, sinon une adresse, susceptible de m'aider à lui faire parvenir un dessin.

Komorov donna un ordre à Kretzky. Du pain. Oui, il disait à Kretzky de me donner du pain, alors que j'étais censée obtenir tout de même autre chose que du pain.

Une fois le commandant parti, je me mis à protester.

– *Davaï!* hurla le garde blond en désignant du doigt la porte d'entrée et en me faisant signe de sortir.

J'aperçus Jonas qui m'attendait au-dehors.

– Mais…, commençai-je.

Kretzky cria quelque chose et quitta la pièce par le fond.

Jonas entrebâilla l'autre porte et jeta un coup d'œil furtif dans le bureau.

– Il nous a dit d'aller derrière les cuisines, murmura Jonas. Je l'ai entendu. On nous donnera du pain.

– On était censés avoir des pommes de terre, rétorquai-je.

Le commandant était un menteur. J'aurais dû dessiner les serpents. En me retournant pour prendre mon bloc de papier, je vis le dossier oublié sur le bureau.

– Allez, viens, Lina! dit Jonas. J'ai faim.

– J'arrive, répondis-je, feignant de rassembler mes affaires.

Je m'emparai du dossier et le fourrai à l'intérieur de mon manteau.

– Oui, allons-y ! m'écriai-je en franchissant le seuil de la porte en toute hâte.

Jonas n'avait pas la moindre idée de ce que j'avais fait.

55

Nous gagnâmes le quartier du NKVD. Mon cœur battait à grands coups, et le sang grondait dans mes oreilles. Je tentai de me calmer, d'agir comme si de rien n'était. Jetant un regard rapide par-dessus mon épaule, je vis Kretzky, qui était sorti du bureau par la porte du fond, rejoindre dans l'obscurité les bâtiments du NKVD. Son grand manteau de lainage flottait autour de ses chevilles. Jonas et moi, nous l'attendîmes derrière les cuisines, comme il nous l'avait ordonné.

– Il ne viendra peut-être pas, dis-je, impatiente de retrouver notre hutte.

– Il *faut* qu'il vienne, rétorqua Jonas. Ils nous doivent de la nourriture en échange de ton dessin.

Kretzky apparut à la porte de service. Une miche de pain vola à travers les airs pour atterrir dans la boue. N'aurait-il pas pu nous tendre le pain ? Était-ce vraiment trop difficile pour lui ? Je haïssais Kretzky.

– Allez, viens, Jonas, dis-je, on y va.

Je m'apprêtais à partir quand, soudain, il se mit à pleuvoir des pommes de terre. Au même moment, j'entendis des rires fuser en provenance des cuisines.

– Vous êtes vraiment obligé de les jeter sur nous ? m'écriai-je en m'approchant de la porte. Elle était fermée, et la pièce, plongée dans l'ombre.

– Regarde, s'exclama Jonas en se précipitant pour les ramasser, il y en a plein !

La porte s'ouvrit. Une boîte de conserve vint heurter mon front de plein fouet. Des applaudissements éclatèrent, et je sentis aussitôt un liquide chaud dégouliner au-dessus de mon sourcil gauche. Boîtes de conserve et ordures continuaient à pleuvoir autour de nous. Le NKVD s'amusait à bombarder de détritus des enfants sans défense.

– Ils sont ivres. Dépêche-toi, Jonas, vite, avant qu'ils recommencent à nous canarder ! dis-je, craignant de finir par laisser tomber le dossier.

– Attends, il y a des trucs à manger là-dedans ! s'écria Jonas qui se pencha pour ramasser frénétiquement tout ce qu'il pouvait y avoir de comestible par terre.

Un projectile – un énorme sac, semblait-il – atteignit alors mon petit frère à l'épaule avec une telle violence qu'il le renversa. Des acclamations jaillirent.

– Jonas !

Je me précipitai pour l'aider. Quelque chose de mouillé s'abattit sur ma figure.

Kretzky apparut sur le seuil des cuisines et prononça quelques mots.

– Vite, vite, Lina, murmura Jonas. Il prétend que nous volons de la nourriture et menace de nous dénoncer.

Nous nous mîmes à courir en tous sens, le cou

tendu, telles des poules en quête de nourriture dans une basse-cour. Je levai le bras pour ôter le magma puant qui collait à mes paupières. Des pelures de pommes de terre pourries. Courbant la tête, je les mangeai.

– *Fachist svinia!* Cochons de fascistes! hurla Kretzky en claquant la porte.

Tout en pressant mon bras contre mon manteau de peur que le dossier ne glissât à terre, je remplis le creux de ma jupe de tout ce que je pus trouver, y compris des boîtes de conserve vides au cas où il resterait un petit quelque chose au fond. Jusqu'à ce qu'il me fût impossible d'en porter davantage. La partie gauche de mon front me lancinait. Je levai la main et sentis sous les doigts une bosse humide plus grosse qu'un œuf d'oie.

Andrius apparut alors à l'angle de la bâtisse.

– Je vois que tu as eu quelque chose en échange de ton dessin, dit-il en regardant autour de lui.

Sans prendre la peine de lui répondre, de ma main libre, je m'emparai des quelques pommes de terre qui traînaient encore au sol, les fourrant une à une dans mes poches et veillant férocement à ne pas en perdre une seule.

Andrius s'approcha du sac qui était entre mes pieds et s'apprêta à le soulever.

– Ne t'inquiète pas, dit-il en posant avec douceur sa main sur mon épaule. On prendra tout.

Je levai les yeux vers lui.

– Tu saignes, ajouta-t-il.

– Ce n'est rien, tout va bien, fis-je en ôtant une ultime pelure de pomme de terre de mes cheveux.

Jonas ramassa la miche de pain, tandis qu'Andrius hissait le gros sac sur son dos.

– Qu'y a-t-il là-dedans ? demanda Jonas.

– De la farine, répondit Andrius. Je vais le rapporter dans votre hutte. T'es-tu blessée au bras ? ajouta-t-il à mon adresse, voyant ma main crispée sur mon manteau.

Je secouai la tête.

Nous avançâmes péniblement à travers la neige sans souffler mot.

56

– Dépêche-toi, Jonas, dis-je à mon frère, dès que nous fûmes à bonne distance des bâtisses du NKVD. Je crains que Mère ne s'inquiète. File en avant et va vite lui dire que tout va bien.

Jonas partit comme une flèche en direction de notre hutte, tandis que je ralentissais le pas.

– Le NKVD a un dossier sur nous, murmurai-je tout en regardant la silhouette de mon frère rapetisser au fur et à mesure de sa course.

– Ils ont des dossiers sur tout le monde, répliqua Andrius.

Le lourd sac de farine avait glissé de son dos. D'un coup d'épaule, il le remit en place.

– Peut-être pourrais-tu me rendre un service, commençai-je.

Andrius secoua la tête en riant à demi.

– Impossible de voler un dossier, Lina. Ça n'a strictement rien à voir avec une bûche ou une boîte de tomates en conserve. C'est une chose d'entrer dans la cuisine et une autre de…

– Inutile de prendre le dossier, dis-je en m'arrêtant net à quelques pas de notre hutte.

– Quoi ?

Il s'arrêta à son tour.

– Inutile de voler le dossier, répétai-je en

regardant autour de moi avant d'entrouvrir mon manteau. Je l'ai déjà. Il traînait sur le bureau du commandant. Je voudrais simplement que tu le remettes à sa place quand je l'aurai lu.

Un flot de sang avait envahi le visage d'Andrius, manifestement sous le choc. Il tourna vivement la tête à droite et à gauche pour vérifier si nous étions bien seuls avant de m'attirer derrière une hutte.

– Tu as perdu la tête, Lina ! chuchota-t-il. Tu veux vraiment te faire tuer ?

– Le Chauve dit que tout est écrit dans nos dossiers : l'endroit où nous sommes envoyés, et peut-être même ce qui est arrivé au reste de notre famille. Tout, absolument tout s'y trouve.

Sur ce, je m'accroupis, laissant échapper les boîtes de conserve et les débris de nourriture que je transportais dans le creux de ma jupe, pour prendre le dossier caché à l'intérieur de mon manteau.

– Tu ne peux pas faire une chose pareille, Lina. Donne-moi ce dossier tout de suite. Je vais le rapporter immédiatement.

On entendait un bruit de pas qui approchait. Andrius se plaça devant moi. Quelqu'un passa.

Laissant tomber le sac, il tendit le bras pour attraper le dossier. Je m'éloignai prestement et l'ouvris. Mes mains tremblaient. Il y avait là des photos de notre famille et une liasse de papiers agrafés. Ma gorge se serra. Tout était écrit en russe. J'aurais dû m'y attendre. Je me tournai vers Andrius. Il m'arracha le dossier des mains.

– S'il te plaît, l'implorai-je. Traduis-moi ce qui est écrit là.

– Es-tu vraiment égoïste à ce point ? Ou simplement idiote ? Ils vont te tuer, toi et ta famille.

– Non, rétorquai-je en l'agrippant par le bras. S'il te plaît, Andrius. Cela pourrait m'aider à trouver mon père. Tu as entendu ce qu'il m'a dit dans le train. Je peux l'aider à nous retrouver. Je peux lui envoyer mes dessins. J'ai juste besoin de savoir où il est. Je... Je sais que tu peux comprendre.

Il me fixa des yeux un long moment, puis, soudain, ouvrit le dossier.

– Je ne lis pas le russe aussi couramment que tu sembles l'imaginer, dit-il en parcourant rapidement des yeux les papiers.

– Qu'est-ce qui est écrit ?

– Étudiants à l'université, répondit-il sans cesser de regarder par-dessus son épaule. Ce mot-là signifie « artiste ». Il s'agit de toi. Ton père, ajouta-t-il en posant son index sous un mot.

– Oui. Que signifie ce mot ?

– « Emplacement. »

Je me serrai contre Andrius.

– Quel emplacement ? Peux-tu déchiffrer ?

– Krasnoïarsk. Camp de prisonniers.

– Papa est à Krasnoïarsk ?

Je me rappelai effectivement avoir noté Krasnoïarsk sur la carte destinée au NKVD.

– Il me semble que ce mot veut dire « crime » ou « accusation », dit-il en désignant du doigt quelque chose sur la feuille. Ton père est... est...

– Est quoi ?

– Je ne connais pas ce mot-là, murmura Andrius.

Après quoi, refermant le dossier d'un coup sec, il le glissa à l'intérieur de son manteau.

– Que dit encore le dossier ?

– Rien de plus.

– Est-ce que tu peux essayer de trouver le sens du mot ? Celui qui concerne mon père ?

– Et si je me fais prendre avec ça ? s'écria Andrius, soudain furieux.

Et s'il était pris en effet ? Que lui feraient-ils ? Il tourna les talons, comme pour partir. Je l'attrapai par le bras.

– Merci, dis-je. Merci beaucoup.

Il se contenta d'acquiescer d'un signe de tête et se dégagea brusquement de mon étreinte.

57

Mère fut émerveillée devant cette manne. Nous décidâmes d'en manger la plus grande partie au cas où le NKVD chercherait à la reprendre. Les sardines en boîte étaient absolument exquises et valaient bien la douloureuse entaille que j'avais au front. Le seul contact de l'huile avec ma langue me procurait une divine sensation de douceur soyeuse.

Mère offrit une pomme de terre à Oliouchka et invita même celle-ci à partager notre repas. Elle avait compris que la paysanne serait moins tentée d'aller raconter, si elle participait au festin, que nous avions eu un supplément de nourriture. Je ne supportais pas que Mère se montrât aussi généreuse avec Oliouchka. N'avait-elle pas essayé de jeter Jonas dehors, dans la neige, quand il était malade ? Et lorsqu'il s'agissait de nous voler, elle n'hésitait pas une seconde. En revanche, elle ne se gênait pas pour manger œuf après œuf devant nous. Jamais elle n'aurait songé à partager quoi que ce fût avec nous.

J'étais très soucieuse à propos d'Andrius et ne cessais de me demander s'il avait réussi à remettre, ni vu ni connu, le dossier à sa place.

Et quel était le mot qu'il avait désigné du doigt sous la rubrique «crime» ou «accusation»? Je refusais de croire que mon père eût commis le moindre délit. Je tournai et retournai le problème dans mon esprit. Mme Raskunas travaillait, elle aussi, à l'université, et pourtant elle n'avait pas été déportée. Je la revoyais en train de nous regarder à la dérobée par la fenêtre, la nuit de notre arrestation. Les professeurs de l'université n'avaient donc pas été tous déportés. Alors pourquoi Papa? J'avais envie de dire à Mère qu'il avait été envoyé à Krasnoïarsk, mais il fallait m'en garder. Elle se serait beaucoup trop inquiétée à l'idée de le savoir en prison et, en outre, elle aurait été très fâchée contre moi. Non seulement parce que j'avais volé le dossier, mais parce que j'avais mis de la sorte Andrius en danger. Et, comme moi, elle se serait fait du mauvais sang à son sujet.

Ce soir-là, j'arrachai de mon écritoire les derniers dessins et les cachai avec les autres sous la doublure de ma valise. Il ne restait plus que deux feuilles de papier. Je laissai mon crayon errer un instant autour de la page, puis je levai les yeux. Mère et Jonas bavardaient à voix basse. Je roulai nerveusement le crayon entre mes doigts avant de dessiner un col d'uniforme. Alors, presque à mon insu, apparut un serpent qui vint se lover au-dessus du col. Je me hâtai de l'effacer.

Le lendemain soir, en rentrant de mon travail, je croisai Andrius. Je scrutai son visage avec anxiété. Il hocha la tête, et je sentis aussitôt mes épaules se détendre. Il avait donc réussi à remettre le dossier à sa place. Mais avait-il trouvé la signification du mot? Je le lui demandai avec un sourire. Il secoua la tête, manifestement agacé, mais n'en esquissa pas moins une ébauche de sourire.

Un peu plus tard, je ramassai par terre un morceau d'écorce de bouleau, plat et mince, et le rapportai à notre hutte. Je passai la soirée à ornementer les bords avec des motifs de broderie lituaniens. Au centre, je dessinai notre maison de Kaunas, ainsi que quelques symboles de notre pays. Et en bas, j'écrivis : « À remettre au camp de prisonniers de Krasnoïarsk. Avec toute l'affection de Mlle *Altaï* », après quoi j'ajoutai ma signature – un vrai gribouillis, disait Papa –, et la date.

– Qu'est-ce que je suis censée faire avec ça ? questionna la Grincheuse quand je l'abordai.

– Donnez-le au premier Lituanien que vous rencontrerez en allant au village, répondis-je. Et dites-lui de le faire passer. Il faut qu'il arrive à la prison de Krasnoïarsk.

La Grincheuse regarda attentivement mes dessins : le blason de la Lituanie, le château de Trakai, notre saint patron, Casimir, et enfin la cigogne, notre oiseau national, l'emblème de notre pays.

– Tenez, dis-je en lui tendant une petite culotte en lambeaux que je tenais serrée dans ma main. Peut-être une de vos filles pourra-t-elle s'en servir. Je sais que ce n'est pas grand-chose, mais…

– Gardez-la, dit la Grincheuse, qui était toujours en train de contempler mes dessins. Je ferai passer votre message.

58

22 mars. Mon seizième anniversaire. Mon anniversaire oublié. Ce matin-là, Mère et Jonas avaient tous deux quitté la hutte pour aller travailler sans faire la moindre allusion à mon anniversaire. Qu'attendais-je donc ? Une célébration en règle ? Nous n'avions quasiment rien à manger. Mère échangeait ce qu'elle pouvait contre des timbres afin d'envoyer des lettres à mon père. Je me serais bien gardée de lui rappeler mon anniversaire ; elle se serait sentie presque monstrueuse à la seule idée de ne pas y avoir pensé. Le mois précédent, j'avais commis l'erreur de lui signaler que c'était l'anniversaire de Grand-mère. Pendant des jours et des jours, elle avait été bourrelée de remords. Comment avait-elle pu oublier ainsi l'anniversaire de sa propre mère ?

Je passai ma journée à empiler du bois tout en imaginant la fête que l'on aurait donnée en mon honneur là-bas, en Lituanie. À l'école, tout le monde m'aurait souhaité un bon anniversaire. À la maison, chacun aurait mis ses plus beaux habits. Un ami de Papa aurait pris des photos. Le soir, nous serions allés dîner dans un luxueux restaurant de Kaunas. Et Joana m'aurait envoyé un cadeau. Bref, la journée tout entière aurait eu quelque chose de spécial, de différent.

Je songeai à mon dernier anniversaire. Mon père était arrivé en retard au restaurant. Je lui avais dit que je n'avais rien reçu de Joana et il s'était contenté de répondre : « Elle est probablement très occupée. » J'avais déjà remarqué que, depuis quelque temps, il se raidissait chaque fois que j'évoquais ma cousine. Ce jour-là encore.

Staline m'avait confisqué mon père et ma maison. Et voilà qu'il me confisquait mon anniversaire. Ce soir-là, en rentrant du travail, je me traînai misérablement dans la neige. Quand je m'arrêtai pour faire la queue et toucher ma ration de pain, je tombai sur Jonas.

– Dépêche-toi, dit-il. Mme Rimas a reçu une nouvelle lettre de Lituanie – une très grosse lettre !

– Aujourd'hui ? demandai-je.

– Oui ! s'écria-t-il. Dépêche-toi, Lina ! Rendez-vous à la hutte de M. Stalas.

La queue avançait très lentement. Je pensai à la première lettre que Mme Rimas avait reçue et me rappelai comme il faisait bon dans sa cabane remplie à craquer de visiteurs. Andrius viendrait-il cette fois encore ?

Ayant enfin touché ma ration de pain, je courus à travers la neige jusqu'à la hutte de M. Stalas. J'y trouvai une foule de gens serrés les uns contre les autres et formant un cercle. J'aperçus Jonas et le rejoignis tant bien que mal.

– Qu'est-ce que j'ai manqué ? chuchotai-je.

– Seulement ça, répondit-il d'un air mystérieux.

La foule s'écarta, et je vis Mère.

– Bon anniversaire ! se mirent-ils tous à crier.

Ma gorge se noua.

– Bon anniversaire, ma chérie ! s'écria Mère en me serrant dans ses bras.

– Bon anniversaire, Lina, dit Jonas. Est-ce que tu as pensé qu'on l'avait oublié ?

– Honnêtement, oui.

– Eh bien, non, nous ne l'avons pas oublié, fit Mère en m'étreignant plus fort.

Je cherchai des yeux Andrius. Il n'était pas là.

L'assemblée entonna alors un chant. Après quoi nous nous assîmes pour manger ensemble notre pain. L'Homme à la montre évoqua son seizième anniversaire. Mme Rimas parla de son glaçage au beurre spécial gâteaux d'anniversaire. Elle se leva même pour mimer la manière dont elle appuyait le bol contre sa hanche et fouettait le mélange à l'aide d'une spatule. Je me rappelai la consistance crémeuse et le goût sucré de cette sorte de glaçage.

– On a un cadeau pour toi, annonça Jonas.

– Un cadeau, vraiment ?

– Enfin, il n'est pas emballé, répondit Mère, mais on peut tout de même dire que c'est un cadeau.

Sur ce, Mme Rimas me tendit un bloc de papier et un bout de crayon.

– Oh, merci ! m'écriai-je. Mais où avez-vous déniché ça ?

– Nous ne pouvons pas divulguer nos secrets, répondit Mère. Désolée, ce n'est pas du papier uni mais du papier rayé ; on n'a rien trouvé d'autre.

– Oh, mais c'est magnifique ! dis-je. Peu importe que ce soit du papier à lignes.

– Tu dessineras plus droit, commenta Jonas avec un sourire.

– Lina, dit Mère, il faut que tu fasses un dessin pour te rappeler ton anniversaire. Un anniversaire unique. Bientôt tout cela ne sera plus qu'un souvenir.

– Un souvenir, pouah! maugréa le Chauve. Assez de festivités. Sortez. Je suis fatigué.

– Merci de nous avoir accueillis, fis-je.

En guise de réponse, il se contenta de grimacer et d'agiter les mains comme pour nous chasser.

Bras dessus, bras dessous, nous reprîmes le chemin de notre hutte. Levant les yeux, je notai que le ciel était d'un gris jaunâtre qui semblait annoncer une nouvelle chute de neige.

– Lina.

Andrius, qui devait s'être caché derrière la hutte de M. Stalas, s'avançait à ma rencontre. Mère et Jonas lui adressèrent un signe de la main et continuèrent leur route sans moi.

– Bon anniversaire, dit-il.

– Mais comment le savais-tu? demandai-je en m'approchant de lui.

– C'est Jonas qui m'a prévenu.

Il avait le bout du nez rouge.

– Tu aurais pu entrer, lui dis-je.

– Je sais bien.

– As-tu trouvé la signification du mot dans le dossier?

– Non. Je ne suis pas venu pour ça. Je suis venu… t'apporter quelque chose.

Et Andrius découvrit un paquet enveloppé d'une étoffe qu'il avait caché jusque-là derrière son dos.

– Bon anniversaire, répéta-t-il.

– Tu m'as apporté quelque chose ? Oh, merci ! Dire que je ne connais même pas la date de ton anniversaire !

Je pris le paquet. Andrius s'apprêta à partir.

– Attends un peu, assieds-toi, fis-je en désignant une grosse bûche posée devant une hutte.

Nous nous assîmes l'un à côté de l'autre. Le front d'Andrius se plissa. Il avait une expression inquiète, comme s'il doutait de son choix. Je retirai l'étoffe.

– Je... Je ne sais pas quoi dire, bégayai-je en levant les yeux vers lui.

– Eh bien, dis que tu l'aimes.

– Je l'adore !

J'adorais vraiment son cadeau. Un livre. Dickens.

– Ce n'est pas *Les Aventures de M. Pickwick*. Celui que j'ai fumé, n'est-ce pas ? ajouta-t-il en riant. Non. C'est *Dombey et Fils*. Le seul Dickens que j'aie pu trouver.

Il souffla au creux de ses mains gantées, puis les frotta l'une contre l'autre. Son haleine chaude monta en tournoyant dans l'air comme une volute de fumée.

– C'est parfait, dis-je.

J'ouvris le livre. C'était une édition russe en caractères cyrilliques.

– Tu vas être obligée de te mettre au russe, Lina, sinon tu ne pourras pas lire ton livre.

Je fis mine de prendre un air renfrogné.

– Où l'as-tu déniché ?

Il respira à fond et, pour toute réponse, se contenta de secouer la tête.

– Hum... hum ! fis-je. Et si nous le fumions tout de suite ?

– Pourquoi pas ? J'ai bien essayé d'en lire quelques pages, mais…

Et il simula un bâillement.

Je ris.

– Eh bien, Dickens peut être quelquefois un peu long à démarrer.

Je contemplai le livre posé sur mes genoux. La couverture de cuir bordeaux était lisse sous les doigts et bien tendue. Le titre y était gravé en lettres d'or. C'était un beau, un vrai présent, et même le présent idéal. Soudain, j'eus l'impression que c'était *vraiment* mon anniversaire.

– Merci, répétai-je en regardant Andrius.

J'appuyai mes moufles contre ses joues, puis attirai son visage vers le mien et l'embrassai. Il avait le nez froid mais les lèvres chaudes ; sa peau sentait bon. Je sentis mon cœur tressaillir. Je reculai sans quitter des yeux son beau visage. J'avais le souffle coupé.

– C'est un merveilleux cadeau, Andrius. Je ne sais pas comment te remercier.

Andrius restait là, assis sur la bûche, comme frappé de stupeur. Je me levai.

– C'est le 20 novembre, déclara-t-il.

– Quoi ?

– Mon anniversaire.

– Je m'en souviendrai. Bonne nuit, fis-je.

Et je m'en allai. La neige commençait à tomber. À peine avais-je fait quelques pas que j'entendis une voix derrière moi.

– Ne le fume pas tout de suite !

– Je n'en ferai rien, rassure-toi, lançai-je par-dessus mon épaule en serrant contre moi mon trésor.

59

Jonas et moi déblayâmes la neige et la gadoue qui recouvraient notre petit carré de pommes de terre pour permettre au soleil de l'atteindre. D'après le thermomètre suspendu à l'extérieur du bureau du kolkhoze, la température était juste au-dessous de zéro. Je pouvais à présent déboutonner mon manteau.

Mère arriva en courant dans la hutte, le visage rose d'émotion. Elle serrait dans sa main une enveloppe, et ses doigts tremblaient. Elle venait de recevoir une lettre de l'intendante de notre cousine qui lui disait, en langage codé, que Papa était vivant. Elle m'étreignit sur son cœur en répétant à l'infini «oui» et «merci».

La lettre ne spécifiait pas l'endroit où mon père avait été envoyé. Je regardai la ride qui était apparue entre les sourcils de Mère après notre déportation et n'avait cessé de se creuser depuis. Peut-être était-ce déloyal en fin de compte de lui cacher que Papa était à Krasnoïarsk. Je lui avouai donc que j'avais consulté le dossier nous concernant et que j'avais ainsi appris où il se trouvait. Scandalisée à l'idée que j'eusse pris de pareils risques, elle réagit sur le coup avec colère, mais dans les jours qui suivirent, son attitude changea, et je crus même percevoir dans sa voix des inflexions de bonheur.

– Il nous retrouvera, Mère, il nous retrouvera ! lui dis-je, songeant au petit morceau d'écorce de bouleau déjà en route vers Papa.

Le camp redoublait d'activité. On livra des caisses en provenance de Moscou. Selon Andrius, quelques-unes d'entre elles contenaient des boîtes remplies de fichiers. Un certain nombre de gardes partirent, remplacés par d'autres. J'aurais voulu que Kretzky fût de leur nombre. En sa présence, j'éprouvais une peur constante, me demandant toujours s'il n'allait pas me jeter quelque chose à la figure. Mais Kretzky ne partit pas. Je notai qu'Andrius et lui échangeaient de temps à autre de brèves conversations. Un jour que je me rendais dans la forêt pour couper du bois, je vis arriver des camions chargés d'agents du NKVD, officiers et soldats d'escorte. Ils me semblèrent très différents de ceux à qui nous avions eu affaire jusque-là. Ils portaient des uniformes d'une autre couleur et marchaient d'un pas raide.

À présent, peut-être parce que j'avais été contrainte de faire le portrait du commandant, je dessinais tout ce que je voyais ou ressentais. Dans certains de mes croquis, comme dans ceux de Munch, la douleur irradiait ; dans d'autres, il y avait plus qu'une note d'espoir : un ardent désir de vivre. Mais tous évoquaient notre existence ici avec une fidèle précision qui aurait certainement été considérée comme antisoviétique. Chaque soir, je lisais une demi-page de *Dombey et Fils*. Je butais contre chaque mot et demandais sans cesse à Mère de traduire.

– C'est écrit dans un russe ancien, très académique, dit Mère. Si tu apprends à parler dans ce livre, tu auras l'air d'une érudite.

Andrius commença à prendre l'habitude de me retrouver dans la queue de rationnement. Je coupai le bois avec un peu plus d'acharnement, espérant que la journée s'écoulerait ainsi plus vite, et me lavai la figure avec une poignée de neige avant de rentrer. J'essayai aussi de me brosser les dents et de peigner avec les doigts mes cheveux emmêlés.

Un soir, j'entendis chuchoter derrière moi. C'était la voix d'Andrius.

– Alors combien de pages as-tu fumées jusqu'ici ?

– Près de dix, répondis-je en le regardant par-dessus mon épaule.

– Tu dois parler presque couramment le russe maintenant, dit-il d'un air taquin en tirant sur mon bonnet.

– *Peerestan*, lâchai-je avec un sourire.

– « Arrête », dis-tu ? Ah, très bien ! Tu as donc vraiment appris quelque chose. Et ce mot – *krassivaïa* –, tu le connais ?

Je me retournai.

– Qu'est-ce que ça signifie ?

– Il faut que tu l'apprennes, déclara Andrius.

– Bon, d'accord, dis-je, je le ferai.

– Sans demander à ta mère – promis ?

– Oui. Peux-tu le répéter encore une fois ?

– *Krassivaïa*. Il faut vraiment que tu l'apprennes par toi-même.

– J'ai compris, Andrius.

– Nous verrons, dit-il.

Et il s'éloigna avec un sourire.

60

C'était la première journée de printemps. Il faisait doux, presque tiède. Je retrouvai Andrius dans la queue de rationnement.

– Hier soir, me vantai-je tout en prenant ma ration de pain, j'ai réussi à lire deux pages entières – sans aucune aide.

Andrius ne répondit pas. Il avait le visage sombre.

– Lina, commença-t-il en me prenant par le bras.

– Qu'y a-t-il ?

– Pas ici. Viens.

Et, sans souffler mot, il me guida avec douceur derrière une hutte proche.

– Qu'y a-t-il ? répétai-je.

Il jeta un coup d'œil par-dessus son épaule.

– Que se passe-t-il ?

– Ils vont déplacer des quantités de gens, chuchota-t-il.

– Le NKVD ?

– Oui.

– Où ? demandai-je.

– Je ne sais pas encore.

La petite flamme que j'avais vue danser dans ses yeux la veille avait disparu.

– Pourquoi vont-ils déplacer des gens ? Comment as-tu découvert ça ?

– Lina..., fit-il en se cramponnant à mon bras.

Son expression m'effrayait.

– Dis-moi...

– Tu es sur la liste, répondit-il en me prenant la main.

– Quelle liste ?

– La liste des personnes qui vont être déplacées. Jonas et ta mère, eux aussi, sont sur la liste.

– Savent-ils que j'ai pris le dossier ? demandai-je.

Il fit non de la tête.

– Qui te l'a dit ?

– Je n'en sais pas plus, reprit-il sans répondre à ma question.

Il baissa les yeux et serra ma main dans la sienne. Je contemplai nos mains enlacées.

– Et toi, Andrius, demandai-je encore d'une voix hésitante, est-ce que tu es sur la liste ?

Il me regarda, puis secoua la tête.

Lâchant sa main, je m'enfuis à toutes jambes. J'eus bientôt dépassé les misérables huttes. Mère. Je devais en parler à Mère sans tarder. Où allaient-ils nous transférer ? Était-ce parce que nous avions refusé de signer ? Qui d'autre figurait sur la liste ?

– Lina, calme-toi ! ordonna Mère. Doucement, doucement.

– Ils vont nous transférer ailleurs. Andrius me l'a dit.

Je haletais.

– Peut-être allons-nous rentrer en Lituanie, suggéra Jonas.

– Exactement ! renchérit Mère. Ou peut-être vont-ils nous emmener dans un meilleur endroit.

– Peut-être qu'on va retrouver Papa, continua Jonas.

– Mère, intervins-je, nous n'avons pas signé, rappelle-toi, nous avons refusé de le faire. Si vous aviez vu l'expression d'Andrius, vous ne parleriez pas ainsi tous les deux.

– Où est Andrius ? questionna Jonas.

– Je ne sais pas, répondis-je. En tout cas, il n'est pas sur la liste.

Mère quitta alors la hutte pour essayer de trouver Andrius et Mme Rimas. Je me mis à arpenter nerveusement la cabane.

Mon père faisait les cent pas dans la pièce. Le plancher craquait et grinçait, comme pour s'en plaindre.

– La Suède serait préférable, dit Mère.

– C'est impossible, expliqua Papa. L'Allemagne est leur seul choix.

– Kostas, nous devons les aider.

– Nous les aidons. Ils prendront un train pour la Pologne et, de là, on organisera leur passage vers l'Allemagne.

– Et les papiers ? demanda Mère.

– Tout est réglé.

– Je me sentirais mieux si c'était la Suède.

– Je te le répète, c'est impossible. Ce sera l'Allemagne.

– Qui va en Allemagne ? lançai-je de la salle à manger.

Silence.

– Lina, je ne savais pas que tu étais là, dit soudain Mère qui sortait de la cuisine.

– Je fais mes devoirs.

– Un collègue de ton père part pour l'Allemagne, déclara Mère.

– Je serai de retour pour le dîner.

Papa déposa un baiser sur la joue de Mère avant de sortir précipitamment par la porte de service.

La nouvelle d'un transfert imminent se répandit à travers le camp comme une traînée de poudre. Les gens entraient précipitamment dans une hutte pour en sortir aussitôt et se ruer dans une autre. Les spéculations allaient bon train et les récits se modifiaient de minute en minute. Un instant plus tard, d'autres versions de la nouvelle avaient surgi. Certains déclaraient qu'un contingent supplémentaire de soldats d'escorte était arrivé au camp. Un autre prétendit avoir vu un groupe de gardes du NKVD en train de charger leurs fusils. Quelle était la vérité ? Personne ne connaissait la vérité.

Oliouchka ouvrit la porte de la hutte toute grande. Après avoir dit quelques mots à Jonas, elle sortit précipitamment.

– Elle va essayer de trouver Mère, expliqua Jonas.

– Sait-elle quelque chose ? demandai-je.

Il ne me répondit pas. Presque aussitôt, Mlle Grybas entra en courant dans notre hutte.

– Où est votre mère ? demanda-t-elle.

– Elle est partie à la recherche d'Andrius et de Mme Rimas, répondis-je.

– Mme Rimas est avec nous. Amenez-la dans la hutte de M. Stalas.

Nous attendîmes. Je ne savais que faire. Devais-je préparer ma valise ? Allions-nous vraiment quitter le camp ? Se pouvait-il que Jonas eût raison ? Était-il possible que l'on nous rapatriât ? Pourtant, nous n'avions pas signé. J'étais incapable de chasser de mon esprit l'expression soucieuse que j'avais surprise sur le visage d'Andrius quand il m'avait appris que nos noms figuraient sur la liste. Comment pouvait-il le savoir ? Et comment savait-il qu'il n'y était pas, lui ?

Mère revint. Une foule de gens était déjà rassemblée dans la hutte de M. Stalas. Il fallut jouer des coudes pour nous frayer un passage et y entrer à notre tour.

– Silence ! dit l'Homme à la montre. Asseyez-vous, s'il vous plaît. Écoutons ce qu'Elena a à nous annoncer.

– Il ne s'agit pas d'une simple rumeur, déclara Mère. Il y a bien une liste, et il est question de transférer un certain nombre de personnes.

– Comment Andrius l'a-t-il découvert ? demanda Jonas.

– Mme Arvydas a eu des informations. J'ignore comment elle se les est procurées, ajouta Mère en détournant les yeux. Quoi qu'il en soit, mon nom et celui de mes enfants figurent sur la liste. Celui de Mme Rimas également. Quant à vous, mademoiselle Grybas, vous n'êtes pas sur la liste. C'est tout ce que je sais.

Chacun voulait savoir s'il était sur la liste. Les questions se mirent à fuser de toutes parts.

– Cessez donc de jacasser ainsi, intervint le Chauve. Mme Vilkas vous a déjà dit qu'elle n'en savait pas plus.

– Un point intéressant, fit remarquer l'Homme à la montre. Mlle Grybas n'est pas sur la liste. Or elle n'a pas signé. Il ne s'agit donc pas seulement de ceux qui ont refusé de signer.

– S'il vous plaît, implora Mlle Grybas d'une voix étranglée, ne me laissez pas ici.

– Arrêtez de pleurer comme un veau, dit le Chauve. Nous ne savons pas encore ce qui va se passer.

J'essayai de saisir le mode de fonctionnement du NKVD. De comprendre selon quels critères ils nous avaient sélectionnés pour le transfert imminent. Mais il n'y avait pas de schéma préétabli. La psychologie de la terreur chère à Staline semblait reposer sur l'ignorance dans laquelle chacun était de son sort.

– Il faut nous préparer, déclara M. Lukas tout en remontant sa montre. Rappelez-vous l'interminable voyage que nous avons fait pour venir ici. Nous sommes loin d'être aussi solides qu'à cette époque. Si nous devons à nouveau affronter un tel voyage, il faut absolument nous y préparer.

– Vous ne pensez tout de même pas qu'ils vont nous remettre dans les wagons à bestiaux ? demanda Mme Rimas d'une voix entrecoupée.

À ces mots, une onde de cris, de soupirs et de sanglots parcourut le groupe.

Nous préparer ! Comment était-ce possible ? Aucun d'entre nous n'avait la moindre réserve de nourriture. On était tous sous-alimentés et très affaiblis. On avait vendu quasiment tous nos objets de valeur.

– Si ces informations sont exactes et si je ne

pars pas avec vous, annonça Mlle Grybas, je signerai les papiers.

Je bondis.

– Non ! Il ne faut pas.

– Taisez-vous, dit Mme Rimas. Vous avez perdu l'esprit.

– Détrompez-vous, rétorqua Mlle Grybas en ravalant ses larmes, je n'ai pas perdu l'esprit, bien au contraire. Si Elena et vous partez, je me retrouverai presque seule. En ce cas, l'unique solution pour moi sera de signer, car j'aurai ainsi l'autorisation de faire la classe aux enfants du camp. Même si mon russe est médiocre, je pourrai tout de même enseigner. En outre, j'aurai également la possibilité d'aller au village, chose indispensable si je reste seule. Et vous savez très bien que l'accès au village n'est accordé qu'à ceux qui ont signé. De cette manière, je pourrai continuer à écrire des lettres pour tous.

– Ne prenons aucune décision hâtive, dit Mère en tapotant la main de Mlle Grybas.

– Peut-être s'agit-il d'une erreur après tout, fit Mme Rimas.

Mère baissa la tête et ferma les yeux.

61

Tard dans la soirée, Andrius débarqua dans notre hutte et s'entretint un long moment dehors avec Mère.

– Andrius voudrait parler avec toi, me dit-elle en rentrant dans la cabane.

Oliouchka lui glissa alors quelques mots en russe. Mère acquiesça d'un signe de tête.

Je sortis. La neige avait fondu et la boue commencé à durcir. Andrius m'attendait, les mains dans les poches.

– Salut ! fit-il en s'amusant à effriter la terre du bout de son soulier.

– Salut ! répondis-je, les yeux obstinément fixés sur la rangée de huttes.

La brise jouait avec le bout de mes cheveux. Je finis par rompre le silence.

– Il commence à faire bon.

– Ouais, dit Andrius en levant les yeux vers le ciel. Allons faire un tour.

Nous restâmes d'abord silencieux.

– Sais-tu où ils nous emmènent ? finis-je par demander quand nous eûmes dépassé la hutte de M. Stalas.

– J'ai cru comprendre qu'ils allaient vous

transférer dans un autre camp. Il semblerait qu'un certain nombre de gardes partent, eux aussi. Ils font leurs bagages.

– Je ne peux pas m'empêcher de penser à mon père et à ce qui est écrit à son sujet dans notre dossier.

– Lina, j'ai trouvé le sens du mot que tu cherches.

Je m'arrêtai et lui jetai un regard interrogateur.

Il tendit le bras pour écarter doucement les mèches de cheveux qui me tombaient dans les yeux.

– Il veut dire « complice ».

– Complice ?

– Cela signifie probablement que ton père a essayé d'aider des personnes en danger.

– C'est effectivement le genre de choses qu'il ferait ou qu'il a dû faire. Mais tu ne crois pas qu'il ait commis un crime ou un délit quelconque, n'est-ce pas ?

– Bien sûr que non ! répondit Andrius. Nous ne sommes pas des criminels, Lina. Enfin, peut-être en es-tu une – toujours à voler des bûches, des stylos et même des dossiers.

Il me jeta un coup d'œil et ébaucha un sourire qu'il réprima presque aussitôt.

– Oh, tu peux parler ! Tu devrais plutôt dire… des tomates, du chocolat, de la vodka…

– … et Dieu sait quoi encore ! m'interrompit-il.

Et, prenant ma main, il l'embrassa.

Nous continuâmes à marcher en silence, main dans la main.

– Andrius, commençai-je soudain, j'ai… j'ai peur !

Il s'arrêta net et se tourna vers moi.

– Non, Lina. N'aie pas peur. Tu ne dois rien leur donner, même pas ta peur.

– Je ne peux pas m'en empêcher. Je ne suis même pas encore habituée à ce camp. La Lituanie me manque, la maison me manque, mon père me manque, mon école me manque, ma cousine me manque.

À mesure que je parlais, je sentais mon pouls battre plus vite.

– Chut ! souffla Andrius en m'attirant contre sa poitrine. Sois prudente surtout et ne parle pas à n'importe qui. Ne baisse jamais ta garde, c'est promis ? ajouta-t-il en refermant étroitement les bras sur moi.

– Je ne veux pas partir, dis-je.

Il ne répondit pas. Nous restâmes un moment serrés l'un contre l'autre sans parler.

Comment en étais-je arrivée là ? Que faisais-je là, dans les bras d'un garçon que je connaissais à peine mais que je ne voulais perdre à aucun prix ? Je me demandais ce que j'aurais pensé d'Andrius si je l'avais rencontré en Lituanie, dans des circonstances normales. L'aurais-je aimé ? Et lui ?

– Je ne veux pas que tu partes, finit-il par chuchoter d'une voix à peine audible.

Je fermai les yeux.

– Andrius, il faut qu'on rentre en Lituanie.

– Je sais, répondit-il. On rentrera un jour chez nous.

– Je t'écrirai, Andrius, déclarai-je, tandis que nous reprenions le chemin du retour, main dans la main. J'enverrai des lettres au village.

Il acquiesça d'un signe de tête.

– Attends une minute, lui dis-je quand nous fûmes arrivés devant la hutte d'Oliouchka.

Je pénétrai à l'intérieur, ouvris ma valise et rassemblai tous les dessins cachés sous la doublure, y compris ceux que j'avais faits sur des bouts de papier ou des morceaux d'écorce. J'arrachai même les deux dernières feuilles de mon écritoire. Après quoi, je sortis et tendis la liasse de dessins à Andrius. Le portrait de sa mère au visage meurtri s'échappa de la liasse et plana un bref instant avant de tomber par terre. On eût dit que ses yeux nous regardaient d'en bas.

– Que fais-tu là ? demanda Andrius en se hâtant de ramasser le dessin.

– Cache-les, s'il te plaît, garde-les en lieu sûr pour moi, répondis-je en posant mes mains sur les siennes. J'ignore où nous allons. Je ne veux pas qu'ils soient détruits. Il y a tant de moi, de nous, de notre existence à tous dans ces dessins. Peux-tu leur trouver une cachette sûre ?

Il hocha la tête.

– Il y a une lame de parquet disjointe sous ma couchette. C'est là que j'avais caché *Dombey et Fils*. Lina, articula-t-il lentement tout en regardant les dessins, tu dois continuer à dessiner. Ma mère dit que le monde n'a pas la moindre idée de la façon dont les Soviétiques nous traitent. Personne ne sait ce que nos pères ont sacrifié. Si d'autres pays le savaient, ils nous aideraient peut-être.

– Oui, je continuerai, dis-je. Et j'ai tout noté par écrit. Voilà pourquoi il faut que tu gardes précieusement tous ces feuillets. Cache-les, je t'en prie.

Il acquiesça.

– Promets-moi seulement d'être prudente. Plus question de courir sous les trains ou d'aller voler des dossiers secrets – c'est trop stupide.

Nous échangeâmes un long regard.

– Plus question non plus de fumer des livres sans moi, d'accord ?

Je souris.

– Je ne le ferai pas. À ton avis, combien de temps avons-nous encore devant nous ?

– Je ne sais pas. Cela peut être d'un jour à l'autre.

Je me hissai sur la pointe des pieds et l'embrassai.

– *Krassivaïa*, me souffla-t-il à l'oreille, et je sentis son nez suivre la courbe de ma joue.

– L'as-tu déjà appris ? reprit-il en déposant un baiser sur mon cou.

– Non, pas encore.

Je fermai les yeux. Andrius laissa échapper un long soupir et recula lentement.

– Dis à Jonas que je passerai le voir demain matin.

– Oui, fis-je.

Je sentais encore la chaleur de ses lèvres sur mon cou.

Il s'éloigna bientôt dans l'obscurité, serrant mes dessins sous son manteau. À un moment, il se retourna. Je lui adressai un signe de la main auquel il répondit. Puis ce fut tout. Je vis sa silhouette s'amenuiser au fur et à mesure avant de disparaître dans l'obscurité.

62

Ils n'attendirent pas le lever du soleil pour faire irruption dans notre hutte en brandissant leurs fusils. Je me croyais revenue à Kaunas, la nuit de notre arrestation, dix mois plus tôt. Nous n'avions même pas droit à vingt minutes pour nous préparer. Juste quelques minutes. Mais cette fois j'étais prête.

Oliouchka quitta sa paillasse pour aboyer quelque chose à l'adresse de Mère.

– Arrêtez de hurler, dis-je. Nous partons.

Alors, à ma stupéfaction, je vis Oliouchka tendre à Mère des pommes de terre, des betteraves, et d'autres provisions qu'elle avait mises de côté, puis remettre à Jonas une épaisse peau de bête en lui recommandant de la ranger dans sa valise. Après quoi elle m'offrit un crayon. Je ne pouvais en croire mes yeux. Pourquoi nous donnait-elle toutes ces choses ? Mère tenta de l'embrasser – en vain. Oliouchka la repoussa et sortit d'un pas lourd et bruyant.

Le NKVD nous ordonna d'attendre les autres devant notre hutte. Bientôt, M. Lukas, l'Homme à la montre, s'approcha de nous, sa valise à la main. Il était donc sur la liste. Derrière lui venait Mme Rimas suivie de la petite fille à la poupée de chiffon, de sa mère et d'un flot presque ininterrompu de personnes traînant leurs pauvres bagages. Nous nous joignîmes au cortège qui se dirigea lentement vers le bureau du kolkhoze. Nos compagnons me semblaient tous beaucoup plus âgés qu'à notre arrivée au camp, voilà dix mois. Avais-je vieilli à ce point, moi aussi ?

Mlle Grybas accourut à notre rencontre. Elle pleurait.

– On vous a envoyé chercher. Vous allez en Amérique, je le sais. Je vous en prie, implora-t-elle, je vous en prie, ne me laissez pas dépérir ici. Je veux rentrer chez moi.

Mère et Mme Rimas étreignirent Mlle Grybas en lui promettant de ne pas l'oublier. Pour ma part, jamais je ne l'oublierais, jamais je n'oublierais les betteraves qu'elle avait pris le risque de cacher sous sa robe à notre intention.

Nous poursuivîmes notre marche pénible. J'entendis les sanglots de Mlle Grybas s'éteindre peu à peu derrière nous. La Grincheuse sortit de sa hutte. Elle leva sa main flétrie et nous adressa un petit signe de tête. Ses filles s'accrochaient à ses jambes. Je la revoyais dans le train, encore assez corpulente pour dissimuler sans peine le trou d'aération, qui n'était pas encore le trou des toilettes, et refusant obstinément de céder sa place. Elle avait tellement maigri depuis ! Je cherchai des yeux Andrius. Le livre qu'il m'avait donné, *Dombey et Fils*, était rangé bien au fond de ma valise, juste à côté de notre photo de famille.

Un gros camion stationnait devant le bureau du kolkhoze. Non loin de là, Kretzky fumait en compagnie de deux autres gardes. Le commandant était debout sur le perron avec un officier que je n'avais encore jamais vu. Celui-ci commença à appeler par ordre alphabétique les gens figurant sur la liste, qui montaient au fur et à mesure à l'arrière du camion.

– Prends soin de toi, dit soudain une voix derrière moi – la voix d'Andrius. Au revoir, madame Vilkas.

– Au revoir, Andrius, répondit Mère en lui étreignant les mains et en l'embrassant sur les deux joues. Veille bien sur ta mère, mon garçon.

– Elle aurait voulu venir, mais…

– Je comprends. Transmets-lui toute mon affection.

L'officier continuait à décliner, un à un, les noms de la liste.

– Écris-moi, Jonas – promis ? dit Andrius.

– C'est promis, répondit Jonas en lui donnant une poignée de main.

– Et prends soin de ces deux-là, hein ! Ton père et moi, on compte sur toi.

Jonas acquiesça.

Se tournant alors vers moi, Andrius plongea son regard dans le mien.

– À bientôt, se contenta-t-il de dire.

Mon visage resta impassible. Je ne proférai pas un son. Mais pour la première fois depuis des mois, je pleurai. Des larmes jaillirent de mes yeux secs pour ruisseler aussitôt le long de mes joues. Je détournai la tête.

– Stalas, appela l'officier du NKVD.

– Regarde-moi, chuchota Andrius en se rapprochant de moi. Je te retrouverai. Nous nous reverrons. Pense juste à ça, concentre-toi sur ça.

Pense au jour où je te rapporterai tes dessins. Représente-toi la scène, car je serai là.

J'acquiesçai.

– Vilkas, appela l'officier.

C'était à notre tour de grimper dans le camion. Je regardai Andrius. Il se passait la main dans les cheveux. Le moteur se mit à gronder. Je lui adressai un dernier signe d'adieu.

Ses lèvres formèrent les mots : « À bientôt. » Il hocha la tête, comme pour le confirmer, et je lui indiquai d'un petit mouvement du menton que je l'avais compris.

Le hayon se rabattit brutalement, et je m'assis. Le véhicule s'ébranla avec une brusque secousse. Je sentis bientôt le vent souffler sur mon visage. Je boutonnai mon manteau et fourrai mes mains dans mes poches. C'est alors que je *la* sentis sous mes doigts. La petite pierre. Andrius avait dû la glisser à mon insu dans la poche de mon manteau. Je me levai pour lui faire savoir que je l'avais trouvée. Il avait déjà disparu.

CENDRE ET GLACE

63

Nous roulâmes toute la matinée. La route étroite serpentait sous le couvert des arbres. Comme Mère, j'essayai de me concentrer sur l'aspect positif des choses. Nous avions laissé derrière nous le commandant et sans doute Kretzky – c'était déjà un bon point. Et peut-être – qui sait ? – le nouveau camp se trouverait-il dans les parages de Krasnoïarsk, plus près de Papa, donc. Et puis il y avait Andrius dont j'entendais toujours la voix résonner à mes oreilles. Songer à lui m'était d'un grand secours.

Le camion s'arrêta à proximité d'un champ. On nous permit de descendre pour faire nos besoins. Il ne s'était pas encore écoulé une minute que l'un des soldats d'escorte se mit à vociférer.

– *Davaï !*

Je connaissais bien cette voix. Je jetai un coup d'œil autour de moi. Kretzky.

Vers la fin de l'après-midi, notre véhicule arriva aux abords d'une station de chemin de fer. Un panneau décoloré, à peine lisible, grinçait dans le vent. Biisk. Des camions encombraient la cour de la gare. Je ne pus m'empêcher de penser à la station en rase campagne où le NKVD nous avait emmenés la nuit de notre arrestation. Pour être semblable, la situation était toutefois très différente. À Kaunas, en juin dernier, nous étions affolés. Les gens couraient en tous sens, criaient, pleuraient, cédant à une panique irrépressible. À présent, la foule – une foule grise, hagarde, épuisée – se traînait littéralement en direction des wagons. On eût dit une colonne de fourmis exténuées gravissant une colline.

– Que tout le monde se masse devant la portière ouverte ! ordonna le Chauve. Faites comme si vous étiez serrés comme des sardines et prenez l'air excédé. Avec un peu de chance, peut-être ne feront-ils pas monter d'autres personnes dans notre wagon et pourrons-nous respirer.

Je grimpai dans la voiture. Elle était différente du wagon de notre précédent voyage – plus longue. Une lampe était suspendue au plafond. Il flottait là une odeur aigre d'urine et de corps mal lavés. L'air frais et la senteur de bois que l'on respirait dans le camp de travail me manquaient. Nous nous massâmes tous devant la portière sur les conseils de M. Stalas. Son stratagème fonctionna parfaitement. Deux groupes de nouveaux venus furent dirigés vers d'autres wagons.

– C'est crasseux, dit Mme Rimas.

– À quoi vous attendiez-vous donc ? persifla le Chauve. À un luxueux wagon-lit ?

Ils nous collèrent tout de même quelques personnes de plus avant de claquer la portière : une femme accompagnée de deux petits garçons et un vieillard, qui grimpèrent tant bien que mal ; un homme de haute taille qui, d'une enjambée, sauta dans le wagon en regardant nerveusement autour de lui ; enfin, une fillette et sa mère que l'on dut hisser à l'intérieur. Jonas me donna un coup de coude. La petite fille avait un teint jaune citron, et ses yeux gonflés étaient réduits à deux fentes.

– Encore un petit bout de route, ma pauvre chérie, murmura la mère en lituanien, et nous serons rentrées à la maison.

Mère aida la femme à caser sa valise. L'enfant ne cessait de tousser d'une vilaine toux sèche.

Nous pouvions nous considérer comme favorisés par le sort. Il n'y avait que trente-trois personnes dans notre wagon, et la place ne manquait pas. On avait même un peu de lumière. Nous laissâmes à la fillette couleur citron un bat-flanc pour qu'elle pût dormir. Mère insista pour que Jonas partageât le sien. Je m'assis par terre, non loin de la petite fille à la poupée de chiffon, dont les bras étaient maintenant vides.

– Où est ta poupée ? la questionnai-je.

– Elle est morte, répliqua-t-elle, le regard absent.

– Oh !

– Ils l'ont tuée. Tu te rappelles le jour où ils ont tiré sur la maman du bébé ? Ils ont fait pareil avec Liale, sauf qu'ils l'ont jetée dans les airs avant de tirer sur elle et de lui faucher la tête. Un peu comme pour les pigeons.

– Elle doit beaucoup te manquer.

– Oh, oui ! Au début, surtout. J'arrêtais pas de pleurer. Un garde m'a dit de me taire. J'ai essayé, mais je pouvais pas. Alors il m'a frappée à la tête. Tu vois ma cicatrice ? ajouta-t-elle en montrant une vilaine marque rouge et boursouflée sur son front.

Les salauds. Ce n'était qu'une enfant.

– Tu pouvais pas t'arrêter de pleurer non plus ? demanda-t-elle.

– Quoi ?

En guise de réponse, elle désigna la cicatrice que j'avais au-dessus du sourcil gauche.

– Non, c'est pas ça, fis-je. Ils m'ont jeté une boîte de sardines à la tête.

– Parce que tu pleurais ?

– Non, juste pour s'amuser.

Repliant son index, elle me fit signe d'approcher plus près.

– Tu veux connaître un grand secret ?

– Oui. Qu'est-ce que c'est ?

Elle se pencha pour me murmurer son secret à l'oreille :

– Maman dit qu'ils vont tous aller en enfer. Mais surtout ne le répète à personne, ajouta-t-elle en se redressant. C'est un secret, d'accord ? Tu vois, Liale, ma poupée, elle est là-haut dans le ciel. Elle me parle. Elle me raconte des choses. C'est des secrets en fait, mais Liale m'a permis de te les dire.

– Je ne le répéterai à personne.

– Comment tu t'appelles ?

– Lina.

– Et ton frère ?

– Jonas.

– Et moi, je m'appelle Janina, dit-elle, continuant à babiller. Ta maman, elle a l'air vieille maintenant. La mienne aussi. Et le garçon qui attendait près du camion, tu l'aimes bien, hein ?

– Qu'est-ce que tu racontes ?

– Celui qui a mis quelque chose dans ta poche. Je l'ai vu. Qu'est-ce qu'il t'a donné ?

Je lui montrai la petite pierre.

– Oh, comme elle brille ! Je crois que Liale l'aimerait beaucoup. Tu pourrais peut-être me la donner.

– Non, c'était un cadeau. On ne peut pas donner les cadeaux. Et puis je crois que je ferais mieux de ne pas m'en séparer pendant un bon moment.

Mère vint s'asseoir auprès de moi.

– Vous avez vu le cadeau de Lina ? demanda Janina. C'est son petit ami qui le lui a fait.

– Ce n'est pas mon petit ami, rétorquai-je.

Était-ce mon petit ami ? J'avais envie qu'il le fût.

Je montrai la pierre à Mère.

– Je vois qu'elle t'est revenue, commenta-t-elle. C'est un signe de chance.

– Ma poupée est morte, annonça Janina. Elle est au ciel.

– Oui, dit Mère tout en caressant le bras de la petite fille.

– Quelqu'un ne pourrait pas faire taire cette gosse ? s'impatienta le Chauve. Vous, le grand type, là-bas, ajouta-t-il, que savez-vous de la guerre ?

– Les Japonais ont bombardé Pearl Harbor, oui, Pearl Harbor, répondit l'homme.

– Pearl Harbor ? s'exclama Mme Rimas. Ils ont bombardé l'Amérique ?

– Quand ? questionna le Chauve.

– Il y a déjà des mois. Aux environs de Noël, oui, de Noël.

Le nouveau venu se répétait souvent. C'était, semblait-il, un tic nerveux.

– Les États-Unis ont donc déclaré la guerre au Japon ? s'enquit Mère.

– Oui, en même temps que la Grande-Bretagne. La Grande-Bretagne a déclaré la guerre au Japon, elle aussi.

– D'où venez-vous ? demanda le Chauve.

– De Lituanie.

– Je m'en doute, espèce d'animal. Ce que je voudrais savoir, c'est d'où vous venez *aujourd'hui*.

– De Kalmanka, répondit l'homme. Oui, Kalmanka.

– Kalmanka ? C'est une prison ou un camp ?

– Un camp, hmm, oui, un camp. Enfin, une exploitation agricole où l'on cultive la pomme de terre. Et vous ?

– Une exploitation agricole où l'on cultive la betterave, répliqua Mère. Près de Turaciak. N'y avait-il que des Lituaniens dans votre camp ?

– Non, fit l'homme de haute taille. Il y avait surtout des Lettons. Et des Finlandais. Oui, des Finlandais.

Des Finlandais. J'avais oublié la Finlande. Je me rappelai soudain le soir où le Dr Seltzer était passé à la maison. Il voulait voir Papa. Les Soviétiques venaient d'envahir la Finlande.

– Ce n'est qu'à trente kilomètres de Leningrad, Elena, avait expliqué le Dr Seltzer à Mère. Staline veut se protéger de l'Occident.

– Les Finlandais chercheront-ils à négocier ? avait demandé Mère.

– Ce sont des gens robustes et courageux. Ils se battront.

64

Le train se traînait à grand fracas. Ce fracas rythmique assorti de craquements et de grincements m'était intolérable. « Ils m'ont arrachée à Andrius pour me précipiter dans l'inconnu », ne cessais-je de me répéter. La lampe de métal se balançait au-dessus de nous, tel un pendule, éclairant les visages creux, projetant des ombres sur les parois du wagon. Janina chuchotait des secrets au fantôme de sa poupée morte en riant de temps à autre sous cape.

La fillette jaune citron allongée près de Jonas respirait avec peine entre deux quintes de toux. Soudain, elle se mit à cracher du sang. Un flot de sang qui éclaboussa le dos de Jonas. Mère se hâta d'emporter mon frère loin du bat-flanc et de le débarrasser de sa chemise qu'elle jeta aussitôt dans le trou des toilettes. Était-ce bien nécessaire ? Nous respirions tous le même air vicié que la fillette jaune citron. Un peu de flegme et de sang sur une chemise ne pouvaient pas être beaucoup plus contagieux.

– Désolée, désolée, sanglotait la petite. J'ai abîmé ta chemise.

– Ça ne fait rien, répondit Jonas en entourant son torse nu de ses bras.

Les symptômes du scorbut n'avaient pas entièrement disparu. Sa cage thoracique décharnée était parsemée de taches rosâtres. L'homme de haute taille, que j'avais baptisé « le Rabâcheur », parlait avec enjouement de l'Amérique, comme s'il était certain que ce fût notre destination. L'Amérique. Pour ma part, je n'étais certaine de rien sinon de mon lancinant désir de revoir Papa, Andrius, et la Lituanie.

La troisième nuit, je m'éveillai. Quelque chose ou quelqu'un frappait légèrement sur ma poitrine. J'ouvris les yeux pour voir un visage aux yeux écarquillés flotter au-dessus du mien. C'était celui de Janina. La lampe se balançait derrière sa tête.

– Janina ? Que se passe-t-il ?

– C'est Liale.

– Explique à Liale que c'est l'heure de dormir, fis-je en refermant les yeux.

– Elle peut pas dormir. Elle dit que la fille jaune citron est morte.

– Quoi ?

– Liale dit qu'elle est morte. Est-ce que tu peux vérifier si elle a les yeux ouverts ? J'ai trop peur de regarder.

J'attirai Janina contre moi, et elle posa sa tête sur ma poitrine.

– Chh… Dors maintenant.

La petite tremblait entre mes bras. J'écoutai. La toux avait cessé.

– Chh…, repris-je en la berçant doucement. C'est l'heure de dormir, Janina.

Je pensai à Andrius. Que faisait-il en ce moment ? Avait-il regardé mes dessins ? Je glissai la main dans ma poche et serrai la pierre entre mes doigts. Aussitôt je le vis devant moi, souriant et tirant sur mon bonnet dans la queue du rationnement.

La fillette jaune citron était bien morte. Des filets de sang séché couraient des commissures de ses lèvres jusqu'à son menton. Le lendemain, les gardes traînèrent son petit corps raide pour le jeter à bas du train. Sa mère sauta du wagon à sa suite en pleurant. Il y eut un coup de feu. Puis un bruit sourd. Une mère éplorée n'était qu'une source d'ennuis.

Grâce à Oliouchka, la paysanne que j'avais tant méprisée, nous pûmes nous maintenir en vie. Pendant les premiers jours de voyage, nous vécûmes uniquement des provisions qu'elle avait données à Mère et que nous partageâmes avec nos compagnons. M'efforçant d'affermir ma main que la trépidation du train faisait trembler, je dessinai la large figure d'Oliouchka et la paille noire de ses cheveux.

Personne ne refusa l'eau et la pâtée grisâtre des seaux. On mangea goulûment sans hésiter à nous lécher les paumes ou à sucer ce qui pouvait être resté sous nos ongles sales. La mère de Janina somnolait souvent. Pour ma part, bien qu'épuisée, je pouvais à peine dormir. Le fracas et le mouvement du train me tenaient éveillée. Je restai assise des heures, me demandant où l'on nous emmenait et comment je pourrais avertir Papa.

Janina tapota l'épaule du Chauve.

– J'ai entendu dire que vous étiez juif, déclara-t-elle.

– C'est ce que tu as entendu dire, hein ?

– Est-ce que c'est vrai ?

– Oui. Et moi, j'ai entendu dire que tu étais une petite morveuse. C'est vrai ?

Janina s'interrompit un instant pour réfléchir.

– Non, je ne crois pas. Maman m'a dit qu'Hitler et les nazis pourraient bien tuer les Juifs un jour. Vous saviez ça ?

– Ta mère se trompe. Hitler est en train d'assassiner les Juifs.

– Mais pourquoi ? demanda Jonas.

– Hitler est persuadé que la pureté raciale est la meilleure réponse qui soit à tous les problèmes de l'Allemagne, expliqua le Chauve. Il a donc fait des Juifs son bouc émissaire. Mais cette affaire est trop compliquée pour les enfants.

– Est-ce à cause de ça que vous êtes avec nous plutôt qu'avec les nazis ? demanda encore Jonas.

– Tu crois peut-être que j'ai eu le choix ? Que ce soit sous le règne de Staline ou sous le règne d'Hitler, cette guerre nous anéantira tous. La Lituanie est prise au piège – coincée entre les deux tyrans. Vous avez entendu l'homme de Kalmanka tout à l'heure. Les Japonais ont bombardé Pearl Harbor. Il se peut que les États-Unis se soient déjà alliés avec les Soviétiques. Assez parlé. À présent, silence !

– Nous allons en Amérique, déclara le Rabâcheur. En Amérique.

65

Au bout d'une semaine, le train s'arrêta. Il était déjà tard dans la soirée. Mme Rimas affirma avoir vu un panneau marqué Makarov. On nous fit sortir en troupeau des wagons avec nos bagages crasseux. Le grand air, vif et pur, me fouetta le visage. Je respirai à pleins poumons cet air salubre pour le rejeter à travers mes lèvres desséchées. Les gardes nous conduisirent jusqu'à une vaste bâtisse, à quatre cents mètres de là. Mère s'effondra par terre.

– Relevez-la, vite ! s'écria Mme Rimas en regardant autour d'elle avec inquiétude. S'ils n'ont pas hésité à tirer sur une mère au cœur affligé, ils pourraient bien tirer sur une femme aux jambes de coton.

– Ne vous en faites pas, ça ira. Je suis juste un peu fatiguée, dit Mère.

Mme Rimas et moi l'aidâmes à marcher. Jonas traînait tant bien que mal nos valises. Non loin de la bâtisse, Mère trébucha.

– *Davaï !*

Deux soldats d'escorte approchaient, prêts à braquer leur fusil. Mère ne se déplaçait pas assez vite. Les voyant s'avancer vers nous d'un pas énergique, elle se redressa. L'un d'eux cracha par terre. L'autre la regarda. Mon ventre se noua. Kretzky. Il avait donc fait tout le voyage avec nous.

– Nikolaï, murmura Mère d'une voix faible.

Désignant alors un groupe de gens à son camarade, Kretzky s'éloigna dans une autre direction.

La bâtisse était vaste, très vaste. On eût dit une gigantesque grange. Il devait y avoir là un millier de personnes. Personne ne parlait. Nous étions tous bien trop hébétés de fatigue. Je m'écroulai sur mes bagages et sentis aussitôt mes muscles se relâcher. Le grincement des rails s'était enfin tu. Le sol avait enfin cessé de vibrer et de trépider sous moi, et cette soudaine immobilité me procurait une sensation merveilleuse, comme si une main invisible avait arrêté un métronome. J'entourai ma valise de mon bras. J'avais ainsi l'impression d'étreindre *Dombey et Fils*. Le calme régnait. Je dormis dans mes hardes.

L'aube se leva. Je sentais le souffle de Janina, nichée contre mon dos. Jonas était assis sur sa valise. Il m'adressa un signe de tête. Je regardai Mère. Elle dormait profondément, le visage et les bras appuyés contre sa valise.

– Elle l'a appelé Nikolaï, dit Jonas.

– Qu'est-ce que tu racontes ? demandai-je.

Jonas se leva et se mit à marcher de long en large.

– Kretzky. Tu ne l'as pas entendue ? Hier soir, elle l'a appelé Nikolaï.

– C'est son prénom ? demandai-je encore.

– Exactement, répondit Jonas d'un ton brusque. Enfin, je ne sais pas. Mais elle, comment peut-elle le savoir ? Et pourquoi est-il venu avec nous ? ajouta mon frère en donnant un coup de pied dans la poussière.

Le NKVD arriva alors avec des seaux de soupe aux champignons et du pain. Je réveillai Mère, tandis que Jonas farfouillait dans nos bagages, à la recherche d'une tasse ou d'un gobelet.

– Ils nous préparent, nous préparent, déclara le Rabâcheur. Car en Amérique, nous festoierons tous les jours. Tous les jours.

– Pourquoi nous nourrissent-ils ainsi ? questionnai-je.

– Pour qu'on reprenne des forces et qu'on puisse travailler dur, répondit Jonas.

– Mangez tout, ordonna Mère, ne laissez pas une miette de pain ni une goutte de soupe.

Après le repas, le NKVD commença à faire le rassemblement. Mère tendit l'oreille.

– Eh bien, nous allons nous laver, commenta-t-elle avec un pauvre petit rire. Oui, nous allons pouvoir prendre un bain !

Nous filâmes en direction d'un vaste établissement de bains publics en bois. Le pas de Mère s'était affermi. Devant la porte d'entrée, les gardes regroupèrent les hommes d'un côté, les femmes de l'autre.

– Attends-nous, dit Mère à Jonas.

On nous donna l'ordre d'ôter nos vêtements et de les confier aux Sibériens postés à la porte. Les femmes se déshabillèrent en hâte, comme si elles avaient perdu toute pudeur. Elles avaient envie d'être propres, un point c'est tout. Je baissai les yeux. J'hésitai.

– Dépêche-toi, Lina !

Je ne voulais pas qu'on me touchât ; je ne voulais pas qu'on me regardât. Je croisai les bras sur mes seins.

– Il dit que nous ne devons pas traîner, traduisit Mère qui avait questionné un des gardes. C'est une simple halte où s'arrêtent tous les déportés. Les Lettons, les Estoniens et les Ukrainiens sont déjà passés par là. Et un groupe beaucoup plus important que le nôtre doit arriver aujourd'hui. Ne t'en fais pas, ma chérie, ajouta-t-elle, ça va aller, je t'assure.

Effectivement, les hommes ne semblaient pas nous prêter la moindre attention. Bien entendu. Comment auraient-ils pu s'intéresser à nous ? Nos corps décharnés, ratatinés, rabougris n'avaient plus rien de féminin. Je n'avais d'ailleurs pas eu mes règles depuis des mois. Un morceau de porc ou une bière mousseuse avaient beaucoup plus de chances de les séduire.

Au sortir de la *bania*, on nous fit monter dans un camion avec nos affaires. Après avoir parcouru plusieurs kilomètres au milieu des bois, le véhicule s'arrêta sur la berge du fleuve Angara.

– Que faisons-nous ici ? demanda Jonas.

De vastes hangars en bois étaient éparpillés le long de la berge du fleuve et, à demi cachée au milieu des arbres, on devinait une bâtisse, non moins vaste – le bâtiment du NKVD.

– Ils vont nous embarquer sur des bateaux. Ne comprenez-vous pas ? Nous partons pour l'Amérique. L'Amérique ! expliqua le Rabâcheur. Nous allons remonter l'Angara jusqu'à la Lena, puis traverser la mer jusqu'au détroit de Béring. Le détroit de Béring, entendez-vous ?

– Un voyage pareil prendrait des mois, rétorqua l'Homme à la montre.

L'Amérique ? Comment pourrions-nous laisser Papa derrière nous, l'abandonner dans le camp de prisonniers de Krasnoïarsk ? Et la guerre ? Et si d'autres pays s'alliaient avec Staline ? Je revis le visage d'Andrius au moment précis où il m'avait annoncé que nos noms figuraient sur la liste. Quelque chose dans son expression me disait que nous n'allions pas en Amérique.

66

Les bateaux avaient du retard. Le voyage fut différé. Il fallut patienter plus d'une semaine sur la berge caillouteuse de l'Angara – période pendant laquelle, très curieusement, nous fûmes nourris de bouillie d'orge. Je n'arrivais pas à comprendre pourquoi le NKVD nous donnait à manger autre chose que du pain. Ce n'était certes pas par bonté. Il s'agissait sans doute de réparer nos forces dont ils avaient besoin – mais à quelles fins ? Nous passâmes donc le plus clair de ces huit ou dix jours assis au soleil comme si nous étions en vacances. J'écrivais chaque jour à Andrius et je faisais des croquis pour Papa – sur de petits bouts de papier qui risquaient moins d'attirer l'attention et que je cachais ensuite entre les pages de *Dombey et Fils*. Remarquant que je dessinais, une Estonienne m'offrit quelques feuilles de papier.

Nous transportâmes bien quelques bûches et rondins, mais à l'usage exclusif des feux de bois que nous allumions chaque soir. Assis en cercle autour des feux pétillants, nous chantions des chants lituaniens, et la forêt tout entière retentissait alors de chants baltes patriotiques.

Deux femmes furent chargées d'aller à Tcheremkhov par le train pour aider à rapporter des marchandises destinées au NKVD. Elles postèrent nos lettres.

– S'il vous plaît, dis-je à l'une des deux femmes en lui tendant une petite planche de bois décorée par mes soins, pourriez-vous emporter ça à Tcheremchov et le faire passer à quelqu'un ?

– C'est très joli. Tu as fait là un bien beau travail. Les fleurs... Des fleurs de rue... J'avais les mêmes dans la cour de ma maison au pays, ajouta-t-elle en soupirant avant de lever les yeux vers moi. Ton père est à Krasnoïarsk ?

J'acquiesçai.

– Lina, intervint Mère, s'il te plaît, ne te monte pas trop la tête. Krasnoïarsk est loin, très loin d'ici.

Un jour, après être restées longtemps au soleil, Mère et moi allâmes patauger dans l'Angara. Quand nous sortîmes de l'eau en courant, rieuses, nos vêtements collaient étroitement à nos corps maigres, presque squelettiques.

– Couvrez-vous ! cria Jonas qui regardait autour de lui d'un air inquiet.

– Que veux-tu dire ? demanda Mère en tiraillant sur l'étoffe mouillée qui lui collait au corps.

– Ils vous observent, répondit Jonas en désignant d'un signe de tête les agents du NKVD.

– Jonas, ils ne s'intéressent pas à nous, rétorqua Mère en tordant ses cheveux trempés pour les essorer. Regarde-nous un peu. On ne peut vraiment pas dire que nous soyons très glamour.

Je ne pus m'empêcher d'envelopper mon buste de mes bras.

– Ils ont bien trouvé Mme Arvydas intéressante, poursuivit Jonas. Peut-être te trouve-t-il intéressante, toi aussi.

Mère laissa retomber ses mains.

– Qu'est-ce que tu racontes ? De qui parles-tu ?

– De Nikolaï.

– Kretzky ? fis-je. Qu'est-ce qu'il vient faire là ?

– Demande à Mère, répliqua Jonas.

– Ça suffit, Jonas, intervint Mère. Nous ne connaissons pas Nikolaï.

Je me tournai vers Mère et lui fis face.

– Pourquoi l'appelles-tu Nikolaï ? questionnai-je. Comment se fait-il que tu connaisses son nom ?

– Je le lui ai demandé, répondit-elle après nous avoir regardés tour à tour, mon frère et moi.

Mon cœur se serra. Jonas avait-il raison ?

– Mais enfin, Mère, protestai-je en essuyant l'eau qui dégouttait de ma cicatrice sur le front, c'est un monstre.

Après avoir essoré sa jupe, elle avança de quelques pas.

– Nous ne savons pas ce qu'il est. Nous ignorons quasiment tout de lui.

– C'est un..., rétorquai-je avec un petit reniflement de mépris.

Mère me pinça le bras. La douleur irradia jusque dans mon épaule.

– Non, nous ne savons pas, continua-t-elle, les dents serrées. M'entendez-vous tous les deux ? Nous ne savons pas ce qu'il est. C'est un garçon. Ce n'est qu'un garçon, à peine sorti de l'enfance.

Elle me lâcha le bras pour cracher à l'adresse de Jonas :

– Et, rassure-toi, je ne couche pas avec lui. Comment as-tu osé laisser entendre pareille chose ?

– Mère…, se mit à balbutier Jonas.

Elle s'éloigna, me laissant masser mon bras toujours endolori.

Jonas restait planté là, sous le choc de l'éclat de Mère.

67

Des semaines durant, les barges remontèrent lentement le cours de l'Angara, cap sur le nord. Quand nous eûmes enfin débarqué, on nous fit monter à l'arrière de camions noirs qui roulèrent des journées entières à travers d'épaisses forêts. Je me souviens d'avoir vu de gigantesques arbres abattus dont le tronc démesurément large aurait pu laisser passer des camions si on l'avait creusé. En revanche, je ne me rappelle pas avoir croisé un seul être humain. La forêt, sombre, touffue, impénétrable, semblait nous entourer de toutes parts. Où nous emmenaient-ils donc ? Si, le jour, on grillait littéralement pour trembler de froid la nuit, du moins mes ampoules avaient-elles guéri. On mangeait tout ce qu'on nous donnait, heureux de ce long répit dans le travail.

Les camions arrivèrent à Oust-Kout, au bord du fleuve Lena. Une nouvelle fois, il fallut attendre les barges. Les rives de la Lena étaient couvertes de minuscules galets. La pluie tombait à verse. Les tentes de fortune que nous avions dressées sur la berge ne nous abritaient en rien. Je m'allongeai tant bien que mal sur ma valise, m'efforçant de protéger *Dombey et Fils*, la petite pierre étincelante, mes dessins et notre photo de famille. Janina restait plantée sous la pluie. Elle contemplait le ciel tout en poursuivant une conversation avec un interlocuteur imaginaire – sans doute le fantôme de sa poupée. J'entendais les minuscules galets crisser et craquer sous les bottes de Kretzky qui arpentait la grève en nous sommant de bien rester en groupes. La nuit, je le surprenais souvent debout en train de regarder le ruban argenté de la lune sur la Lena : il ne faisait aucun mouvement sinon pour porter à ses lèvres une cigarette au bout rougeoyant.

Mon russe s'améliorait. Mais Jonas était toujours très en avance sur moi.

Au bout de deux semaines, les barges finirent par arriver, et nous embarquâmes de nouveau, quittant Oust-Kout pour bientôt dépasser Kirensk.

– Nous faisons route vers le nord, déclara Jonas. Peut-être partons-nous vraiment pour l'Amérique.

– En laissant Papa derrière nous ? demandai-je.

Jonas ne répondit pas. Il regardait l'eau.

L'Amérique était le seul sujet de conversation du Rabâcheur. C'était une véritable obsession chez lui. Il essaya de dessiner des cartes des États-Unis, discutant de détails dont il avait entendu parler par des amis ou des parents. Il avait besoin de croire que c'était possible.

– En Amérique, dans la région appelée Nouvelle-Angleterre, il y a d'excellentes universités, dit Joana. Et l'on dit que New York est un endroit tout ce qu'il y a de plus chic.

– Qui dit que New York est très chic ? demandai-je.

– Mes parents.

– Que savent-ils de l'Amérique ? demandai-je encore.

– Mère a un oncle qui vit là-bas, répondit Joana.

– Ah ? Je croyais que toute ta famille maternelle se trouvait en Allemagne.

– Apparemment, ma mère a aussi un parent en Amérique. Il habite la Pennsylvanie.

– Hmph. Je ne m'intéresse pas beaucoup à l'Amérique. L'art fait certainement défaut à ces gens-là. Je suis incapable de nommer un seul artiste américain accompli.

– Tu ferais mieux de ne pas me dessiner, déclara le Chauve. Je ne veux pas qu'il y ait des images de moi.

– Mais j'ai presque terminé, dis-je tout en ombrant la zone grise de ses joues tachetées.

– Déchire-moi ça, demanda-t-il d'un ton pressant.

– Non, répondis-je. Ne vous faites pas de souci, je ne le montrerai à personne.

– Garde-toi de le faire, si tu ne veux pas avoir d'ennuis.

J'examinai mon dessin. J'avais parfaitement rendu sa moue, ainsi que l'expression revêche qu'il arborait en permanence. Il n'était pas laid. Simplement, les rides profondes qui creusaient son front accentuaient encore son air bougon et maussade.

– Pourquoi avez-vous été déporté ? m'enquis-je. N'avez-vous pas dit que vous étiez philatéliste ? Pourquoi auraient-ils déporté un innocent collectionneur de timbres ?

– Mêle-toi de tes oignons.

– Où se trouve votre famille ? insistai-je.

– Je te répète que ce ne sont pas tes oignons, aboya-t-il en pointant son index recourbé vers moi. Et si tu ne veux pas te fourrer dans le pétrin, cache tes dessins, tu m'entends ?

Janina vint s'asseoir auprès de moi.

– Tu ne connaîtras jamais la célébrité en tant qu'artiste, décréta le Chauve.

– Si, rétorqua Janina, elle sera célèbre un jour.

– Non, elle ne le sera jamais. Et tu sais pourquoi ? Parce qu'elle n'est pas morte. Mais peut-être y a-t-il encore de l'espoir pour ça. L'Amérique, peuh !

Je le fixai des yeux.

– Ma poupée est morte, dit Janina.

68

Nous approchions de Iakoutsk.

– Et maintenant, nous allons bien voir, nous allons bien voir, dit le Rabâcheur. Si nous débarquons ici, nous n'irons pas en Amérique. Non, nous n'irons pas.

– Alors où pourrions-nous aller ? s'enquit Jonas.

– Dans le bassin de la Kolyma, répondit le Chauve. Dans un camp de prisonniers quelconque, peut-être Magadan.

– Nous n'allons pas à Magadan, intervint Mère. Cessez de parler ainsi, monsieur Stalas.

– Pas la Kolyma, non, pas la Kolyma, dit le Rabâcheur.

Les barges commencèrent à ralentir l'allure.

– Non, s'il vous plaît, non, chuchota Jonas.

Nous étions sur le point de nous arrêter.

Mme Rimas se mit à pleurer.

– Je ne veux pas être dans une prison si loin de mon mari, non, c'est impossible.

Janina me tira par la manche.

– Liale dit que nous n'irons pas dans la Kolyma.

– Quoi ? fis-je.

– Elle dit que nous n'irons pas là-bas, répéta la fillette avec un haussement d'épaules.

Tous les occupants de la barge vinrent se masser le long des bordages de l'embarcation. Quelques-uns des agents du NKVD débarquèrent sur la grève, parmi lesquels Kretzky, qui portait un sac à dos. Un commandant vint à leur rencontre et leur délivra leurs affectations respectives. Nous les regardâmes vérifier leurs papiers.

– Regarde, dit Jonas. Ils chargent des provisions sur le bateau.

– On ne descend donc pas ici ? demandai-je.

Des voix s'élevèrent soudain de la berge. C'était Kretzky qui discutait âprement avec le commandant. D'après ce que j'avais pu comprendre de leur dialogue, il semblait que ce dernier lui eût ordonné de retourner sur la barge.

– Kretzky veut rester là, expliqua Jonas.

– Parfait. Eh bien, qu'il y reste ! répondis-je.

Kretzky agitait furieusement les bras en direction du commandant. En vain. Celui-ci lui désigna l'embarcation d'un doigt impérieux.

Mère baissa les yeux en soupirant. Kretzky fit demi-tour et revint vers la barge. Il ne partait pas. Il venait avec nous. Où ? Nul ne savait.

Dès que le bateau s'écarta de la rive, laissant Iakoutsk derrière lui, les passagers poussèrent des vivats et des hourras et s'étreignirent.

Une semaine plus tard, l'humeur du groupe était toujours à la gaieté. Certains chantaient sur le pont ; il y eut même quelqu'un pour jouer de l'accordéon. Kretzky se fraya un chemin à travers la foule, tel un ouragan. Il tempêtait, fulminait, poussait brutalement les gens sur le côté.

– Avez-vous perdu la tête ? N'êtes-vous donc tous que des imbéciles ? Vous vous réjouissez comme si vous alliez en Amérique. Espèces d'idiots ! hurlait-il.

L'exultation tomba pour laisser la place à des murmures et des chuchotements.

– L'Amérique. L'Amérique ? dit tout bas le Rabâcheur.

Où nous emmenaient-ils donc ? On était déjà en août. Au fur et à mesure qu'on avançait vers le nord, les températures chutaient. On avait l'impression d'être non pas en plein été mais à la fin d'octobre. Les forêts qui longeaient le bord de la Lena se faisaient de plus en plus clairsemées.

– Nous avons franchi le cercle arctique, annonça un jour l'Homme à la montre.

Jonas poussa un cri étouffé.

– Quoi ? Comment est-ce possible ? Où nous emmènent-ils donc ?

– C'est bien cela, dit le Rabâcheur. Nous irons jusqu'à l'estuaire de la Lena, et là, nous monterons sur d'énormes bateaux à vapeur qui nous conduiront en Amérique. Oui, des bateaux à vapeur.

Les barges s'arrêtèrent à Bouloun et Stolbaï, dans l'Arctique. Tandis que la nôtre repartait, nous regardâmes les gardes faire descendre en troupeau, des autres barges, les autres groupes pour les laisser là, debout, sur le rivage désert.

À la fin du mois d'août, nous atteignîmes l'estuaire de la Lena. La température était à peine au-dessus de zéro. Quand on amarra la barge, les vagues mêlées de glace de la mer des Laptev vinrent s'écraser contre ses flancs.

– *Davaï !* se mirent à hurler les gardes en nous poussant à coups de crosse de fusil.

– Ils vont nous noyer, déclara le Chauve. Ils nous ont amenés jusqu'ici pour nous noyer et se débarrasser de nous.

– Dieu du ciel, non! s'écria Mme Rimas.

Après avoir flanqué une planche entre le semblant de quai et le plat-bord de la barge, les gardes firent brutalement descendre les enfants en leur criant de se dépêcher.

– Se dépêcher – mais pour aller où? dit Mère. Il n'y a rien ici.

Elle avait raison. C'était un lieu totalement inhabité: il n'y avait, semblait-il, pas une maison, pas un arbre, pas même un petit buisson – rien sinon la terre nue au bord d'une étendue d'eau qui paraissait n'avoir pas de fin. Autour de nous, rien que la toundra polaire et la mer des Laptev. Le vent me cinglait le visage. Le sable pénétrait dans ma bouche et me piquait les yeux. Me cramponnant à ma valise, je promenai mon regard autour de moi. Je vis alors les agents du NKVD se diriger vers deux bâtiments de brique, près d'un chétif bouquet d'arbres qui m'avait jusque-là échappé. C'étaient les seuls de tout le voisinage. Comment allions-nous tous tenir là-dedans? Nous étions plus de trois cents.

Kretzky discutait avec quelques-uns des officiers, répétant inlassablement qu'il devait se rendre à Iakoutsk. Tandis que nous nous dirigions à notre tour vers les bâtisses en brique, un agent du NKVD aux cheveux gras et aux dents noires plantées de travers nous arrêta.

– Où allez-vous donc comme ça? questionna-t-il.

– Là-bas, répondit Mère en désignant les bâtiments.

– Ils sont réservés au NKVD, répliqua-t-il d'un ton sec.

– Alors où sommes-nous censés loger? demanda Mère. Où est le village?

Il ouvrit largement les bras.

– Ceci est le village. Vous avez tout le village pour vous.

Son compagnon rit.

– Excusez-moi? demanda encore Mère qui n'avait pas saisi la plaisanterie.

– Quoi? Il ne vous plaît pas? Vous pensez qu'il n'est pas digne de vous? Cochons de fascistes! Les cochons dorment dans la boue, que je sache! Vous l'ignoriez? Mais je vous préviens, avant d'aller dormir, il va falloir que vous terminiez la boulangerie et que vous construisiez une usine de poisson.

Il s'approcha plus près de Mère. Ses dents abîmées, qui avançaient légèrement, étaient visibles sous la lèvre supérieure.

– Vous, les fascistes, vous aimez le poisson, pas vrai? Vous me dégoûtez, espèces de porcs!

Sur ce, il s'éloigna après avoir craché sur la poitrine de Mère, puis tourna la tête pour lui crier par-dessus son épaule:

– Tu ne mérites même pas un lit de boue!

Ils nous donnèrent l'ordre de décharger la barge. La cale était bourrée à craquer de briques et de bois. Durant dix bonnes heures, on ne cessa de faire des allées et venues en file indienne entre la cale et le quai, portant autant de briques qu'on le pouvait. Après les briques, il fallut encore débarder des barils de pétrole, des sacs de farine et même de petites barques de pêche, toutes choses destinées au NKVD. Mes bras tremblaient de fatigue.

– Liale dit que nous n'allons pas en Amérique, annonça Janina.

– Sans blague ! rétorqua le Chauve. Est-ce que ta poupée fantôme t'a dit aussi qu'on se retrouverait ici ?

Il désignait du doigt un panneau indicateur à demi effacé par les intempéries.

Trofimovsk. Le point le plus haut du cercle arctique, non loin du pôle Nord.

69

On s'enveloppa étroitement de nos manteaux et on se blottit les uns contre les autres pour avoir moins froid. Je regrettais le camp de travail et la hutte d'Oliouchka ; Andrius me manquait. J'entendis le coup de sifflet perçant du bateau à vapeur qui s'en allait, ramenant les barges en amont de la Lena. Allait-il chercher d'autres esclaves ?

– Comment vas-tu pouvoir poster tes lettres à Papa ? demanda Jonas.

– Il doit y avoir un village à proximité, répondit Mère.

Je songeai au morceau de bois décoré que l'Estonienne avait fait passer à quelqu'un à Tcheremchov. À présent, il devait être arrivé entre les mains de Papa.

– Tel est donc leur plan, dit le Chauve en regardant autour de lui. Et voilà comment Staline nous anéantira : en nous laissant mourir de froid. Les renards n'auront plus qu'à nous dévorer.

– Des renards ? s'enquit Mme Rimas, tandis que la mère de Janina jetait un coup d'œil hostile au Chauve.

– S'il y a des renards, on pourra les manger, déclara tranquillement Jonas.

– Tu as déjà attrapé des renards, mon garçon ? questionna le Chauve.

– Non, mais je suis sûr que c'est faisable.

– Un des gardes a dit que nous devons construire une usine de poisson pour eux.

– Il est impossible que ce soit notre destination finale, avança Mère. Ils vont certainement nous transférer dans un autre endroit.

– N'en soyez pas si sûre, Elena, intervint l'Homme à la montre. Aux yeux des Soviétiques, il n'y a plus de Lituanie, plus de Lettonie, plus d'Estonie. Si Staline tient à ce qu'on ne fasse pas tache dans le paysage, il faut qu'il se débarrasse complètement de nous.

Une tache dans son paysage. C'était donc là ce que nous étions pour Staline ?

– Nous sommes presque en septembre, poursuivit M. Lukas. Bientôt, la nuit polaire sera sur nous.

Presque en septembre. Ce n'était pas encore le mois de septembre, et déjà, nous étions gelés. À l'école, on nous avait effectivement parlé de la nuit polaire. Dans cette région, le soleil reste au-dessous de l'horizon pendant cent quatre-vingts jours. Près de la moitié de l'année dans les ténèbres. Je n'avais pas prêté grande attention à ce cours. J'avais préféré dessiner le soleil en train de sombrer au-dessus de l'horizon. Et à présent, c'était mon cœur, rongé d'angoisse, qui sombrait.

– Nous n'avons pas beaucoup de temps devant nous, dit-il encore. Je crois que…

– ARRÊTEZ ! Arrêtez donc de parler ! hurla la mère de Janina.

– Qu'est-ce qui ne va pas ? demanda Mère.

– Chh… N'attirez pas l'attention des gardes, recommanda Mme Rimas.

– Maman, qu'est-ce qui ne va pas ? demanda à son tour Janina, tandis que sa mère continuait à pousser des cris aigus.

C'est à peine si la femme avait ouvert la bouche durant tout le voyage, et voilà que soudain il était impossible de la faire taire.

– Je ne peux pas, je ne peux pas ! Je ne mourrai pas ici. Je ne laisserai pas un renard nous dévorer.

Tout à coup, elle empoigna sa fille à la gorge. Un affreux gargouillis s'échappa de la trachée de Janina.

Se précipitant aussitôt sur la pauvre folle, Mère arracha de force ses doigts du cou de l'enfant qui reprit son souffle et se mit à sangloter.

– Pardon, pardon, je suis désolée, répétait sa mère en pleurant.

Après quoi, nous tournant le dos, elle plaça ses mains sur sa propre gorge et tenta de s'étrangler elle-même.

Mme Rimas la gifla en pleine figure, tandis que l'Homme à la montre s'efforçait de la maîtriser.

– Qu'est-ce qui vous a pris ? demanda le Chauve. Avez-vous perdu tout sens commun ? Si vous voulez vous suicider, ne le faites pas en public, s'il vous plaît.

– C'est votre faute, accusai-je. Vous lui avez annoncé qu'elle serait dévorée par un renard.

– Ça suffit, Lina, dit Jonas.

– Maman, Maman…, sanglotait Janina.

– Elle parle déjà à sa poupée morte, s'impatienta le Chauve. Avons-nous vraiment envie de l'entendre parler de sa mère morte à longueur de journée ?

Un cri perçant s'échappa de la bouche de la fillette.

– Maman !

– Ne vous inquiétez pas. Ça va aller, dit Mère tout en caressant les cheveux crasseux de la femme. Il ne faut surtout pas que nous perdions la tête. Tout va bien se passer, je vous assure.

70

Dès le petit jour, le NKVD nous cria de nous mettre au travail. Mère et Jonas avaient passé la nuit sous un bateau de pêche dans l'espoir de se protéger du vent. Quant à moi, j'avais mal au cou pour avoir dormi sur ma valise. En réalité, je m'étais plutôt assoupie – à peine quelques heures. Une fois tout le monde plongé dans le sommeil autour de moi, j'avais fait des croquis au clair de lune. J'avais dessiné la mère de Janina avec ses mains serrant le cou de sa fille jusqu'à l'étrangler et Janina avec ses yeux qui semblaient sortir de leurs orbites. J'avais écrit une lettre à Andrius pour lui dire que nous étions à Trofimovsk. Mais cette lettre partirait-elle jamais ? Comment la poster ? Andrius s'imaginerait peut-être que je l'avais oublié. « Je te retrouverai », avait-il dit. Comment pourrait-il nous retrouver ici ? *Papa*, pensai-je. *Viens nous chercher. Dépêche-toi.*

Le NKVD nous divisa en vingt-cinq groupes de quinze personnes. Nous étions le groupe numéro onze. Ils réquisitionnèrent les hommes tant soit peu robustes pour terminer la construction du quartier des officiers et envoyèrent les garçons pêcher dans la mer. Les femmes et les personnes âgées qui restaient se virent assigner la charge de bâtir une *iourta*, une sorte de yourte, pour leur groupe. Comme matériaux, on n'avait le droit d'utiliser que des éclats de brique ou le bois flotté qu'on pouvait trouver sur le rivage. Il était formellement interdit d'utiliser les briques ou le bois entreposés près des deux bâtisses du NKVD et exclusivement réservés à leur quartier. L'hiver n'allait pas tarder, disait Ivanov, le garde aux dents abîmées, et le NKVD avait évidemment besoin d'un logement confortable.

– Avant même de songer à bâtir notre *iourta*, il faut nous procurer de quoi la fabriquer, déclara Mme Rimas – et vite, sinon il ne restera bientôt plus rien. Dispersez-vous, allez ramasser tout ce que vous pourrez trouver, et rapportez ça ici.

Je ramassai de grosses pierres, des bouts de bois et des éclats de brique. Allions-nous vraiment construire une maison avec des cailloux et des bâtons ? Mère et Mme Rimas trouvèrent des rondins que la mer avait rejetés sur le rivage et les traînèrent tant bien que mal jusqu'au futur emplacement de notre hutte, puis retournèrent en chercher d'autres. Je vis une femme arracher de la mousse et s'en servir comme mortier pour lier les pierres. Avec l'aide de Janina, j'arrachai à mon tour de gros lambeaux de mousse que nous empilâmes près des matériaux déjà rassemblés. La faim me tenaillait. Je brûlais d'impatience de voir Jonas revenir avec le poisson.

Quand il revint enfin, trempé et tremblant de froid, il avait les mains vides.

– Où est le poisson ? demandai-je.

Mes dents s'entrechoquaient.

– Les gardes ont dit que nous n'avons pas droit

au poisson. Tout le produit de notre pêche est mis en réserve pour le NKVD.

– Qu'est-ce qu'on mangera alors ?

– Des rations de pain, répliqua Jonas.

Il ne fut pas facile de réunir assez de rondins pour bâtir la charpente de notre *iourta*. Cela nous prit une bonne semaine. Les hommes discutèrent du plan. Je fis quelques esquisses.

– Ces rondins n'ont pas l'air très solides, commenta Jonas. Ce n'est que du bois flotté.

– Mais c'est tout ce que nous avons, répondit M. Lukas, l'Homme à la montre. Et il faut nous dépêcher. Notre *iourta* doit être impérativement terminée avant la première chute de neige. Sinon nous ne survivrons pas.

– Dépêchez-vous, dépêchez-vous, dit le Rabâcheur.

Je creusai de larges entailles dans la terre dure à l'aide d'une pierre plate. Le sol était gelé. À partir d'une certaine profondeur, il fallait attaquer la glace. Mère, Mme Rimas et moi plantâmes les rondins verticalement dans les entailles avant de les colmater avec de la terre meuble.

– Ça n'a pas l'air assez grand pour quinze personnes, dis-je en regardant l'armature de la hutte, tandis que le vent me cinglait le visage.

– Serrés les uns contre les autres, on aura plus chaud, répondit Mère.

Ivanov et Kretzky s'approchèrent de nous. Ils discutaient. Je compris presque tout.

– Les cochons les plus lents de Trofimovsk ! s'exclama Ivanov, laissant voir ses dents gâtées.

– Vous avez besoin d'un toit, fit observer Kretzky en désignant de sa cigarette la charpente.

– Oui, bien sûr. Seulement, pour se chauffer, on fait comment ? dis-je.

Nous avions assez de bois pour faire un toit, mais la question du chauffage n'était pas résolue.

– Nous aurons besoin d'un fourneau, précisa Mère en russe.

Ivanov trouva cette remarque particulièrement comique.

– Ah, tu aimerais avoir un fourneau ? Quoi d'autre encore ? Un bain chaud ? Un verre de cognac ? Ferme-la et remets-toi au travail.

Sur ce, il s'éloigna.

Mère regarda Kretzky, qui baissa les yeux et s'en alla à son tour.

– Tu vois, il ne nous aidera pas, fis-je.

Nous travaillâmes encore toute une semaine à notre *iourta*, étoffant la charpente avec des bribes de ci et de ça. Ce n'était pas une maison, c'était un tas de fumier, un paquet de bûches et de rondins recouverts de boue, de sable et de mousse. On eût dit une de ces cabanes que les enfants s'amusent à fabriquer. Et c'était là qu'on devait vivre.

Les hommes avaient terminé de construire le quartier des officiers ainsi que la boulangerie destinée au NKVD. C'étaient de vraies bâtisses dignes de ce nom, avec des fourneaux ou des cheminées dans chaque pièce. Selon l'Homme à la montre, elles étaient très bien équipées. Et nous, nous étions censés survivre au long hiver arctique dans une hutte de boue ? En fait, ils escomptaient que nous n'y survivrions pas.

71

Le lendemain de notre « installation » dans la *iourta* enfin terminée, Janina accourut à ma rencontre.

– Lina, il y a un navire, il y a un navire ! Il arrive !

En l'espace de quelques secondes, les gardes du NKVD sont sur nous. Le fusil braqué sur nos tempes, ils nous somment de réintégrer nos *iourta* respectives et d'y rester jusqu'à nouvel ordre. Ils courent en tous sens et crient, en proie à une étrange frénésie.

– Jonas ? hurla Mère. Lina, où est Jonas ?

– On l'a envoyé pêcher.

– *Davaï !* aboya Ivanov en me poussant à l'intérieur de la *iourta*.

– Jonas ! appela encore Mère qui trébucha en cherchant à échapper à Ivanov.

– Il arrive, Elena, il était derrière moi, je l'ai vu, dit M. Lukas qui nous rejoignait en courant.

Jonas arriva bientôt, hors d'haleine.

– Mère ! s'écria-t-il. Il y a un navire ! Avec un pavillon américain.

– Les Américains sont arrivés. Ils sont arrivés ! s'exclama le Rabâcheur.

– Est-ce que les Américains vont se battre contre le NKVD ? questionna Janina.

– Stupide fillette ! répondit le Chauve. Les Américains aident le NKVD au contraire !

– Ils nous cachent, commenta Mère. Ils ne veulent pas que les Américains nous voient et apprennent ainsi de quelle façon le NKVD nous traite.

– Les Américains ne vont-ils pas se demander à quoi servent ces huttes de boue ? m'enquis-je.

– Ils penseront sans doute qu'il y a ici une unité militaire quelconque, répliqua l'Homme à la montre.

– Et si on sortait en courant pour que les Américains puissent nous voir ?

– Si vous faites ça, ils vous tireront dessus.

– Reste tranquille, Lina ! commanda Mère. Tu as entendu ?

Elle avait raison. Le NKVD cachait effectivement notre existence aux Américains. Il fallut rester cloîtrés dans nos *iourta* pendant plus de cinq heures – le temps de décharger le navire. À peine celui-ci commençait-il à s'éloigner que le NKVD vint nous requérir, avec force hurlements, pour transporter vivres et matériaux divers jusqu'à la boulangerie et au quartier du NKVD. Je ne pus m'empêcher de regarder le pavillon américain flotter un instant avant de disparaître dans le lointain, emportant avec lui notre espoir d'être secourus. J'aurais voulu courir jusqu'au rivage en criant et en agitant les bras.

Les marchandises entassées sur de larges palettes de bois s'élevaient à une hauteur impressionnante ; elles occupaient à peu près le volume de quatre maisons de Kaunas. Une montagne de nourriture. Là, tout près, à portée de la main. Jonas me dit de surveiller de près la palette dont le bois pourrait servir à fabriquer une porte pour notre *iourta*, encore béante.

M. Lukas, l'Homme à la montre, parlait anglais. Il nous traduisit les mots inscrits sur tous les conteneurs, caisses et barils divers. Pois en conserve, tomates, beurre, lait condensé, œufs en poudre, sucre, farine, vodka, whisky. Plus de trois cents Finlandais et Lituaniens transportèrent ce jour-là des monceaux de nourriture et de matériel en tout genre (vêtements, outils, etc.) auxquels ils ne pourraient jamais toucher. La nourriture était-elle si abondante en Amérique qu'un navire pût déverser de sa cale pareille quantité de provisions, et tout ça pour moins de vingt fonctionnaires du NKVD ? Les Américains étaient partis à présent. Connaissaient-ils l'horrible secret des Soviétiques ? Et tendaient-ils l'autre joue en quelque sorte ?

Après la nourriture, on transporta un matériel assez hétéroclite : pétrole, filets de pêche, manteaux doublés de fourrure, chapkas, gants de cuir épais, etc. « Le NKVD sera bien au chaud pour l'hiver », me disais-je, tandis que le vent transperçait mon manteau tout râpé. Jusqu'au soir, je peinai au côté de Jonas pour soulever, puis transbahuter caisse après caisse.

– S'il vous plaît, arrêtez, enjoignit Mère à M. Lukas.

– Je suis désolé, dit-il tout en remontant sa montre. Ça me calme.

– Je ne parlais pas de votre montre, répondit

Mère. S'il vous plaît, arrêtez de traduire à voix haute les mots écrits sur les conteneurs. Il m'est insupportable de savoir ce que nous sommes en train de transporter.

Et elle s'éloigna.

– Je veux le savoir au contraire, objecta le Chauve. Je veux savoir quels sont les produits disponibles au cas où l'occasion se présenterait à l'un de vous.

– Que veut-il dire ? demanda Jonas.

– Sans doute qu'il aimerait bien qu'on vole des choses pour lui, répliquai-je.

– La voilà qui recommence ! s'écria soudain Jonas.

– Qu'est-ce que tu racontes ? fis-je.

D'un geste, Jonas désigna Mère. Elle était en train de parler à Kretzky.

72

Jonas repéra un grand baril vide qui flottait sur la mer des Laptev et réussit à le ramener au rivage à l'aide d'un morceau de bois flotté. Puis il le remonta en le roulant jusqu'à notre *iourta*. On l'accueillit avec des applaudissements.

– C'est pour le poêle, déclara Jonas avec un sourire.

– Beau travail, mon chéri ! dit Mère.

Après avoir glané dans les poubelles du NKVD des boîtes de conserve vides dont ils comptaient se servir pour fabriquer un tuyau de poêle, les hommes se mirent au travail.

Il était risqué de mettre sa ration de pain de côté quand Ivanov était dans les parages. Il adorait s'emparer de nos rations de famine. Trois cents grammes. C'était tout ce qu'ils nous donnaient. Un jour, je le vis arracher à une vieille femme la ration qu'elle venait de toucher à la boulangerie. Il la fourra dans sa bouche et commença à la mâchouiller. Tandis qu'elle le suivait attentivement des yeux, sa bouche vide imitait les mouvements de mastication de celle d'Ivanov. Soudain, il cracha des bouts de pain à demi mâchonnés sur les pieds de la vieille femme. Elle les ramassa tant bien que mal et les mangea. Selon Mme Rimas,

Ivanov aurait été affecté jusque-là au commandement d'une prison de Krasnoïarsk – peut-être celle-là même où se trouvait Papa, ne pouvais-je m'empêcher de me demander. Il aurait été muté tout récemment à Trofimovsk. C'était sans doute une mesure de rétrogradation. Kretzky avait-il subi une sanction identique ?

Mon estomac vide me torturait. J'aurais donné n'importe quoi pour la bouillie d'orge grisâtre dont ils nous nourrissaient dans le train. Je dessinais des plats avec un grand luxe de détails : poulet rôti fumant à la peau croustillante et comme caramélisée, bols de prunes, gâteaux aux pommes à la croûte friable. Je dressai aussi la liste précise des produits comestibles transportés par le navire américain.

Le NKVD nous commanda bientôt de ramener tous les rondins que charriait la mer. Nous devions les débiter et les mettre à sécher pour en faire du bois de chauffage. Ce bois était exclusivement destiné à l'usage du NKVD. Nous n'y avions pas droit. Nous restions assis dans notre *iourta*, face à notre poêle vide. Je voyais défiler en esprit des assiettes avec des restes de nourriture emportées à la cuisine avant d'être soigneusement raclées ; je voyais ces restes jetés à la poubelle. J'entendais Jonas – qu'on avait prié de finir son assiette – protester d'une petite voix : « Mais, Mère, je n'ai pas faim. » Pas faim. Quand avions-nous pu jamais éprouver pareille sensation ?

– J'ai froid, dit Janina.

– Eh bien, dans ce cas, va chercher du bois pour le poêle ! suggéra le Chauve.

– Où est-ce que je peux en trouver ?

– Tu peux en voler, répliqua-t-il. Près des bâtisses du NKVD. C'est là que les autres s'en procurent.

– Ne l'envoyez pas voler, dis-je. Je vais aller en chercher. Je trouverai bien quelque chose.

– Je t'accompagne, proposa Jonas.

– Mère ?

Je m'attendais à ce qu'elle protestât.

– Hmm ? se contenta-t-elle de répondre.

– Jonas et moi, nous allons chercher du bois, répétai-je.

– D'accord, ma petite Lina, répondit-elle à voix très basse.

– Mère ne me semble pas aller très bien, glissai-je à Jonas, quand nous fûmes sortis de notre hutte de boue.

– C'est vrai. Elle a l'air affaiblie et un peu perdue.

Je m'arrêtai.

– Jonas, tu as vu Mère manger ?

– Je crois, répondit-il.

– Essaye de réfléchir. On l'a peut-être vue grignoter, mais c'est tout. Elle nous donne tout le temps du pain. Hier encore, elle nous en a donné, prétendant que c'était une ration supplémentaire qu'elle avait touchée pour avoir halé des rondins.

– Tu penses qu'elle nous donne sa ration ?

– Oui. En tout cas, une partie.

Mère se laissait mourir de faim pour pouvoir nous nourrir.

Tandis que nous nous dirigions vers les bâtiments du NKVD, le vent hurlait. Chaque fois que je respirais, je ressentais comme une brûlure dans la gorge. Le soleil n'apparut pas. La nuit polaire avait commencé. À la lueur de la lune, le paysage désolé qui nous entourait prenait des tons de gris et de bleu. Le Rabâcheur ne cessait de dire que nous devions impérativement survivre au premier hiver. Mère était de son avis. Si on y parvenait, si on supportait sans trop faiblir les mois de nuit polaire jusqu'au retour du soleil, alors, oui, on survivrait.

– Tu as froid ? demanda Jonas.

– Je suis gelée.

Le vent, tranchant comme une lame de couteau, transperçait mes vêtements et me lacérait la peau.

– Tu veux mon manteau ? dit-il. Il devrait t'aller.

Je regardai mon frère. Le manteau que Mère avait troqué contre Dieu sait quoi était encore trop grand pour lui. Mais il ne tarderait pas à être à sa taille.

– Non, tu auras froid, répondis-je. Mais merci.

– Vilkas ! s'écria alors une voix.

Kretzky. Il portait un long manteau de lainage et tenait un sac de toile à la main.

– Que faites-vous là ? questionna-t-il.

– On cherche du bois flotté à brûler, répliqua Jonas. Vous n'en auriez pas vu par hasard ?

Kretzky hésita. Puis, glissant la main dans son sac, il prit un morceau de bois qu'il nous jeta en plein dans les tibias et s'en alla sans même nous laisser le temps de dire quoi que ce fût.

Cette nuit-là, la nuit du 26 septembre 1942, une tempête de neige survint – la première.

Elle dura deux jours. Le vent chargé de neige s'infiltrait en mugissant à travers les multiples fentes de notre *iourta*. Les températures avaient chuté bien au-dessous de zéro, et le froid pénétrait jusque dans les genoux et les hanches. Ils me faisaient mal au point de me lanciner, rendant pénibles mes moindres déplacements. On se pelotonnait les uns contre les autres pour avoir plus chaud. Le Rabâcheur vint se coller à nous. Il avait l'haleine fétide.

– Vous avez mangé du poisson ? questionna le Chauve.

– Du poisson ? Oui, un petit poisson, répondit l'homme.

– Pourquoi ne nous en avez-vous pas apporté ? questionna encore le Chauve.

D'autres personnes se mirent alors à crier contre le Rabâcheur, le traitant d'égoïste.

– Je l'ai volé. C'était juste un petit poisson. Un tout petit.

– Liale n'aime pas le poisson, chuchota Janina.

Je la regardai. Elle se grattait le cuir chevelu.

– Ça te démange ? demandai-je.

Elle hocha la tête. Des poux. Notre hutte tout entière allait bientôt grouiller de poux, ce n'était qu'une affaire de temps.

Nous creusâmes à tour de rôle un sentier devant la porte de notre *iourta* pour nous frayer un chemin jusqu'à la boulangerie afin de toucher nos rations de pain. Je ramassai à la pelle de grandes quantités de neige qui, en fondant, nous fournirait de l'eau potable. Jonas s'assura que Mère mangeait toute sa ration et buvait suffisamment d'eau. Jusque-là, nous faisions nos besoins au-dehors, mais, avec la tempête de neige qui faisait rage, nous étions condamnés à nous asseoir sur un seau dans la hutte. Par politesse, la personne tournait le dos aux autres, mais certains soutenaient que, vu sous cet angle, le spectacle était plus affreux encore.

73

Une fois la tempête calmée, le NKVD nous cria de nous remettre au travail. Il s'agissait toujours de ramener des rondins, que ce fût de la grève ou de la forêt, et de les débiter en morceaux pour en faire du bois à brûler. Quand nous émergeâmes de notre hutte de boue, ce fut pour entrer dans un monde d'obscurité. À perte de vue, du gris, rien que du gris. Seule la neige, blanche, éclairait le paysage couleur de charbon.

En passant devant une *iourta* entièrement recouverte de neige, Jonas et moi, nous entendîmes une femme plantée devant la porte crier : « Non ! » Elle avait le bout des doigts tout ensanglantés et les ongles déchiquetés.

– Les idiots ! s'écria Ivanov. Ils ont monté leur porte à l'envers, elle ouvre sur l'extérieur. Quand il a neigé, ils se sont retrouvés enfermés à l'intérieur. Et, bien entendu, ces mauviettes ont été incapables de tirer ou d'abattre la porte !

Ivanov riait, se tapait la cuisse de rire en expliquant la situation à un autre garde.

– Quatre d'entre eux sont morts là-dedans ! continua-t-il. Quelle bande de cochons stupides !

Jonas restait là, bouche bée.

– Qu'est-ce que tu regardes ? hurla Ivanov. Au travail !

J'entraînai Jonas loin de la hutte ensevelie sous la neige et de la femme en pleurs.

– Il riait, dis-je. Quatre personnes sont mortes, et Ivanov riait !

– Quatre personnes sont mortes pendant la première tempête de neige, répondit Jonas en contemplant ses pieds. Peut-être plus. Nous avons besoin de plus de bois. Il faut que nous réussissions à passer l'hiver.

Le NKVD nous divisa en deux groupes. Je devais pour ma part aller chercher du bois dans la forêt. La limite des arbres était distante de trois kilomètres. Le Chauve faisait partie de mon groupe. Nous avancions péniblement à travers la neige qui crissait sous les pieds.

– Et je suis censé marcher dans la neige avec ma mauvaise jambe ! Qu'est-ce qu'ils croient ! se plaignit le Chauve.

J'essayai de foncer en avant pour me débarrasser de lui. Je ne voulais surtout pas qu'il s'incruste, d'autant qu'il me ralentirait.

– Ne me laisse pas ! cria-t-il. Passe-moi tes moufles.

– Quoi ?

– Passe-moi tes moufles. Je n'en ai pas.

– Non. J'aurais les mains gelées, répliquai-je, tandis que le vent froid m'écorchait la peau.

– Mes mains à moi sont déjà gelées ! Allons, passe-moi tes moufles, répéta-t-il. Juste pour quelques minutes. Tu peux mettre tes mains dans tes poches.

Songeant à mon frère qui m'avait généreusement

proposé son manteau, je me demandai si je devais partager mes moufles avec M. Stalas.

Celui-ci se faisait suppliant.

– Allons, passe-les-moi, et je te dirai quelque chose.

– Qu'est-ce que vous allez me dire ? m'enquis-je, méfiante.

– Quelque chose que tu voudrais bien savoir.

– Qu'est-ce que je pourrais bien avoir envie d'apprendre de votre bouche ?

– Dépêche-toi, passe-les-moi, répéta-t-il.

Je poursuivis mon chemin en silence.

– Passe-moi tes foutues moufles, lança-t-il, et je t'expliquerai pourquoi ta famille a été déportée !

Je m'arrêtai net et le regardai fixement.

Il m'arracha les moufles des mains.

– Allons, ne restons pas là ! ordonna-t-il. Continuons à marcher ou bien nous mourrons de froid. Fourre tes mains dans tes poches.

Nous reprîmes notre marche.

– Alors ?

– Est-ce que tu connais un certain Petras Vilkas ? demanda-t-il.

Petras Vilkas. Le frère de mon père. Le père de Joana.

– Oui, fis-je. C'est mon oncle, et Joana est ma meilleure amie.

– Qui est Joana ? Sa fille ?

J'acquiesçai.

– Eh bien, reprit-il en frottant les moufles l'une contre l'autre, voilà la raison pour laquelle toi et ta famille, vous avez été déportées.

– Vous mentez.

– Je mens, moi ? Le nom de jeune fille de ta

tante était allemand. Ton oncle, son épouse et sa fille, probablement rapatriés via l'Allemagne, ont pu s'échapper. Ton père les a aidés. Il a même joué un rôle important dans leur fuite. Et voilà pourquoi ta famille à toi a été inscrite sur la fameuse liste, voilà pourquoi ton père est en prison et voilà pourquoi vous périrez dans l'enfer de l'Arctique, tandis que ton amie Joana mène sans doute, à l'heure qu'il est, la grande vie en Amérique.

Que racontait-il donc ? Joana avait fui et était partie pour l'Amérique ? Comment était-ce possible ?

– Rapatrier, si du moins ils peuvent le faire en toute impunité, disait mon père qui s'interrompit brusquement quand il m'aperçut dans l'encadrement de la porte.

« Chère Lina,
Maintenant que les vacances de Noël sont passées, la vie semble avoir pris un cours plus grave. Père a enfermé dans des cartons la plupart de ses livres, sous prétexte qu'ils occupent trop de place. »

Je songeai à mon dernier anniversaire. Mon père était arrivé en retard au restaurant. Je lui avais dit que je n'avais rien reçu de Joana, et il s'était contenté de répondre : « Elle est probablement très occupée. » J'avais déjà remarqué que depuis quelque temps il se raidissait chaque fois que j'évoquais ma cousine. Ce jour-là encore.

– La Suède serait préférable, dit Mère.

– C'est impossible, expliqua Papa. L'Allemagne est leur seul choix.

– Qui va en Allemagne ? lançai-je de la salle à manger.

Silence.

– Je croyais que toute ta famille maternelle se trouvait en Allemagne, dis-je à Joana.

– Apparemment, ma mère a aussi un parent en Amérique. Il habite la Pennsylvanie.

C'était possible en effet.

La liberté de Joana m'avait coûté la mienne.

– Je donnerais n'importe quoi pour avoir une cigarette, dit le Chauve.

74

– Mais pourquoi ne me l'avez-vous pas dit ?

– On essayait de protéger ton oncle. Ils devaient nous aider à leur tour, répondit Mère.

– Nous aider à quoi ? demanda Jonas.

– À fuir, chuchota Mère.

Il était inutile de baisser la voix. Chacun avait beau faire mine d'être absorbé par ses ongles ou ses vêtements, tout le monde entendait notre conversation. Seule Janina nous observait intensément. À genoux près de Jonas, elle écrasait les poux qui grouillaient dans ses sourcils.

– Une fois arrivés en Allemagne, ils devaient s'occuper de nos papiers afin que nous puissions être rapatriés à notre tour.

– Ça veut dire quoi, « rapatrié » ? questionna la fillette.

– Retourner dans le pays dont sa famille est originaire, répondis-je.

Janina se tourna vers Mère.

– Vous êtes allemands ?

– Non, mon petit. Mais la famille de ma belle-sœur étant née en Allemagne, nous pensions pouvoir obtenir des papiers par leur intermédiaire.

– Et Papa les a aidés ? dis-je. Il est donc coupable de complicité ?

– De complicité ? Mais il n'a commis aucun crime, Lina. Il les a juste aidés. Ce sont des parents très proches.

– Et Joana serait en Allemagne ?

– Très vraisemblablement. Mais les choses ont très mal tourné. Quelque temps après leur départ, en avril, Kostas a été informé que le NKVD avait perquisitionné leur maison. Quelqu'un avait dû les dénoncer aux Soviétiques.

– Qui a pu faire une chose pareille ? demanda Jonas.

– Les Lituaniens qui travaillent avec les Soviétiques. Ils leur fournissent des renseignements sur les autres gens dans l'espoir de se protéger eux-mêmes.

Quelqu'un dans la hutte se mit à tousser d'une toux sèche.

– J'ai du mal à croire que Joana ne m'ait rien dit d'une chose aussi grave.

– Joana n'en savait rien ! répondit Mère. Ses parents ne lui en ont sûrement pas parlé de peur qu'elle n'en parle à son tour. Elle devait s'imaginer qu'ils allaient rendre visite à un ami de la famille.

– Les Soviétiques pensaient que le père d'Andrius avait plusieurs contacts avec l'étranger, dit Jonas à voix basse. Et maintenant, ils croient que Papa communiquait avec quelqu'un qui vit à l'extérieur de la Lituanie. Ce qui veut dire qu'il est en danger.

Mère acquiesça. Janina se leva alors pour aller s'allonger près de sa maman.

Les pensées se bousculaient dans mon cerveau. À peine avais-je commencé à réfléchir à une chose qu'une nouvelle pensée se présentait, chassant la première. Nous subissions un châtiment, tandis que Joana et ses parents vivaient confortablement en Allemagne. Nous avions sacrifié notre existence pour eux. Mère était furieuse contre M. Stalas. Elle lui avait confié notre secret, et il l'avait trahi – et tout ça pour quoi ? Pour avoir les mains au chaud dans mes moufles pendant cinq minutes ! Mère et Papa avaient-ils pensé à *nous* confier le secret ? Avant d'aider oncle Petras et sa famille à s'enfuir, avaient-ils envisagé les conséquences de leur acte ? Je me grattai l'arrière de la tête. Les poux descendaient en colonne le long de ma nuque, et leur morsure me démangeait horriblement.

J'explosai.

– Quel égoïsme ! Comment ont-ils pu nous faire ça ?

– Ils ont dû sacrifier un certain nombre de choses, eux aussi, répliqua Jonas.

Je restai bouche bée quelques secondes.

– Que veux-tu dire ? demandai-je. Ils n'ont rien sacrifié ! Nous leur avons tout donné.

– Ils ont sacrifié leur maison. Oncle Petras a sacrifié son magasin, et Joana, ses études.

Ses études. Ses chères études. Joana désirait aussi passionnément devenir médecin que je souhaitais être artiste. Mais si, pour ma part, je pouvais continuer à dessiner, il lui était impossible, à cause de la guerre qui faisait rage en Allemagne, de poursuivre ses études de médecine. Où était-elle ? Était-elle au courant de ce qui nous était arrivé ? Ou bien les Soviétiques avaient-ils réussi à garder les déportations secrètes ? S'il en était ainsi, combien de temps cela durerait-il ? Je pensai au navire de ravitaillement américain que j'avais regardé s'éloigner. Quelqu'un songerait-il jamais à nous chercher au fin fond de la Sibérie arctique ? Si Staline continuait à n'en faire qu'à sa tête, nous avions toutes les chances de finir ensevelis sous la neige et la glace.

Je pris mon papier et m'assis près du poêle qui diffusait un peu de lumière. Je sentais la colère frémir en moi. C'était trop injuste ! Je ne pouvais pas haïr Joana pour autant. Ce n'était pas sa faute. Qui était le coupable dans cette affaire ? Je dessinai deux mains agrippées l'une à l'autre, puis se séparant. Je dessinai aussi une croix gammée sur sa paume et, sur le dos de ma main, une faucille et un marteau ; entre les deux emblèmes, le drapeau lituanien en lambeaux.

Les bûches craquetaient et crachotaient dans le poêle, laissant échapper de temps à autre une légère pluie de cendres. Soudain, j'entendis un bruit de grattement. L'Homme à la montre était en train de graver un petit morceau de bois.

Jonas, assis en tailleur sur mon lit, regardait un des tirages de Munch que j'avais commandés à Oslo.

– On dirait que quelqu'un les a griffées.

– Effectivement. Munch se servait de son couteau à palette pour égratigner ses toiles et créer ainsi une nouvelle texture.

– Ça donne à la fille un air… – comment dire ? – vague, commenta Jonas. Si la toile n'était pas griffée comme ça, elle aurait l'air triste. Mais ces griffures et ces égratignures brouillent tout.

– Exactement, répondis-je en passant les doigts à travers mes cheveux tout propres. Mais aux yeux de Munch, c'était justement cela qui rendait la

peinture vivante. Il n'avait rien de rationnel. Peu lui importaient les proportions, il voulait avant tout donner une sensation de réel.

Jonas continua à feuilleter les tirages.

– Celle-là, par exemple, dit-il en s'arrêtant, les yeux écarquillés, sur la reproduction suivante, est-ce qu'elle te donne cette sensation de réel ?

– Absolument ! répondis-je. Le tableau s'appelle Cendres.

– Pour le réel, je ne saurais pas dire… Ou alors ce serait peut-être un réel effrayant, dit Jonas en se levant pour partir. Tu sais, Lina, je préfère tes dessins et tes peintures à ceux de Munch. Ils sont trop étranges pour moi. Bonne nuit.

– Bonne nuit, Jonas, fis-je.

Et, prenant les reproductions, je m'affalai sur mon lit et sombrai avec délice dans ma couette moelleuse bourrée de duvet d'oie. Un commentaire d'un critique d'art écrit dans la marge disait : « Munch est essentiellement un poète lyrique de la couleur. Il sent les couleurs mais ne les voit pas. Il voit le chagrin, les larmes, le dépérissement. »

Le chagrin, les larmes, le dépérissement. J'avais perçu tout cela dans Cendres, *moi aussi. Je trouvais le tableau génial.*

Cendres. J'eus une idée. J'attrapai un petit morceau de bois près du poêle. J'arrachai l'écorce pour découvrir la pulpe, puis je séparai les fibres de manière à former des poils. Après quoi, j'allai ramasser une poignée de neige devant la porte et la mélangeai soigneusement aux cendres tombées du poêle. J'obtins ainsi une couleur à l'eau, inégalement répartie mais d'un joli gris.

75

Le mois de novembre arriva. Les yeux de Mère avaient perdu leur éclat, leur vivacité. Il fallait se donner de plus en plus de mal pour lui arracher un sourire. À dire vrai, ce sourire n'apparaissait plus qu'en deux occasions : quand son menton reposait dans le creux de sa main ou lorsque Jonas mentionnait Papa dans notre prière du soir. Elle levait alors un visage plein d'espoir vers nous, et les commissures de sa bouche remontaient. Je me faisais beaucoup de souci pour elle.

Le soir, je fermais les yeux et pensais à Andrius. Je le revoyais passant les doigts à travers ses cheveux bruns emmêlés ou s'amusant à suivre le dessin de ma joue avec son nez, la veille de notre départ. Je me rappelais le grand sourire qu'il arborait toujours quand il venait me taquiner dans la queue de rationnement, son regard timide lorsqu'il m'avait offert *Dombey et Fils*, le soir de mon anniversaire, et cette façon qu'il avait eue de me réconforter au moment où le camion démarrait. « Je te retrouverai », avait-il dit. Savait-il où l'on nous emmenait ? Mais savait-il aussi que le NKVD s'amusait à faire des paris sur la mort des uns et des autres ? « Retrouve-moi », chuchotai-je.

Un jour, l'Homme à la montre regarda le ciel et nous informa qu'une tempête de neige s'annonçait. Je le crus, moins à cause de la teinte livide du ciel qu'à cause de l'agitation effrénée des gardes qui criaient tout le temps après nous. Leurs éternels *Davaï* avaient un accent d'urgence particulier. Ivanov lui-même, qui, d'ordinaire, aboyait ses ordres de loin, venait nous harceler. Ce jour-là, il ne cessa d'aller et venir d'un pas pressé entre le quartier du NKVD et nos huttes, apparemment soucieux de coordonner les activités.

Mme Rimas tenta de négocier des rations d'avance en prévision de la tempête de neige qui menaçait.

Ivanov rit.

– S'il y a une tempête de neige, vous ne travaillerez pas. En ce cas, pourquoi auriez-vous droit à vos rations ?

– Mais comment survivrons-nous sans pain ? demanda Mme Rimas.

– Je n'en ai aucune idée, rétorqua Ivanov.

Je me glissai dans le quartier du NKVD pour chaparder du bois. Il n'y avait pas d'autre solution. Il nous en faudrait une quantité pour tenir pendant la tempête. Je retournai en chercher d'autre. La neige commençait à tomber.

C'est alors que j'aperçus Mère en grande conversation avec Ivanov et Kretzky derrière les bâtisses du NKVD. Que faisait-elle donc là ? Je me faufilai hors de vue et plissai les yeux pour capter quelque chose de la scène. Ivanov cracha par terre. Puis il se pencha vers le visage de Mère, presque à le toucher. Mon cœur se mit à battre. Soudain, il porta sa main gantée à sa tempe, simulant un coup de revolver. Mère vacilla. Ivanov rejeta la tête en arrière et rit. Après quoi, il entra dans un des bâtiments du NKVD.

Mère et Kretzky restent là sans bouger, tandis que la neige tombe autour d'eux. Kretzky sort la main de sa poche pour la poser sur l'épaule de Mère. Je vois ses lèvres remuer. Les genoux de Mère se dérobent sous elle. Il l'attrape par la taille. Son visage se crispe, et elle s'abat sur sa poitrine avant de la marteler à coups de poing.

– Mère ! m'écriai-je en courant à sa rencontre.

Le bois à brûler que j'avais volé et caché sous mon manteau roula à mes pieds, et je trébuchai.

J'arrachai ma mère des mains de Kretzky et l'attirai à moi. Le garde déplaça son poids d'un pied sur l'autre. Je levai les yeux vers lui.

– Fusillé. Dans le camp de prisonniers de Krasnoïarsk.

J'eus la sensation que l'air se resserrait autour de moi, précipitant mon corps dans la neige, l'y enfonçant profond, profond.

– Non, vous vous trompez, dis-je en cherchant Kretzky des yeux. Il va venir nous chercher. Il est en route. Mère, il se trompe ! ajoutai-je. Ils croient qu'il est mort parce qu'il a quitté le camp. Mes dessins lui sont parvenus. Il vient nous chercher !

– Non.

Kretzky secouait la tête en signe de dénégation.

Je le regardai fixement.

– *Non ?*

Mère sanglotait tout contre moi. Je percevais les moindres soubresauts, les moindres halètements de son corps.

– Papa ? laissai-je échapper.

Le mot était à peine audible. Kretzky avança d'un pas et tendit le bras pour aider Mère.

– Éloignez-vous d'elle ! Restez à l'écart. Je vous hais. Vous m'entendez ? JE VOUS HAIS !

Kretzky regarda Mère.

– Moi aussi, dit-il.

Et il s'éloigna, me laissant là, par terre, avec Mère. Nous nous enfonçâmes plus profond dans la neige qui nous recouvrait peu à peu, tandis que le vent âpre et mordant comme un cent d'aiguilles nous lacérait le visage.

– Viens, Mère. La tempête arrive.

Ses jambes refusaient de la porter. À chacun de ses pas, sa poitrine se soulevait, et nous perdions l'équilibre. La neige tourbillonnait autour de nous, et je n'y voyais presque plus rien.

– AU SECOURS ! criai-je. Aidez-moi, S'IL VOUS PLAÎT !

Je n'entendais plus que le gémissement du vent.

– Mère, accorde tes pas aux miens. Marche avec moi. Il faut rentrer. La tempête arrive.

Mère était incapable de marcher. Elle ne marchait pas. Elle ne faisait que répéter et répéter le nom de mon père, tandis que la neige continuait à tomber.

– AU SECOURS !

– Elena ?

C'était la voix de Mme Rimas.

– Oui ! Nous sommes là, criai-je. Venez nous aider !

Deux silhouettes émergèrent soudain de l'épais rideau de neige tourbillonnante.

– Lina ?

– Jonas ! S'il te plaît !

Les bras tendus devant eux, presque à l'aveuglette, mon frère et Mme Rimas se frayèrent un chemin à travers la neige.

– Oh, Dieu du ciel, Elena ! s'écria Mme Rimas.

Nous traînâmes tant bien que mal Mère jusqu'à notre *iourta*. Elle s'allongea sur une planche, face contre terre. Mme Rimas s'assit à son chevet, tandis que Janina, debout, l'observait sans mot dire.

– Lina, que se passe-t-il ? demanda Jonas, terrifié.

Je fixai le vide sans répondre.

– Lina ?

Je me tournai vers mon frère.

– Papa.

– Papa ?

Sa figure se décomposa.

Je hochai lentement la tête. J'étais incapable de parler. Un seul son s'échappa de ma bouche – quelque chose comme un misérable et rauque gémissement. C'était impossible. Cela ne s'était pas produit. Ne pouvait pas se produire. Pas mon père, non. Je lui avais envoyé mes dessins.

Je vis le visage de Jonas se métamorphoser littéralement sous mes yeux, comme s'il remontait le temps. Il semblait soudain avoir son âge, un âge vulnérable. Il n'était plus le jeune homme se battant pour aider sa famille ou fumant les livres ; il était redevenu le petit écolier qui s'était rué dans ma chambre la nuit de notre arrestation. Il me regarda, puis il regarda Mère. Alors il s'approcha d'elle, s'étendit à son côté et l'entoura délicatement de ses bras. Quelques flocons de neige s'infiltrèrent à travers une fissure du toit et tombèrent sur leurs cheveux.

Janina entortilla ses bras autour de mes jambes. Elle fredonnait tout bas.

– Je suis navré. Navré, dit le Rabâcheur.

76

Je ne pouvais pas dormir. Je ne pouvais pas parler. Chaque fois que je fermais les yeux, je revoyais le visage tuméfié de Papa penché par-dessus le trou des toilettes du train pour nous regarder. « *Courage, Lina* », m'avait-il dit. Épuisement et chagrin avaient beau s'être emparés petit à petit de mon corps tout entier, faisant peser sur lui une chape de plomb, j'étais bien réveillée. Des images d'angoisse, de douleur, de torture explosaient tour à tour dans mon esprit pour revenir en boucle, encore et encore.

Comment Kretzky pouvait-il savoir ? Il y avait sans doute une erreur. Il s'agissait certainement d'un autre homme que mon père. C'était tout à fait possible. Je me rappelai Andrius passant en revue tous les wagons du train dans l'espoir de retrouver son père. Il avait cru à une erreur possible, lui aussi. J'aurais voulu dire à Andrius ce qui venait d'arriver. Je glissai ma main dans ma poche et étreignis la pierre.

Mes dessins avaient échoué dans leur mission. J'avais échoué.

J'essayai de faire un croquis – en vain. Quand je commençai enfin à dessiner, le crayon se mit à bouger tout seul, indépendamment de ma main, comme propulsé sur la page blanche par quelque hideuse force tapie au fond de moi. Le visage de Papa était déformé. Sa bouche grimaçait de douleur. La peur irradiait de ses yeux. Je me représentai aussi en train de crier à Kretzky : « Je vous hais ! » Ma bouche se tordit, puis s'ouvrit. Trois serpents noirs aux crochets venimeux en jaillirent. Je cachai les dessins entre les pages de *Dombey et Fils*.

Mon père avait un caractère bien trempé. Il avait du ressort. C'était un résistant. S'était-il battu ou bien était-il mort sans avoir eu le temps de s'en rendre compte ? L'avaient-ils laissé étendu par terre comme Ona ? Je me demandai si Jonas se posait les mêmes questions. Nous n'en avions pas parlé. J'écrivis une lettre à Andrius, mais elle ne tarda pas à être barbouillée de larmes.

La tempête se déchaînait. Le hurlement assourdissant du vent chargé de neige glacée faisait comme une grande clameur blanche. À nouveau, il fallut creuser un sentier devant la porte afin d'aller chercher nos rations de pain. Deux Finlandais, égarés dans le brouillard, n'arrivaient pas à retrouver leur *iourta*. Ils s'entassèrent tant bien que mal dans la nôtre. L'un d'eux souffrait de dysenterie. Il régnait une telle puanteur dans la hutte que j'en avais des haut-le-cœur. Mon cuir chevelu grouillait de poux.

Le deuxième jour de la tempête, Mère se leva et réclama instamment de pelleter la neige à son tour. Elle avait les traits tirés, comme si une partie de son âme s'était envolée.

– Mère, tu devrais te reposer, dit Jonas. Je peux te remplacer.

– À quoi bon rester allongée là ? rétorqua Mère. Je dois faire ma part de travail comme les autres.

Le troisième jour de la tempête, M. Lukas, l'Homme à la montre, reconduisit les deux Finlandais à leur hutte.

– Emporte ce seau dehors et va le laver dans la neige, m'ordonna le Chauve.

– Pourquoi moi ? demandai-je.

– Nous serons de corvée chacun notre tour, dit Mère.

J'emportai le seau. Au-dehors, l'obscurité régnait. Le vent avait battu en retraite, mais je m'aperçus soudain que je ne pouvais pas respirer. L'intérieur de mes narines avait gelé. On était seulement en novembre. La nuit polaire ne prendrait fin qu'au début du mois de mars. Et d'ici là, le temps empirerait. Comment allions-nous pouvoir supporter un tel régime ? Il fallait pourtant réussir à passer le premier hiver. Je me hâtai de nettoyer le seau et retournai dans la *iourta*. Comme Janina qui parlait tout bas à sa poupée morte, je chuchotai à Papa des paroles dans la nuit.

20 novembre. La date de l'anniversaire d'Andrius. J'avais compté les jours avec le plus grand soin. Je lui souhaitai un heureux anniversaire dès mon réveil et pensai à lui toute la journée en transportant bûches et rondins. Le soir, je m'assis près du poêle et, à la lueur du feu, je lus *Dombey et Fils*. *Krassivaïa*. Je n'avais toujours pas trouvé la signification de ce mot. Peut-être la découvrirais-je en sautant des pages. Je commençais à feuilleter le livre quand quelque chose attira mon

attention. Je retournai en arrière. Il y avait effectivement quelques mots écrits au crayon dans la marge, à la page 278.

Salut, Lina. Tu es arrivée à la page 278. C'est joliment bien !

Je poussai un cri étouffé, puis fis mine d'être absorbée dans le livre. J'observai l'écriture d'Andrius et promenai mon index sur les quatre lettres – de hautes lettres déliées – qu'il avait tracées de sa main pour écrire mon nom. Y avait-il d'autres messages ? Sans doute plus avant dans le texte. Brûlant d'impatience de les lire, je feuilletai les pages, examinant les marges avec soin.

Page 300 :

Es-tu réellement arrivée à la page 300 ou sautes-tu des pages ?

Je dus réprimer mon fou rire.

Page 322 :

Dombey et Fils *est ennuyeux. Avoue-le.*

Page 364 :

Je pense à toi.

Page 412 :

Peut-être es-tu en train de penser à moi ?

Je fermai les yeux.

Oui, je pense à toi. Bon anniversaire, Andrius.

77

C'était la mi-décembre. Les mâchoires de l'hiver s'étaient refermées sur nous. Le Rabâcheur souffrait de gelures. Le bout de ses doigts, tout plissé, avait pris une teinte noir de jais. Des bulbes grisâtres étaient apparus au bout de son nez. On s'enveloppait de tous les vêtements, haillons et chiffons qu'on pouvait trouver. On emmaillotait nos pieds dans de vieux filets de pêche rejetés par la mer sur le rivage. Tout le monde se chamaillait dans la *iourta*. À force de vivre les uns sur les autres, on se tapait mutuellement sur les nerfs.

Il commença à y avoir des morts parmi les jeunes enfants. Mère apporta un jour sa propre ration à un petit garçon affamé dont la main minuscule était tendue dans l'attente d'un morceau de pain. Il était déjà mort. Il n'y avait ni médecin ni infirmière dans le camp, juste un vétérinaire originaire d'Estonie. Nous avions confiance en lui. Mais il avait beau faire de son mieux, il ne pouvait rien changer à nos conditions de vie insalubres. En outre, il ne disposait d'aucun médicament.

Ivanov et les gardes du NKVD ne pénétraient jamais dans nos *iourta*. Ils nous criaient de laisser les cadavres devant la porte.

– Espèces de cochons répugnants ! braillaient-ils. Vous vivez dans la crasse. Rien d'étonnant à ce que vous creviez !

La dysenterie, le typhus et le scorbut gagnaient subrepticement le camp. Les poux se repaissaient de nos plaies à vif. Un après-midi, un des Finlandais qui débitaient du bois avec moi quitta son travail pour aller pisser. Il ne revint pas. Janina le trouva se balançant au bout d'une branche. Il s'était pendu avec un filet de pêche.

Pour se procurer du bois, il fallait s'aventurer de plus en plus loin. À près de cinq kilomètres du camp. Le soir, comme nous reprenions le chemin du retour, Janina s'agrippa à mon manteau.

– Liale m'a montré quelque chose, dit-elle.

– Qu'est-ce que c'est ? demandai-je tout en bourrant mes poches de brindilles avec lesquelles je comptais alimenter le poêle et me fabriquer des pinceaux.

– Viens par ici, répondit-elle après avoir promené son regard autour d'elle. Je vais te montrer.

Elle me prit par la main et me conduisit jusqu'à la limite des arbres, puis à travers la neige. Sortant alors sa moufle de sa poche, elle désigna quelque chose.

Je scrutai l'étendue blanche – en vain.

– Chh…

La fillette m'entraîna un peu plus loin.

– Regarde…

Cette fois, je *la* vis. La chouette. Une énorme chouette blanche couchée à la lisière des arbres, et dont les plumes immaculées se confondaient si bien avec la neige que je ne l'avais pas remarquée au premier abord. La tête et le tronc de l'impressionnant rapace, qui semblait mesurer plus de soixante centimètres, étaient couverts de minuscules mouchetures brunes.

– Elle dort ? demanda Janina.

– Je crois qu'elle est morte, répliquai-je.

Et, sortant un morceau de bois de ma poche, je lui piquai l'aile du bout de mon bâton. La chouette resta immobile.

– Oui, elle est morte.

– Crois-tu qu'on pourrait la manger ? questionna la fillette.

L'idée commença par me choquer. Puis j'imaginai la bête dodue en train de rôtir dans notre poêle, comme un poulet. Je la piquai une nouvelle fois du bout de mon bâton. Elle ne bougeait toujours pas. L'empoignant par une aile, je la traînai sur la neige. Elle était lourde mais glissait facilement.

– Non ! s'écria Janina. Tu ne peux pas la tirer comme ça. Le NKVD s'en apercevra et nous la confisquera. Cache-la sous ton manteau.

– Janina, cette chouette est énorme. Comment veux-tu que je la cache sous mon manteau ? C'est impossible, voyons !

J'avoue que la seule idée de tenir tout contre moi une chouette morte me donnait des frissons.

– Mais j'ai tellement faim ! commença à pleurer la fillette. S'il te plaît, Lina ! Je marcherai devant toi. Personne ne s'apercevra de rien.

J'avais faim, moi aussi. Mère avait faim. Jonas avait faim. Nous avions tous faim. Je me penchai donc sur le rapace et rabattis ses ailes contre son ventre. Il était tout raide. Sa face au bec acéré avait quelque chose de menaçant. Je ne savais pas si je supporterais de le mettre contre mon corps. Je regardai Janina. Elle hocha la tête. Elle avait les yeux grands comme des soucoupes.

Je jetai un regard autour de moi.

– Déboutonne mon manteau.

Ses petites mains se mirent au travail.

Alors, soulevant la bête morte, je la tins contre ma poitrine. Des frissons de répugnance me parcoururent tout entière.

– Vite, reboutonne-moi !

Janina n'y parvint pas. La chouette était trop grosse. C'est à peine si je pouvais envelopper son corps de mon manteau.

– Retourne-la, dit Janina. Comme ça, sa tête ne dépassera pas, et elle se confondra avec la neige. Dépêchons-nous.

Me dépêcher ? J'étais censée parcourir cinq kilomètres à pied, enceinte d'une chouette morte, sans attirer l'attention du NKVD – et il fallait que je me dépêche ?

– Ralentis l'allure, Janina. Je ne peux pas marcher aussi vite. Elle est trop grosse.

Le bec du rapace semblait s'escrimer sur moi, et le contact de son cadavre me donnait la chair de poule. Mais j'avais trop faim.

Des gens que je ne connaissais pas formèrent un cercle autour de moi, m'abritant ainsi des regards. Ils m'escortèrent jusqu'à notre *iourta*, où j'arrivai sans encombre. Grâce à eux, j'étais passée inaperçue. Ils ne demandèrent rien en échange. Ils étaient tout simplement heureux d'aider quelqu'un, de réussir quelque chose, même s'ils ne devaient pas en tirer profit. On était au fond du gouffre et on avait essayé d'atteindre le ciel.

Je compris soudain que si on se soutenait les uns les autres, on en serait peut-être moins éloignés.

La mère de Janina pluma la chouette. Après quoi tout le monde vint se grouper autour du poêle de fortune pour humer l'odeur de la bête en train de cuire.

– Ça sent le canard, vous ne trouvez pas ? dit Jonas. Faisons comme si c'était du canard.

La saveur de la viande rôtie me sembla céleste. Peu importait qu'elle fût un peu dure ; au contraire, comme il fallait la mastiquer, le plaisir durait plus longtemps. Nous nous imaginions être les hôtes d'un banquet royal.

– Vous sentez le goût exquis de la marinade à la groseille ? soupira Mme Rimas.

– C'est merveilleux. Merci, Lina, dit Mère.

– Remerciez Janina, répondis-je, c'est elle qui a trouvé la chouette.

– Non, rectifia la fillette, c'est Liale.

– Merci, Janina ! s'écria Jonas.

Janina rayonnait, une poignée de plumes à la main.

78

Noël arriva. Nous avions réussi à tenir la moitié de l'hiver. C'était déjà beaucoup, et il fallait s'en réjouir.

Le mauvais temps perdurait, impitoyable. À peine une tempête de neige était-elle derrière nous qu'une autre survenait. Nous gelions en permanence sous des couches et des couches de neige et de glace, bref, nous menions une vie de pingouins. Mme Rimas allait se poster de temps à autre devant la boulangerie, où l'on confectionnait des pâtisseries à l'usage exclusif du NKVD, et l'odeur de beurre et de cacao la faisait pleurer. Les fonctionnaires du NKVD buvaient du café chaud, mangeaient du poisson et se régalaient de conserves et de légumes venus tout droit d'Amérique. Après le dîner, ils jouaient aux cartes, fumaient des cigarettes, peut-être même un cigare, et sirotaient un petit verre de cognac. Puis ils allumaient le feu dans leurs bâtisses de brique et se pelotonnaient sous leurs couvertures de fourrure.

La taille de mes dessins se réduisit. Je n'avais plus beaucoup de papier. Quant à Mère, elle n'avait plus beaucoup d'énergie. Elle ne put même pas s'asseoir pour la célébration de la fête de

Kucios : elle était restée allongée trop longtemps. Ses cheveux gelés étaient collés à la planche sur laquelle elle était couchée. Elle se laissait flotter au fil d'un sommeil trop léger pour être réparateur, ne s'éveillant que pour nous envoyer un baiser quand elle nous sentait tout près d'elle.

Les poux amenèrent le typhus. Le Rabâcheur tomba malade. Il insista pour quitter notre *iourta*.

– Vous êtes si gentils, expliqua-t-il, je ne voudrais pas vous contaminer. C'est très dangereux pour vous tous. Dangereux.

– Oui, sortez de là, dit le Chauve.

Il déménagea dans une *iourta* dont les occupants présentaient des symptômes identiques : fièvre, éruptions, accès de délire. Mme Rimas et moi l'aidâmes à marcher jusque-là.

Quatre jours plus tard, j'aperçus son corps nu au-dessus d'une pile de cadavres. Il avait les yeux écarquillés. Sa main gelée manquait. Des renards blancs lui avaient dévoré le ventre, mettant à nu ses entrailles et tachant la neige de sang.

Je me détournai de cet affreux spectacle et me couvris les yeux.

– Lina, s'il te plaît, ôte ces livres de la table, dit Mère. Je ne supporte pas de voir des images aussi effrayantes, surtout à l'heure du petit déjeuner.

– Mais ce sont les images qui ont inspiré l'art de Munch ! rétorquai-je. Il ne les voyait pas comme une expression de la mort, bien au contraire ; elles étaient pour lui l'expression même de la vie.

– Enlève-moi ces livres, répéta Mère.

Papa riait sous cape derrière son journal.

– Papa, écoute un peu ce que dit Munch.

Mon père abaissa son journal.

Je revins à la page en question.

– Voici ce qu'il a écrit : « Sur mon corps pourrissant pousseront des fleurs. Je serai dans ces fleurs et connaîtrai ainsi l'éternité. » N'est-ce pas magnifique ?

Papa me sourit.

– Tu es magnifique parce que tu comprends la phrase de cette façon.

– Lina, pour la dernière fois, enlève ces livres de la table, s'il te plaît, dit Mère.

Mon père m'adressa un clin d'œil.

– Il faut absolument faire quelque chose, criai-je à Jonas et à Mme Rimas. On ne peut tout de même pas laisser les gens mourir comme ça !

– Nous ferons de notre mieux, répondit Mme Rimas. Il n'y a pas d'autre solution. Et nous prierons pour demander un miracle.

– Non ! Ne parlez pas comme ça. Nous survivrons, déclarai-je d'un ton ferme. N'est-ce pas, Jonas ?

Mon frère acquiesça.

– Tu ne te sens pas bien ? lui demandai-je.

– Si, si, au contraire, répliqua-t-il.

Ce soir-là, je restai assise, avec la tête de Mère posée sur mes genoux. À un moment, je vis des poux traverser triomphalement son front. Je les chassai d'une chiquenaude.

– As-tu fait tes excuses ? demanda Mère en m'observant de dessous ses paupières lourdes.

– À qui ?

– À Nikolaï. Tu lui as dit que tu le haïssais.

– Je le hais vraiment. Il aurait pu nous aider et il a choisi de ne pas le faire.

– Il m'a aidée, chuchota doucement Mère.
Je la regardai.
– Le jour où je suis allée à la rencontre de la Grincheuse qui revenait du village, il faisait déjà nuit. Un groupe de gardes du NKVD est passé. Ils ont commencé à me lancer des sarcasmes. Ils ont même soulevé ma robe. Sur ces entrefaites, Nikolaï est arrivé. Il a chassé les autres et m'a raccompagnée en voiture. Je l'ai alors supplié de s'informer au sujet de votre père. Un peu plus loin sur la route, nous avons aperçu la Grincheuse qui marchait dans le noir. Nikolaï nous a déposées à trois kilomètres du camp, et nous avons fait le reste du chemin à pied. Tu vois, Lina, ajouta-t-elle, il m'a aidée. Et je crois que le commandant a appris cette histoire. Nikolaï a été puni. C'est probablement la raison pour laquelle il est ici.
Je m'entêtai.
– Il mérite d'être ici. Peut-être va-t-il tomber malade et être abandonné de tous. Alors il comprendra ce que c'est. Il aurait tout de même pu nous trouver un médecin !
– Lina, essaye de penser à ce que ton père dirait. Ce n'est pas parce qu'on est victime d'une injustice qu'on doit être injuste. Tu le sais très bien.
Je songeai à mon père. Elle avait raison. Il aurait certainement dit quelque chose de ce genre.
Jonas entra alors dans la *iourta*.
– Comment va Mère ? demanda-t-il.
Je posai la main sur son front.
– Elle a toujours une forte fièvre.
– Mon chéri, chuchota-t-elle à Jonas. J'ai terriblement froid. Et toi, tu as froid ?

Jonas ôta son manteau et me le tendit. Il s'allongea au côté de Mère et se lova autour d'elle.

– Et maintenant, Lina, couvre-nous tous les deux de mon manteau. Et toi, prends la petite peau de bête que nous a donnée Oliouchka.

– Oliouchka, prononça Mère avec un accent de tendresse.

– Je te réchaufferai, Mère, dit Jonas en l'embrassant sur la joue.

– Je me sens déjà mieux, murmura-t-elle.

79

Je m'exerçai à prononcer quelques mots russes : « Docteur ». « Médicaments ». « Mère ». « S'il vous plaît ». À chaque mot, c'était comme un coup au cœur. Je serrai étroitement la petite pierre dans ma main. J'entendis alors la voix d'Andrius : *Ne leur donne rien, Lina. Même pas ta peur.*

Mère n'était pas la seule en cause. L'Homme à la montre était malade, lui aussi. La mère de Janina également. Si au moins j'avais pu me procurer des médicaments ! Je haïssais jusqu'à l'idée de demander quelque chose au NKVD. Ils avaient tué mon père. Je n'allais tout de même pas les laisser infliger le même sort à ma mère.

J'aperçus Kretzky en compagnie d'Ivanov près des bâtisses du NKVD. J'attendis un moment. J'aurais voulu parler à Kretzky seule à seul. Le temps passait. Il fallait absolument que j'aille travailler sous peine de ne pas pouvoir toucher ma ration. Je me dirigeai vers eux en me frayant péniblement un chemin à travers la neige.

– Regarde, dit Ivanov au garde blond, voilà un petit cochon.

– Ma mère est malade, lançai-je.

– Vraiment ? fit-il, feignant l'inquiétude. Je

crois connaître un remède qui pourrait l'aider à guérir.

Je levai les yeux vers lui.

– Il faut lui donner en abondance du soleil, des fruits frais et des légumes, quantité de légumes ! continua-t-il en riant de sa plaisanterie de mauvais goût.

– Nous avons besoin d'un médecin, dis-je en frissonnant. Nous avons besoin de médicaments.

– De quoi as-tu besoin encore ? D'un établissement de bains ? D'une école ? Eh bien, en ce cas, tu ferais mieux de te mettre tout de suite à la construction de la *bania* et de l'école ! *Davaï !*

Je regardai Kretzky.

– Aidez-moi, s'il vous plaît. On a besoin d'un docteur. On a besoin de médicaments. Ma mère est malade.

– Il n'y a pas de médecin au camp, répondit Kretzky.

– Alors des médicaments, insistai-je. On a besoin de médicaments.

– Tu veux vraiment avoir vingt ans de travaux forcés en plus ? beugla Ivanov. Ça, je peux te les donner ! Pour la peine, espèce d'ingrate, tu n'auras pas ta ration de pain aujourd'hui. Au travail ! *Davaï !*

Je n'avais pas obtenu de médecin. Je n'avais pas obtenu de médicaments. J'avais perdu ma ration de pain et, qui plus est, je m'étais humiliée. Je commençai à marcher en direction de la limite des arbres. J'avais oublié la sensation du soleil sur mon visage. Quand je fermais les yeux, je pouvais imaginer la lumière du soleil en Lituanie ou encore sur les cheveux d'Andrius. Mais comment imaginer le soleil sur la mer des Laptev ? Quant à la *bania* ou à l'école, à supposer que nous parvenions à survivre au premier hiver, aurions-nous encore la force de les bâtir ? Le pourrions-nous vraiment ? Et qui resterait-il pour enseigner ?

Je ne pouvais supporter l'idée de perdre Mère. Je me battrais. Je ferais tout ce qu'il faudrait. Elle glissait dans un sommeil agité dont elle n'émergeait, toute frissonnante, que pour se rendormir brièvement entre Jonas et moi. Nous tentions désespérément de la réchauffer et de la réconforter. Mme Rimas, elle, faisait chauffer des briques pour que Mère eût moins froid aux pieds, tandis que Janina s'efforçait d'épouiller ses cils et ses sourcils.

M. Stalas lui-même se pencha en avant et lui fourra sa propre ration sous la main en disant :

– Allons donc, vous valez mieux que ça ! Et n'oubliez pas que vous avez des enfants, pour l'amour de Dieu ! Ils prendront soin de vous !

De longues heures s'écoulèrent ainsi. Puis Mère se mit à claquer des dents. Ses lèvres virèrent au bleu.

– J... Jonas, garde ça précieusement, bégaya-t-elle en tendant à mon frère l'alliance de Papa. C'est le symbole même de l'amour. Rien n'est plus important.

Mère tremblait de plus en plus. Elle poussait de petits cris plaintifs entre deux respirations.

– S'il vous plaît, implorait-elle en nous jetant de longs regards qui semblaient dire : « Le temps presse. » S'il vous plaît. Kostas.

Jonas et moi entourâmes de nos bras son corps flétri et desséché.

Le pouls de mon frère semblait battre plus vite. Ses yeux effrayés cherchaient les miens.

– Non, chuchota-t-il. S'il vous plaît.

80

5 janvier. Durant les heures solitaires de la matinée, ce fut Jonas qui tint Mère contre lui et la berça doucement, comme elle le faisait jadis avec nous. Mme Rimas lui massa bras et jambes dans l'espoir de faire circuler le sang et tenta de la nourrir. En vain. Elle ne put avaler une bouchée, pas plus qu'elle ne pouvait marcher ou parler. Je chauffai des briques et fis la navette entre le poêle et sa couche ; puis je restai assise près d'elle à lui frictionner les mains et à lui raconter des histoires de la maison. Je lui décrivis chaque pièce de la maison en détail – jusqu'au motif gravé sur les cuillères du tiroir de la cuisine.

– Le gâteau est en train de cuire dans le four et il fait presque trop chaud dans la cuisine, aussi as-tu décidé d'ouvrir la fenêtre au-dessus de l'évier et de laisser entrer la brise. À présent, tu entends les enfants jouer au-dehors.

Vers la fin de la matinée, Mère se mit à respirer de plus en plus difficilement.

– Va réchauffer d'autres briques, Lina, m'ordonna mon frère. Elle est gelée.

Tout à coup, Mère lève les yeux vers Jonas.

Puis elle ouvre la bouche sans parvenir à émettre un seul son. Ses tremblements s'arrêtent. Ses épaules se détendent, et sa tête s'affaisse contre la poitrine de Jonas. Puis son regard perd tout éclat pour se figer dans une fixité inexpressive.

– Mère ? appelai-je en m'approchant d'elle.

Mme Rimas palpa le cou de Mère.

Jonas se mit à pleurer tout en continuant à la bercer entre ses bras de petit garçon. Ce furent d'abord de petits gémissements plaintifs qui laissèrent bientôt place à des sanglots convulsifs lui secouant les épaules, puis le corps tout entier. Je me couchai sur lui et l'étreignis de toutes mes forces. Mme Rimas vint s'agenouiller derrière nous.

– « Le Seigneur est mon berger, commença-t-elle, je ne manque de rien. »

– Mère, pleurait Jonas.

Des larmes ruisselaient le long de mes joues.

– Elle avait une belle âme, dit l'Homme à la montre.

Janina me caressait les cheveux.

– Mère, je t'aime, chuchotai-je. Papa, je t'aime.

Mme Rimas continuait de réciter le psaume XXIII :

– « Passerais-je un chemin de ténèbres, je ne craindrais aucun mal ; Près de moi ton bâton, ta houlette sont là qui me consolent. Devant moi tu apprêtes une table, face à mes adversaires ; D'une onction tu me parfumes la tête, ma coupe déborde. Oui, grâce et bonheur me pressent tous les jours de ma vie ; Je séjournerai pour toujours dans la maison du Seigneur. Amen. »

Ce psaume était parfaitement approprié à

Mère. Sa coupe ne débordait-elle pas d'amour pour tout le monde autour d'elle, bêtes, choses et gens, y compris nos ennemis ?

Mme Rimas se mit à pleurer à son tour.

– Douce Elena. Elle était si affectueuse, si bonne pour chacun.

– S'il vous plaît, dit Jonas à Mme Rimas, faites en sorte que le NKVD n'emporte pas son corps. Je veux l'enterrer moi-même. On ne peut pas la laisser dévorer par les renards.

– Oui, Jonas, on enterrera Mère, je te le promets, l'assurai-je à travers mes larmes. On lui fabriquera un cercueil. On se servira des planches sur lesquelles on dort.

Jonas acquiesça.

Le Chauve avait le regard perdu dans le vide. Pour une fois, il ne disait rien.

– Elle est belle, dit Jonas, debout au côté du cercueil de Grand-mère. Papa, est-ce qu'elle sait que je suis là ?

– Oui, répondit-il en nous entourant les épaules de ses bras. Elle nous regarde de là-haut.

Jonas leva les yeux vers le plafond, puis se tourna vers Papa.

– Tu te rappelles l'été dernier, quand nous avons lancé le cerf-volant ? demanda mon père.

Jonas acquiesça.

– Le vent s'est levé et je vous ai crié que c'était le bon moment. Je vous ai dit de lâcher prise. La corde a commencé à se dérouler, tandis que la bobine de bois se dévidait entre vos mains – tu te rappelles ? Le cerf-volant s'est élevé dans le ciel, haut, très haut, de plus en plus haut. Mais j'avais oublié d'attacher

la corde à la bobine. Tu te souviens de ce qui est arrivé ?

– Oui, dit Jonas. Le cerf-volant a disparu dans le ciel.

– Exactement. Eh bien, Jonas, c'est ainsi que les choses se passent quand les gens meurent ! Leur âme s'envole dans le ciel bleu.

– Alors Grand-mère a peut-être trouvé le cerf-volant, conclut Jonas.

– C'est bien possible.

Assis, les coudes posés sur les genoux, le Chauve monologuait.

– Pourquoi est-ce si difficile de mourir ? demanda-t-il soudain. Je ne vous ai pas livrés moi-même au NKVD, mais j'y ai contribué en quelque sorte. J'ai dit « non » trop tard. J'avais déjà vu les listes.

Mme Rimas fit volte-face.

– Quoi ?

Le Chauve hocha la tête.

– Le NKVD m'avait demandé de confirmer la profession de chacun. Il m'avait aussi demandé d'établir la liste de tous les professeurs, avocats et militaires qui vivaient dans le voisinage.

– Et vous l'avez fait ? questionnai-je.

Jonas, qui tenait Mère contre lui, sanglotait toujours.

– Je leur ai répondu que j'étais disposé à le faire, dit le Chauve. Puis j'ai changé d'avis.

– Vous n'êtes qu'un misérable traître, m'écriai-je, un pitoyable vieillard !

– Pitoyable, certes, et pourtant j'ai survécu. C'est sûrement là mon châtiment. Cette femme, là, a fermé les yeux, et en un éclair, elle a disparu. J'aspire à la mort depuis le premier jour et pourtant je suis toujours en vie. Est-il possible que ce soit si difficile de mourir ?

81

Après une nuit pénible, je me réveillai, désorientée. J'avais dormi près du corps de Mère, m'efforçant d'étouffer mes sanglots pour ne pas effrayer Jonas. Ma si jolie mère… Jamais plus je ne la verrais sourire, jamais plus je ne sentirais ses bras autour de moi, jamais plus je n'entendrais sa voix qui me manquait déjà. J'avais l'impression que tout mon corps douloureux était creux et que les battements atones de mon cœur étaient quasi sans ressort, comme s'ils s'étouffaient dans une chair morte.

Les questions de M. Stalas que je ne cessais de retourner dans ma tête m'avaient tenue éveillée. Était-il plus difficile de mourir ou de survivre ? J'avais à peine seize ans, je n'étais qu'une petite orpheline perdue aux confins de la Sibérie, mais je connaissais la réponse. C'était même la seule chose dont je n'avais jamais douté. Je voulais vivre. Je voulais voir mon frère grandir. Je voulais revoir la Lituanie. Je voulais respirer l'odeur du muguet que la brise transportait jusque sous ma fenêtre. Je voulais peindre dehors, dans les prés. Je voulais revoir Andrius avec mes dessins. Il n'y avait que deux issues possibles en Sibérie : ou bien survivre, c'est-à-dire réussir, ou bien mourir, autrement dit échouer. J'avais choisi la vie. J'avais choisi de survivre.

Ce choix n'allait pas sans culpabilité. N'était-ce pas égoïste de souhaiter vivre, alors même que mes parents étaient morts ? N'était-ce pas égoïste d'éprouver d'autres désirs – par-delà l'impossible réunion de notre famille ? En même temps, j'étais désormais la gardienne de mon petit frère. Que deviendrait-il si je périssais à mon tour ?

Ce jour-là, en rentrant du travail, Jonas aida M. Lukas à fabriquer un cercueil, tandis que Mme Rimas et moi préparions Mère.

– Reste-t-il quelque chose dans sa valise ? demanda Mme Rimas.

– Je ne crois pas, répondis-je en tirant sa valise de dessous la planche sur laquelle elle reposait.

Je me trompais. Il y avait à l'intérieur des vêtements propres et frais : une robe légère, des bas de soie, des souliers intacts sans aucune éraflure. Et même son tube de rouge à lèvres. Il y avait aussi une chemise d'homme et une cravate. Les vêtements de mon père. J'éclatai en sanglots.

Mme Rimas porta la main à sa bouche.

– Elle avait vraiment l'intention de rentrer au pays.

Je regardai la chemise de Papa et y enfouis mon visage. Ma mère était gelée en permanence. Elle aurait pu porter ces vêtements. Mais elle avait préféré les garder afin de revenir en Lituanie dans une tenue impeccable.

Mme Rimas sortit la robe en soie de la valise.

– Quelle jolie robe ! Nous allons la lui mettre.

Je débarrassai Mère de son manteau. Elle ne l'avait quasiment pas quitté depuis la nuit de notre arrestation. Des traces de points et des fils isolés marquaient encore la doublure à l'intérieur de laquelle elle avait cousu nos objets de valeur. Je soulevai le tissu. Il ne restait plus que quelques papiers.

– Ce sont des actes notariés attestant que votre famille est propriétaire d'une maison à Kaunas, expliqua Mme Rimas après avoir examiné les papiers. Garde-les précieusement. Vous en aurez besoin quand vous rentrerez au pays.

Je trouvai encore un petit morceau de papier. Je le dépliai. C'était une adresse à Biberach, en Allemagne.

– L'Allemagne. C'est là que doit être ma cousine.

– Sans doute, répondit Mme Rimas, mais n'écris surtout pas à cette adresse. Tu leur attirerais de gros ennuis.

J'avais déjà remarqué que des outils de toutes sortes étaient entreposés devant les bâtisses du NKVD. Ce soir-là, j'allai voler avec Jonas des pelles et des pics à glace.

– Il faut que ce soit un endroit particulier qu'on puisse se rappeler, dis-je à mon frère. Car nous ramènerons le corps de Mère en Lituanie avec nous.

Nous gagnâmes tous les deux une petite colline qui dominait la mer.

– D'ici, la vue est belle, déclara Jonas. Nous nous souviendrons de cet endroit.

Nous creusâmes toute la nuit – aussi profond que possible –, entamant petit à petit la glace qui volait en éclats. À l'approche de l'aube, Mme Rimas et l'Homme à la montre arrivèrent à la rescousse. Même le Chauve vint nous prêter main-forte ainsi que Janina. Mais la glace était si dure que, en dépit de nos efforts conjugués, le fond de la tombe resta assez proche de la surface.

Le lendemain matin, Mme Rimas ôta à Mère son alliance.

– Garde cet anneau, me recommanda-t-elle. Enterrez-le avec elle quand vous ramènerez son corps en Lituanie.

Nous sortîmes de la *iourta* avec le cercueil pour prendre le chemin de la colline. Nous étions cinq à le porter : à l'avant, Jonas et moi, au milieu, Mme Rimas et M. Lukas et, à l'arrière, M. Stalas, seul. Janina traînait derrière moi. Des gens que je ne connaissais pas se joignirent à nous, priant pour Mère. Et bientôt, tout un cortège se forma. Quand nous passâmes devant les bâtisses du NKVD, Kretzky discutait avec d'autres gardes sur les marches. À peine nous eut-il aperçus qu'il s'arrêta de parler. Je regardai droit devant moi et me dirigeai vers la fosse noire et froide que nous avions creusée.

82

Je peignis le plan du trajet jusqu'au site de la tombe en me servant d'une plume de la chouette que je trempai dans le mélange de cendre et de neige. La disparition de Mère avait creusé dans notre existence un trou béant – un peu comme une bouche où manquerait une dent de devant. La grisaille du camp se fit plus grise encore. Notre seul et unique soleil s'était glissé sous un nuage, nous laissant égarés dans la nuit polaire.

– Nous pourrions nous noyer, par exemple, déclara le Chauve. Ce serait facile, non ?

Personne ne répondit.

– Ne feins pas ainsi de m'ignorer, fillette ! lança-t-il alors.

– Je ne feins pas de vous ignorer. Ne comprenez-vous donc pas ? Nous sommes tous fatigués de vous et de vos discours !

J'étais effectivement très, très fatiguée. Sur tous les plans : mental, physique, émotionnel.

– Vous ne cessez de parler de mort et de suicide collectif, repris-je. Mais sachez que la mort ne nous intéresse pas. Nous n'avons pas envie de mourir. Vous ne vous en êtes pas encore rendu compte ?

– En tout cas, insista-t-il, en ce qui me concerne, elle m'intéresse beaucoup.

– Peut-être n'avez-vous pas vraiment envie de mourir, suggéra Jonas. Peut-être pensez-vous simplement que vous le méritez.

Le Chauve nous regarda tour à tour, Jonas et moi.

– Vous ne pensez qu'à vous, dis-je. Si vous voulez vous suicider, qu'est-ce qui vous en empêche ?

Le silence s'installa entre nous.

– La peur, finit-il par répondre.

Deux jours après l'enterrement de Mère, nous perçûmes le sifflement annonciateur d'une tempête de neige. La tempête était à nos portes. Elle serait là au plus tard le lendemain. Je m'emmitouflai dans tous les vêtements, loques et haillons que je pus trouver et sortis dans l'obscurité avec l'intention d'aller voler du bois au NKVD. Chaque soir, en livrant le bois débité pendant la journée, on prenait soin de laisser tomber derrière la pile quelques morceaux. Il était entendu que si l'un d'entre nous avait le courage d'aller en voler à ses risques et périls, c'était là qu'il en trouverait. Un homme appartenant au groupe vingt-six fut surpris à chaparder du bois. Il écopa cinq ans de travaux forcés supplémentaires. Cinq ans pour une misérable bûche. Autant dire cinquante, notre désir effréné de survivre nous attirant condamnation sur condamnation.

Je me dirigeai vers le quartier du NKVD, prenant soin de décrire un large cercle pour arriver, derrière les bâtiments, tout près de la pile de bois. Le chiffon dont je m'étais enveloppé le visage ne laissait apparaître que mes yeux. Je portais en outre le chapeau de Mère. Une silhouette passa en toute hâte devant moi, chargée d'une large planche. Un ou une courageuse. Les planches étaient accotées aux bâtisses du NKVD. Une fois parvenue à destination, je m'avançai vers les gigantesques tas de bois pour m'arrêter aussitôt. Derrière se trouvait une autre silhouette, vêtue d'un grand manteau qui lui battait les talons. Il était impossible de la distinguer dans l'obscurité. Lentement, je me retournai, attentive à ne pas faire le moindre bruit.

– Qui est là ? Montrez-vous !

Je fis volte-face.

– Groupe numéro ?

– Onze, répondis-je en reculant.

La silhouette s'approcha.

– Vilkas ?

Je ne répondis pas. La silhouette fit encore un pas vers moi. J'aperçus ses yeux sous le large chapeau de fourrure. Kretzky.

Il trébucha, et je crus entendre un bruit de déglutition. Il portait une bouteille.

– En train de voler ? demanda-t-il en avalant d'un trait une grande gorgée de liquide.

Je restai muette.

– Je ne peux pas prendre de dispositions pour que tu fasses le portrait de quelqu'un, continua Kretzky. Ici, c'est inutile. Personne n'en voudrait.

– Vous vous imaginez peut-être que j'ai envie de dessiner pour le NKVD ?

– Pourquoi pas ? L'autre fois, ça t'a permis de

rester au chaud. Tu as eu de quoi manger. Et tu as fait un excellent portrait – réaliste.

Il rit.

– Réaliste ? Je ne veux pas être forcée de dessiner de cette manière.

Je ne voulais pas non plus lui parler. Pourquoi étais-je en train de lui parler ? Je tournai les talons pour m'en aller.

– Ta mère, dit-il.

Je m'arrêtai.

– C'était une femme bien. Et elle a dû être très jolie autrefois.

Je me retournai vivement.

– Elle a dû, elle a dû… Que voulez-vous dire ? Elle était toujours jolie ! C'est vous qui êtes hideux. Ça vous a empêché de voir sa beauté.

– Si, je l'ai vue – vraiment. Elle était jolie. *Krassivaïa.*

Non, non. Pas ce mot. J'étais censée l'apprendre par moi-même. Non de la bouche de Kretzky.

– Ça veut dire « belle », mais avec de la force, expliqua-t-il d'une voix brouillée. Unique.

Je ne pouvais pas le regarder. Je fixai les bûches. J'aurais voulu en empoigner une. J'aurais voulu la lui balancer en pleine figure, comme il l'avait fait pour moi avec la boîte de sardines.

– Tu me hais donc ? dit-il avec un petit rire.

Comment Mère avait-elle pu supporter Kretzky ? Elle prétendait qu'il l'avait aidée.

– Je me hais moi-même, continua-t-il.

Je levai les yeux.

– Tu veux me dessiner ainsi ? À la manière de ton cher Munch ? demanda-t-il.

Il avait le visage bouffi par l'alcool, et c'est

à peine si je le comprenais, tant il parlait peu distinctement.

– Je suis au courant pour tes dessins, ajouta-t-il en pointant sur moi un doigt tremblant. Je les ai tous vus.

Il était donc au courant pour mes dessins.

– Comment avez-vous su pour mon père ? m'enquis-je.

Il feignit de ne pas avoir entendu ma question.

– Ma mère était une artiste, elle aussi, reprit-il en faisant un geste avec sa bouteille. Était… Elle est avec la tienne – morte.

– Je suis désolée, fis-je presque instinctivement.

Pourquoi avais-je dit ça ? Je m'en moquais bien !

– Tu es désolée ?

Laissant échapper un petit grognement sceptique, il fourra la bouteille sous son bras et frotta ses gants l'un contre l'autre.

– Ma mère était polonaise, poursuivit-il. Elle est morte quand j'avais cinq ans. Mon père est russe. Il s'est remarié avec une Russe lorsque j'avais six ans. Ça faisait à peine un an que le corps de ma mère était froid. Quelques personnes de sa famille se trouvent dans la région de la Kolyma. Je devais aller là-bas, pour les aider. Voilà pourquoi je voulais quitter la barge à Iakoutsk. Et il a fallu que je me retrouve ici. Tu n'es pas la seule à être en prison.

Il but un nouveau coup au goulot.

– Tu veux voler du bois, Vilkas ? questionna-t-il alors en ouvrant les bras. Eh bien, voles-en ! ajouta-t-il en désignant la pile d'un geste de la main. *Davaï !*

Le froid me brûlait les oreilles et me piquait

cruellement les paupières. Je m'approchai du tas de bois.

– La femme que mon père a épousée me hait, elle aussi. Elle ne peut pas souffrir les Polonais.

Je m'emparai d'une bûche. Il ne fit aucun mouvement pour m'arrêter. Je commençais à empiler du bois quand je perçus un son étrange. Kretzky me tournait le dos, sa bouteille à la main. Était-il malade ? Je m'éloignai de quelques pas, des bûches plein les bras. Je perçus de nouveau le son étrange. Kretzky n'était pas malade. Il pleurait.

Va-t'en, Lina ! Dépêche-toi ! Prends le bois et file !

Décidée à le quitter, je fis un autre pas. Et soudain, je sentis que mes jambes me portaient en sens inverse, avançaient à sa rencontre. Que faisais-je donc là ? Peut-être étaient-ce ses sanglots malaisés, étouffés qui me perturbaient.

Il ne me jeta pas un regard.

Je restai plantée là, silencieuse.

– Nikolaï.

Je sortis un bras de dessous mon chargement de bois et posai la main sur son épaule.

– Je suis désolée, répétai-je.

Nous demeurâmes un moment face à face dans l'obscurité sans souffler mot.

Je finis par tourner les talons.

– Vilkas.

Je me retournai.

– Je suis navré pour ta mère, dit-il.

J'acquiesçai d'un signe de tête.

– Moi aussi.

83

Je m'étais imaginé je ne sais combien de scénarios où, une fois libérée, je revenais régler son compte au NKVD et piétinais les Soviétiques. Qui sait ? L'occasion s'en présenterait peut-être. L'occasion s'en était justement présentée. J'aurais pu me moquer de Kretzky, lui jeter du bois à la tête, lui cracher en pleine figure. Il m'avait bien bombardée de boîtes de conserve, blessée au front, humiliée. Je le haïssais. Il était entendu que je le haïssais. J'aurais dû lui tourner le dos et m'éloigner. Ça m'aurait fait du bien. J'aurais dû, oui, mais je n'avais pas pu. Le bruit de ses sanglots entrecoupés m'avait fait mal. *Physiquement* mal. Qu'est-ce qui ne tournait pas rond chez moi ?

Je ne racontai à personne l'incident. Le lendemain, Kretzky avait quitté le camp.

Le mois de février arriva.

Janina luttait contre le scorbut. L'Homme à la montre était atteint de dysenterie. Mme Rimas et moi les soignions de notre mieux. Janina parlait des heures durant avec sa poupée morte, tantôt criant, tantôt pleurant. Au bout de quelques jours, elle arrêta de parler.

– Que faut-il faire ? demandai-je à Jonas. L'état de Janina ne cesse de s'aggraver.

Il me jeta un étrange regard.

– Qu'y a-t-il ?

– Les taches sont revenues.

– Où ? Montre-moi.

Les fameuses taches, symptomatiques du scorbut, avaient effectivement réapparu sur le ventre de Jonas. Il avait perdu des touffes entières de cheveux.

– Il n'y a pas de tomates cette fois, dit Jonas en secouant la tête. Andrius n'est pas là.

J'empoignai mon frère par les épaules.

– Écoute-moi bien, Jonas. Tu vas vivre. M'entends-tu ? On va rentrer au pays, oui, oui. On ne mourra pas. On retrouvera notre maison et on dormira de nouveau dans nos lits avec nos couettes en duvet d'oie. Je te le promets. D'accord ?

– Comment vivrons-nous seuls, sans Mère et sans Papa ? demanda-t-il.

– Tu oublies notre oncle et notre tante. Et Joana. Ils nous aideront. Tu te rappelles les gâteaux aux pommes de Tante et ses beignets à la confiture – ceux que tu adores ? Eh bien, c'est ça qu'on mangera ! Et Andrius nous aidera, lui aussi.

Jonas hocha la tête.

– Dis-le, ordonnai-je. Dis : « On va rentrer à la maison. »

– On va rentrer à la maison, répéta Jonas.

Je le serrai très fort dans mes bras et embrassai le petit rond chauve et recouvert d'une croûte qui était apparu sur son crâne.

– Tiens, fis-je.

Et je lui tendis la pierre d'Andrius que je venais de prendre dans ma poche. Il ne prit pas la pierre. Il avait l'air hébété.

Mon cœur se serra. Que pouvais-je faire? Je n'avais aucun médicament. Presque tout le monde était malade dans la *iourta*. Serais-je la seule à survivre avec le Chauve?

Nous allions chercher à tour de rôle les rations alimentaires. Je passais aussi de *iourta* en *iourta* pour mendier un peu de nourriture comme Mère l'avait fait dans le kolkhoze de l'*Altaï*. Un jour que j'étais entrée dans une hutte, j'aperçus deux femmes assises près de quatre personnes qui semblaient dormir sous de vagues couvertures. Elles étaient mortes.

– S'il te plaît, supplièrent-elles, n'en parle pas. Si le NKVD découvre que ces gens sont morts, il jettera leurs corps dans la neige.

– Je ne leur dirai pas, leur assurai-je.

La tempête faisait rage. Les hurlements du vent retentissaient dans ma tête douloureuse. Son froid mordant, tel un feu blanc, me brûlait les oreilles. Je me frayai péniblement un chemin dans la neige jusqu'à notre *iourta*. Devant les huttes, je notai des cadavres, des piles de cadavres entassés comme du petit bois. Ils étaient recouverts d'un linceul de neige. L'Homme à la montre n'était pas rentré.

– Je pars à sa recherche, dis-je à Mme Rimas.

– C'est à peine s'il pouvait marcher, intervint le Chauve. Il aura sans doute gagné la *iourta* la plus proche, quand la tempête est arrivée. Inutile de prendre un risque pareil.

– Nous devons nous aider les uns les autres, rétorquai-je.

En vain. Comment pouvais-je espérer être entendue de cet homme? Il était moins fait que quiconque pour comprendre une chose pareille.

– Il faut que tu restes là. Jonas est souffrant, renchérit Mme Rimas tout en jetant un coup d'œil à Janina.

– Où est sa mère ? m'enquis-je.

– Je l'ai conduite dans la hutte des malades du typhus, chuchota Mme Rimas.

Je m'assis donc au chevet de mon frère et m'efforçai d'arranger le mieux possible les haillons et les filets de pêche qui lui tenaient lieu de couverture.

– Je suis si fatigué, Lina, dit-il. J'ai mal aux gencives et aux dents.

– Je sais. Dès que la tempête sera apaisée, j'irai chercher de quoi manger. Tu as besoin de poisson. Il y en a des barils pleins. Il suffit que j'aille en voler un peu.

– J'ai s…i froid, ajouta Jonas qui frissonnait. Et je n'arrive pas à allonger les jambes.

Je mis à chauffer des morceaux de briques que je posai sous ses pieds. J'en apportai aussi à Janina. Elle avait le visage et le cou parsemés de taches de scorbut. Le bout de son minuscule nez était noir : il avait gelé.

J'entretins le feu. Cela ne servit pas à grand-chose. Ne sachant pas combien de temps la tempête allait durer, j'étais obligée d'économiser le bois et ne pouvais en utiliser qu'une petite quantité. Je regardai tour à tour les places désormais vacantes où avaient respectivement reposé ma mère, la mère de Janina, le Rabâcheur et l'Homme à la montre. Il y avait maintenant de grands vides sur le sol de notre *iourta*.

Je me couchai tout près de Jonas, le couvrant quasiment de mon corps, comme nous l'avions fait pour Mère. Je l'enveloppai de mes bras et pris ses petites mains dans les miennes. Le vent cinglait sauvagement notre hutte près de se désintégrer. La neige qui s'infiltrait par les fissures tourbillonnait autour de nous.

Cela ne pouvait pas se terminer ainsi. C'était impossible. Qu'est-ce que la vie exigeait de moi ? Et comment répondre à une question dont je ne connaissais pas la réponse ?

84

La tempête prit fin le lendemain. Jonas pouvait à peine parler. Mes articulations étaient bloquées, comme si elles avaient gelé.

– Il faut nous remettre au travail, déclara Mme Rimas. Nous avons besoin de pain et de bois.

Le Chauve acquiesça.

Je savais bien qu'ils avaient raison. Mais je n'étais pas certaine d'en avoir la force. Je jetai un coup d'œil à Jonas. Il était étendu sur une planche, parfaitement immobile, les joues creuses, la bouche grande ouverte. Soudain, il ouvrit les yeux. Il avait le regard vide.

– Jonas ? dis-je en me hâtant de me redresser.

Dehors, à la porte de la hutte, un grand brouhaha s'était levé. J'entendais des voix d'hommes et des cris. Jonas remua légèrement les jambes.

– Tout va bien, soufflai-je, essayant de lui réchauffer les pieds.

La porte de notre *iourta* s'ouvrit brusquement. Un homme se courba pour entrer. Il portait des vêtements civils – un manteau doublé de fourrure et une épaisse chapka.

– Y a-t-il des malades ici ? demanda-t-il en russe.

– Oui ! s'écria Mme Rimas. Il y a beaucoup de malades. Nous avons besoin d'aide.

L'inconnu pénétra à l'intérieur de la hutte, une lanterne à la main.

– S'il vous plaît, implorai-je. Mon frère et cette petite fille sont tous les deux atteints du scorbut. Et il y a un de nos compagnons que nous n'arrivons pas à retrouver.

L'homme s'approcha de Jonas et de Janina. Il poussa un long soupir avant de laisser échapper un chapelet de jurons russes. Puis il hurla quelque chose. Un garde du NKVD passa la tête dans l'encadrement de la porte.

– Du poisson ! ordonna-t-il. Du poisson cru pour ces petits, et vite !

– Qui d'autre est malade ?

Il me regarda.

– Je vais bien, dis-je.

– Comment t'appelles-tu ?

– Lina Vilkas.

– Quel âge as-tu ?

– Seize ans.

Il passa en revue la situation.

– Je vais vous aider, mais il y a ici des centaines de malades et de morts. J'ai besoin d'assistants. Y a-t-il des médecins et des infirmières dans le camp ?

– Non, seulement un vétérinaire. Mais...

Je m'interrompis. Peut-être était-il mort, lui aussi.

– Un vétérinaire ? C'est tout ?

Il baissa les yeux et secoua la tête. Il semblait découragé.

– Mais nous pouvons vous aider, dit Mme Rimas. Nous pouvons marcher.

– Et vous, vieil homme ? Il me faut des équipes de gens pour faire de la soupe et couper du poisson. Ces enfants ont absolument besoin d'acide ascorbique.

Il ne s'était pas adressé à la bonne personne. Le Chauve n'était pas disposé à aider qui que ce fût. Y compris lui-même.

Je me trompais. Il leva la tête.

– Oui, je vais vous aider, dit-il en se mettant debout. Je vais vous aider, à condition que l'on soigne d'abord ces enfants, ajouta-t-il en désignant du doigt Jonas et Janina.

Le médecin acquiesça et s'agenouilla près de Jonas.

– Le NKVD vous permettra-t-il de nous aider ? demandai-je au médecin.

– Il y est obligé. Je suis officier d'inspection et donc susceptible, à ce titre, de faire un rapport au tribunal. Le NKVD veut évidemment que je fasse un compte rendu positif de l'existence au camp et ne signale aucune anomalie. C'est ce qu'il escompte en tout cas.

Il avança vivement la main vers moi. Je levai les paumes, pour me protéger.

– Je suis le docteur Samodourov, dit-il.

Je n'avais pas compris qu'il voulait me serrer la main. Je fixai des yeux sa main tendue, abasourdie par cette marque de respect.

Ce jour-là, chacun d'entre nous reçut un bol de soupe aux pois et une livre de poisson. On s'attaqua aussitôt au travail sous sa direction. Il nous aida à mettre en réserve le poisson en prévision des prochaines tempêtes et à délimiter un terrain pour y enterrer plus de cent cadavres, y compris celui de M. Lukas, qu'on avait retrouvé mort de froid. Le Dr Samodourov s'assura aussi le concours des Evenks[1], un groupe de chasseurs et de pêcheurs autochtones qui vivaient à moins de trente kilomètres du camp. Ils arrivèrent sur des traîneaux tirés par des chiens et chargés de pelisses, de bottes, de provisions et de matériel divers.

Au bout de dix jours, il nous annonça qu'il devait poursuivre sa route. Il y avait bien d'autres camps de déportés à visiter. Je lui confiai toutes les lettres que j'avais écrites à Andrius, et il me promit de les poster.

– Et qu'en est-il de ton père ? me demanda-t-il.

– Il est mort en prison, à Krasnoïarsk.

– Comment le sais-tu ?

– C'est Ivanov qui l'a appris à ma mère.

– Ivanov a fait ça ? Hmm..., fit le médecin en secouant la tête.

– Pensez-vous qu'il mentait ? me hâtai-je de questionner.

– Oh, je ne sais pas, Lina. J'ai visité quantité de prisons et de camps – dont aucun n'était aussi éloigné que celui-ci – et vu des centaines de milliers de gens. Un jour, j'ai entendu dire qu'un célèbre joueur d'accordéon avait été fusillé, et pourtant, quelques mois plus tard, je l'ai croisé dans une prison.

Mon cœur bondit.

– C'est ce que j'avais dit à ma mère. Peut-être Ivanov s'est-il trompé...

– Je ne sais pas, Lina. Mais disons que des morts, j'en ai vu des milliers et des milliers !

---

1. Peuple de Sibérie appartenant à différentes religions (lamaïsme, orthodoxie, chamanisme). Ils constituent aussi l'une des nationalités de Chine.

Je lui souris, incapable de cacher l'espoir fou qu'il venait de m'insuffler.

– Docteur Samodourov, lui demandai-je encore, comment nous avez-vous trouvés ?

– Nikolaï Kretzky, répondit-il laconiquement.

85

Jonas commença à guérir. Lentement, très lentement. Janina parlait à nouveau. Nous enterrâmes l'Homme à la montre. Je m'accrochais à l'histoire du joueur d'accordéon et imaginais mes dessins arrivant entre les mains de Papa au terme d'un long voyage.

Je dessinais de plus en plus, me disant que, le printemps venu, je pourrais peut-être expédier d'une façon ou d'une autre un message.

– Tu m'as raconté que les Evenks qui sont arrivés en traîneau ont aidé le médecin, dit Jonas. Peut-être consentiraient-ils à nous aider, eux aussi. Il semble qu'ils ne manquent ni de provisions ni de matériel.

Oui. Peut-être accepteraient-ils de nous aider.

Je faisais souvent le même rêve. Je voyais une silhouette d'homme s'avancer vers moi à travers des tourbillons de neige, et, chaque fois, je me réveillais avant d'avoir pu distinguer son visage. Un matin, pourtant, je crus entendre la voix de Papa.

– Allons bon, qu'est-ce que c'est que cette fille soi-disant raisonnable qui se tient au beau milieu de la route quand il neige ?

– C'est simplement une fille dont le père est en retard, répondis-je en riant.

Le visage de mon père apparut, tout rouge et poudré de givre. Il portait un petit ballot de foin.

– Je ne suis pas en retard, dit-il en passant son bras autour de mes épaules. Je suis à l'heure, à l'heure pile.

Ce matin-là, je quittai la *iourta* comme chaque jour pour aller, à cinq kilomètres, couper du bois à la lisière de la forêt. À peine avais-je commencé à marcher à travers la neige que je l'aperçus. Une mince ligne d'or venait d'apparaître à l'horizon entre des strates grises de diverses nuances. Je ne pus m'empêcher de sourire en contemplant l'étroite bande couleur d'ambre. Le soleil était revenu.

Je fermai les yeux et eus l'impression qu'Andrius approchait. «Je te retrouverai», avait-il dit.

– Oui, murmurai-je. Je te retrouverai – je le sens, je le sais.

Je glissai la main au fond de ma poche et serrai très fort la petite pierre.

Épilogue

Kaunas (Lituanie), le 25 avril 1995.

– Qu'est-ce que tu fabriques ? dit l'homme. Remue-toi, ou nous n'aurons pas fini aujourd'hui.

Des véhicules du bâtiment rugissaient derrière eux.

– J'ai trouvé quelque chose, répondit le terrassier en regardant à l'intérieur du trou avant de se mettre à genoux pour y voir de plus près.

– Qu'est-ce que c'est ?

– Je ne sais pas, fit-il en sortant de la fosse un coffret en bois.

Il força le couvercle à charnières et jeta un coup d'œil dedans. Il y avait là un grand pot de verre rempli de papiers. Il l'ouvrit à son tour et se mit à lire.

Cher ami,

Les écrits et les dessins que vous tenez entre vos mains ont été enterrés en 1954, l'année où je suis rentrée avec mon frère de Sibérie où nous avions été emprisonnés pendant douze ans. Nous étions des milliers et des milliers dans ce cas, et la plupart sont morts. Quant à ceux qui ont survécu, ils ne peuvent pas parler. Bien que nous n'ayons commis aucun délit, nous sommes considérés comme des criminels. Encore aujourd'hui, nous ne pourrions évoquer les horreurs dont nous avons fait l'expérience sans encourir la mort. Voilà pourquoi nous nous en remettons à la personne qui découvrira un jour, dans un avenir plus ou moins proche, cette capsule de souvenirs. Nous vous confions la vérité, car tout ce qu'elle contient est précisément la vérité.

Mon mari, Andrius, dit que le mal gouvernera le monde jusqu'à ce que les hommes et les femmes de bonne volonté se décident à agir. Je le crois. Ce témoignage a été écrit pour laisser une trace ineffaçable et tenter l'impossible : parler dans un monde où nos voix ont été éteintes. Peut-être vous horrifiera-t-il ou vous scandalisera-t-il, mais il n'a certes pas été rédigé dans cette intention. J'espère de tout mon cœur que les pages ici cachées feront jaillir de votre âme la source de compassion la plus profonde. J'espère aussi qu'elles vous inciteront à faire quelque chose, à en parler à quelqu'un. C'est le seul moyen de nous assurer que les hommes ne permettront pas au mal de se reproduire sous cette forme.

Avec mes meilleurs sentiments.

Mme Lina Arvydas,
Kaunas, le 9 juillet 1954.

Note de l'auteur

Au milieu de l'hiver, j'ai découvert en moi un invincible été. (Albert Camus)

En 1939, l'Union soviétique envahit les trois États baltes : la Lituanie, la Lettonie et l'Estonie. Peu de temps après, le Kremlin établit une liste de personnes jugées antisoviétiques et condamnées à être assassinées, envoyées en prison ou déportées en Sibérie pour y être réduites au rang d'esclaves. Les médecins et les avocats, les professeurs et les écrivains, les musiciens, les artistes et même les bibliothécaires, les soldats de carrière et les hommes d'affaires étaient tous considérés d'office comme antisoviétiques et furent ajoutés à la liste toujours plus longue des victimes d'un projet d'extermination massive. Les premières déportations eurent lieu le 14 juin 1941.

Mon père est le fils d'un officier lituanien. Comme Joana, il a réussi à s'échapper avec ses parents, via l'Allemagne, dans un camp de réfugiés. Mais un certain nombre de personnes de sa famille ont subi le même sort que la famille de Lina. Les déportés endurèrent d'effroyables épreuves. Entre-temps, les Soviétiques ravagèrent leurs pays, détruisirent leurs églises et brûlèrent leurs bibliothèques. Pris en tenaille entre les empires soviétique et nazi et oubliés du monde, les États baltes disparurent purement et simplement des cartes de géographie.

J'ai effectué deux voyages de recherche en Lituanie pour écrire ce livre. J'ai rencontré des membres de ma famille, des gens qui avaient survécu aux déportations ou aux goulags, des psychologues, des historiens et des fonctionnaires du gouvernement. Bien des événements et des situations que je décris dans ce roman m'ont été racontés par des survivants et leurs familles qui ont partagé la même expérience que la plupart des déportés de Sibérie. Si les protagonistes de cette histoire sont imaginaires, il en est un bien réel : le Dr Samodourov, arrivé dans l'Arctique juste à temps pour sauver de nombreuses vies.

Ceux qui ont survécu ont passé entre dix et quinze ans en Sibérie. À leur retour au pays, vers le milieu des années 1950, les Lituaniens ont découvert que les Soviétiques avaient occupé leurs maisons, profitaient de tous leurs biens et avaient même adopté leurs noms. Ils avaient tout perdu. En outre, ils étaient traités comme des criminels, obligés de vivre dans des zones sévèrement délimitées et sous la surveillance permanente du KGB (la police secrète jadis connue sous le nom de NKVD). Ils ne pouvaient se permettre d'évoquer leur terrible expérience, ce qui leur aurait valu l'emprisonnement immédiat ou une nouvelle déportation en Sibérie, et ils l'enfermaient dans le silence de leur cœur. Ce n'était plus qu'un hideux secret partagé par des millions de gens.

Comme Lina et Andrius, quelques déportés se marièrent et trouvèrent une sorte de consolation dans le fait de pouvoir échanger des regards d'intelligence et des confidences à mi-voix tard dans la nuit. De merveilleux enfants, comme Jonas et Janina, grandirent dans les camps de travaux forcés et rentrèrent en Lituanie seulement à l'âge adulte. Un nombre incalculable de mères et d'épouses comme Elena périrent. Craignant de voir la vérité disparaître à jamais, des êtres courageux enterrèrent journaux et dessins dans le sol balte, au péril de leur vie. Comme Lina, certains purent apprivoiser leur peur en la canalisant dans l'art ou la musique – seule manière d'exprimer leurs émotions. Dessins et peintures, le plus souvent porteurs de messages et de nouvelles chiffrés, ne circulaient pas au grand jour ; ils passaient secrètement de main en main. Parfois, il suffisait du simple croquis d'un emblème du pays pour qu'un déporté se ressaisisse et trouve la force de se battre pour un lendemain meilleur.

On estime que Joseph Staline a assassiné plus de vingt millions de personnes durant son règne de terreur. Les trois États baltes (Lituanie, Lettonie et Estonie) ont perdu plus du tiers de leur population pendant le génocide soviétique. Les déportations touchèrent jusqu'aux Finlandais. Beaucoup de Russes continuent de nier farouchement l'existence de ces déportations. Mais la plupart des Baltes ne nourrissent ni rancune ni ressentiment envers eux et sont reconnaissants aux rares Soviétiques qui leur ont témoigné de la compassion. Quelques-uns d'entre eux, citoyens américains comme moi, sont conscients qu'ils doivent leurs libertés à ceux qui gisent dans les tombes anonymes de Sibérie. Notre liberté, si précieuse, leur a coûté la leur, tout comme la liberté de Joana a coûté celle de Lina.

La guerre, en général, se caractérise par des opérations militaires. Mais pour les peuples baltes, cette guerre était essentiellement d'ordre idéologique. En 1991, après cinquante ans d'occupation, les trois pays Baltes ont retrouvé leur indépendance et, avec elle, la paix et la dignité. Ils ont préféré l'espoir à la haine et montré au monde qu'une lumière veille toujours au fond de la nuit la plus noire. S'il vous plaît, réfléchissez à cela. Parlez-en autour de vous. Ces trois minuscules nations ont appris au monde qu'il n'est pas de plus puissante arme que l'amour. Quelle que soit la nature de cet amour – qui peut aller jusqu'à pardonner à ses ennemis –, il nous révèle la force miraculeuse de l'esprit humain.

Remerciements

Je suis infiniment redevable à tous ceux, très nombreux, qui m'ont aidée au cours du voyage au long cours qu'a été ce roman.

À Lindsay Davis, mon héros, qui a cru à ce livre dès la première page. À Steven Malk, dont les conseils et la musique m'ont conduite jusqu'à *Writers House*. À Rebecca Sherman, qui m'a assurée que j'étais capable d'aller jusqu'au bout de cette entreprise, et à l'incroyable Ken Wright, qui est apparu sur un cheval blanc pour rendre possible l'impossible. Je n'aurais pu trouver meilleurs guides, meilleurs ambassadeurs, meilleurs amis.

À ma brillante éditrice, Tamra Fuller, qui a investi dans ce roman un temps et une énergie sans mesure et fait équipe avec moi, en quelque sorte, et à laquelle je voue une reconnaissance éternelle. À Michael Green, qui a osé sortir de terre le coffret contenant écrits et dessins et faire connaître cette histoire au monde, et que je salue. À Courtenay Palmer, Camilla Sanderson, Farah Géhy, Liz Moraz, Julia Johnson et à toutes les merveilleuses personnes des Éditions Philomel et Penguin que je remercie pour avoir cru en moi.

À mon groupe d'écriture (Sharon Cameron, Amy Eytchison, Rachel Griffiths, Linda Ragsdale,

Howard Shirley et Angelika Stegmann), sans le dévouement et l'amitié duquel je n'aurais pas réussi à mener à bien ce livre. À Laura Goering, qui m'a aidée pour les mots russes.

À *The Society of Children's Book Writers and Illustrators*, dont l'avance sur ouvrage, les conférences et les soirées improvisées m'ont aidée à comprendre que je pouvais vraiment écrire un livre. Des remerciements tout particuliers à Genetta Adair et à Tracy Barrett, de SCBWI Midsouth.

À Yvonne Seivertson, Niels Bye Nielsen, Fred et Lindsay Wilhelm, Mike Post, Mike Cortese, Jeroen Noordhuis, Louise Ardenfelt Ravnild, Laurence Harry, Heather Napier, Gerry Rosenblatt, J. W. Scott, Daniel Schmidt, John Wells, Gavin Mikhail, les Reid, les Tucker, les Peale et les Smith qui, tous, m'ont encouragée dans mes efforts depuis le premier jour.

Je dois beaucoup à mes parents, qui m'ont appris à rêver grand et à aimer encore plus grand. À John et Kristina – mes meilleurs amis, ma constante source d'inspiration et mon modèle (puissé-je écrire un jour aussi bien qu'eux !).

Et, bien entendu, à mon mari, Michael, qui est tout pour moi et qui, le premier, m'a suggéré de commencer à écrire. Son amour m'a donné bien plus que du courage : des ailes !

Remerciements lituaniens

Sans Linas Zabaliunas, ce livre n'aurait tout simplement pas été possible. Il m'a mise en contact avec d'innombrables personnes qui m'ont aidée dans ma recherche, fourni des traducteurs, accompagnée à travers la Lituanie, et il a même fait en sorte que je puisse passer une nuit enfermée dans une ancienne prison soviétique. Ačiū labai, mon ami !

Ma gratitude la plus sincère va à l'organisation Lapteviečiai et aux survivants lituaniens des déportations qui ont bien voulu me consacrer du temps et partager leurs expériences avec moi : Mme Irena Špakauskiene, M. Jonas Markauskas, le Dr Jonas Puodžius, Mme Ryte Merkyte et M. Antanas Stasiškis.

Remerciements tout particuliers à Mlle Agnieška Narkevic, qui m'a servi d'interprète à Vilnius ; à Mme Dalia Kazlauskiene, qui a accepté de me montrer les étonnantes photos de Sibérie de son mari ; à Nemunas Tour et à la famille Zabaluinas ; au Dr Danute Gailiene, chef du département de psychologie clinique à l'université de Vilnius, qui a accepté de me rencontrer et de répondre à toutes mes questions ; à Gintare Jakuboniene, directeur du mémorial du Génocide et de la Résistance ;

à Vilma Juozeviciūte, du musée des Victimes du génocide ; au centre de recherches sur le Génocide et la Résistance ; au Parlement lituanien ; à la Fondation lituanienne ; au musée Rumšiškes et à la prison de Karosta, en Lettonie.

Je dois aussi beaucoup aux livres suivants qui m'ont aidée à combler mes lacunes : A Stolen Youth, A Stolen Homeland, de Dalia Grinkevivičiūte ; Sentence : Siberia, de Ann Lehtmets et Douglas Hoile ; Leave your Tears in Moskow, de Barbara Armonas ; Lithuanians in the Arctic, de l'organisation Lapteviečiai, et The Psychology of Extreme Traumatization, du Dr Danute Gailiene.

Enfin, toute ma reconnaissance va à la famille élargie de Jonas Šepetys, pour l'amour et le soutien sans faille qu'elle a toujours témoignés à ma propre famille. Je n'oublierai jamais son patriotisme, sa fidélité et son sens du sacrifice.

Ačiū labai !

Née et élevée dans le Michigan, **RUTA SEPETYS** est la fille d'un réfugié lituanien dont le père, officier, était menacé de mort par Staline. Entourée d'une famille d'artistes, lecteurs et amateurs de musique, elle choisit d'étudier la finance internationale et vit quelque temps en Europe, notamment à Paris. Puis, elle s'installe à Los Angeles pour travailler dans l'industrie de la musique. Aujourd'hui mariée, elle vit dans le Tennessee avec sa famille.

Ce qu'ils n'ont pas pu nous prendre est son premier roman, inspiré par son père qui s'est enfui de Lituanie alors qu'il était jeune garçon. Ruta a effectué plusieurs séjours en Lituanie pour recueillir les témoignages de familles de rescapés du goulag, d'historiens, de psychologues. Son roman est ainsi émaillé d'anecdotes et de scènes réelles.

« En 1991, après cinquante ans d'occupation, les pays baltes (Estonie, Lettonie, Lituanie) ont retrouvé leur indépendance et, avec elle, la paix et la dignité. Ils ont préféré l'espoir à la haine et montré au monde qu'une lumière veille toujours au fond de la nuit la plus noire.
S'il vous plaît, parlez-en autour de vous. Ces trois minuscules nations ont appris au monde qu'il n'est pas de plus puissante arme que l'amour. Quelle que soit la nature de cet amour – qui peut aller jusqu'à pardonner à ses ennemis – il nous révèle la force miraculeuse de l'esprit humain. »

Ruta Sepetys

www.onlitplusfort.com
Le blog officiel des romans Gallimard Jeunesse.
Sur le Web, le lieu incontournable
des passionnés de lecture.
ACTUS // AVANT-PREMIÈRES //
LIVRES À GAGNER // BANDES-ANNONCES //
EXTRAITS // CONSEILS DE LECTURE // INTERVIEWS
D'AUTEURS // DISCUSSIONS // CHRONIQUES DE
BLOGUEURS...

Dans la collection

Pôle fiction

M. T. Anderson
Interface

Bernard Beckett
Genesis

Terence Blacker
Garçon ou fille

Judy Blundell
Ce que j'ai vu et pourquoi j'ai menti

Ann Brashares
Quatre filles et un jean
• Quatre filles et un jean
• Le deuxième été
• Le troisième été
• Le dernier été
L'amour dure plus qu'une vie
Toi et moi à jamais

Eoin Colfer
W.A.R.P.
• L'Assassin malgré lui

Andrea Cremer
Nightshade
• 1. Lune de Sang
• 2. L'enfer des loups
• 3. Le duel des Alphas

Grace Dent
LBD
• 1. Une affaire de filles
• 2. En route, les filles !
• 3. Toutes pour une

Victor Dixen
Le Cas Jack Spark
• Saison 1. Été mutant
• Saison 2. Automne traqué
• Saison 3. Hiver nucléaire

Berlie Doherty
Cher inconnu

Alison Goodman
Eon et le douzième dragon
Eona et le Collier des Dieux

Michael Grant
BZRK
• BZRK
• Révolution

John Green
Qui es-tu Alaska ?

Maureen Johnson
13 petites enveloppes bleues
La dernière petite enveloppe bleue
Suite Scarlett
Au secours, Scarlett !

Sophie Jordan
Lueur de feu
• Lueur de feu
• Sœurs rivales

Justine Larbalestier
Menteuse

Sue Limb
15 ans, Welcome to England !
15 ans, charmante mais cinglée
16 ans ou presque, torture absolue

Federico Moccia
Trois mètres au-dessus du ciel

Jean Molla
Felicidad

Jean-Claude Mourlevat
Le chagrin du Roi mort
Le Combat d'hiver
Terrienne

Jandy Nelson
Le ciel est partout

Patrick Ness
Le Chaos en marche
- 1. La Voix du couteau
- 2. Le Cercle et la Flèche
- 3. La Guerre du Bruit

Han Nolan
La vie blues

Tyne O'Connell
Les confidences de Calypso
- 1. Romance royale
- 2. Trahison royale
- 3. Duel princier
- 4. Rupture princière

Leonardo Patrignani
Multiversum

Mary E. Pearson
Jenna Fox, pour toujours
L'héritage Jenna Fox

Louise Rennison
Le journal intime de Georgia Nicolson
- 1. Mon nez, mon chat, l'amour et moi
- 2. Le bonheur est au bout de l'élastique
- 3. Entre mes nungas-nungas mon cœur balance
- 4. À plus, Choupi-Trognon...
- 5. Syndrome allumage taille cosmos
- 6. Escale au Pays-du-Nougat-en-Folie
- 7. Retour à la case égoutoir de l'amour
- 8. Un gus vaut mieux que deux tu l'auras
- 9. Le coup passa si près que le félidé fit un écart
- 10. Bouquet final en forme d'hilaritude

Carrie Ryan
La Forêt des Damnés
Rivage mortel

L.A. Weatherly
Angel
Angel Fire

Scott Westerfeld
Code Cool

Moira Young
Les chemins de poussière
• 1. Saba, Ange de la mort
• 2. Sombre Eden

Le papier de cet ouvrage est composé de fibres naturelles, renouvelables, recyclables et fabriquées à partir de bois provenant de forêts gérées durablement.

Maquette : Françoise Pham
Couverture : photo de la pousse @ iStockphoto.com/Smitt
Design de couverture : Theresa M. Evangelista, Penguin
Photo de l'auteur : © Magda Starowieyska

ISBN : 978-2-07-063568-9
Loi n° 49-956 du 16 juillet 1949
sur les publications destinées à la jeunesse
Dépôt légal : mars 2015
N° d'édition : 179462 – N° d'impresssion : 196399
Imprimé en France par Maury Imprimeur - 45330 Malesherbes